TOUCHÉE PAR LA LUNE

LOUPS DU ZODIAQUE #1

ELIZABETH BRIGGS

Touchée par la Lune (Loups du Zodiaque #1)

Couverture conçue par Natasha Snow

Photo de couverture par Wander Aguiar

Traduit de l'anglais par Christelle Livoury

Édité par Feathers and Footprints

www.elizabethbriggs.com

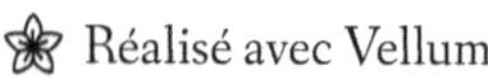 Réalisé avec Vellum

CHAPITRE UN

EN TANT QUE louve du zodiaque, mon destin était lié aux étoiles. Pas de bol, mes étoiles étaient plus croisées qu'alignées. Le fait d'être la paria de la meute du Cancer ne me l'avait que trop bien appris.

La mer clapotait sur mes pieds nus comme un chiot impatient qui essaie de gagner l'affection de son maître. J'enfonçai mes orteils plus profondément dans le sable frais et regardai l'eau. C'était magnifique, je ne pouvais pas le nier, mais pas de la manière dont le reste de ma meute le disait. Les membres de la meute du Cancer parlaient de son appel, comme si quelque chose au fond d'eux recevait une réponse. Pour moi, c'était une jolie image, rien de plus. J'avais beau photographier la mer, je ne parvenais jamais à saisir l'essence de ce dont ils parlaient.

Mon seul espoir était la Convergence à venir qui débloquerait ma louve. Si je pouvais ressentir le lien avec la mer comme le reste de ma meute, je commencerais peut-être à les considérer comme mon propre peuple aussi. Pour l'instant, ils ne valaient pas mieux que des étrangers. Voire des ennemis, parfois.

Je mis la solitude de côté. Elle pourrait facilement me consumer si je la laissais faire. Au lieu de cela, je me concentrai une fois de plus sur l'océan sombre, essayant de cadrer un cliché. La lune frôlait tout juste l'horizon, projetant sur l'eau des reflets qui changeaient à chaque mouvement de la mer. C'était vraiment paisible, et même si je ne ressentais pas d'attirance pour la mer, j'en ressentais une pour la lune. Rien que cela me permettait de savoir que j'avais ma place dans la meute du Cancer, même si rien d'autre ne le faisait. Non pas que quelqu'un d'autre dans ma meute soit d'accord avec moi.

Je levai mon appareil photo, décidant d'essayer de prendre quelques clichés avant que la lune ne monte plus haut. Je devrais être chez moi en train de préparer mes bagages pour la Convergence, mais j'étais là, à prendre des photos à la place. J'utiliserais n'importe quelle excuse pour sortir de la maison pendant un moment.

Je retins ma respiration pendant que je pris la photo, essayant d'obtenir une image nette comme du cristal. J'en pris une autre en succession rapide, juste pour être sûre, et je baissai l'appareil photo pour pouvoir regarder le minuscule écran. Avant que je puisse décider quelle photo était la meilleure, un bruissement provenant des buissons m'alerta que je n'étais pas seule. Je me détournai de l'eau pour essayer de voir ce qui avait causé le dérangement. Pendant un moment, rien ne bougea et je me dis que ce devait être un animal.

Quelque chose de sombre jaillit des broussailles et je fis un pas en arrière par réflexe. Un grand loup gris bondit vers moi, accompagné de trois autres silhouettes sombres qui le rejoignirent dans une ruée de fourrure et de griffes. *Et merde.* C'était trop tard pour que je puisse m'enfuir et je n'avais pas de chaussures, de surcroît. Si je pouvais courir pieds nus sur le sable, je ne pouvais pas en dire autant des rochers pointus situés plus haut. Je devrais passer à travers eux si je voulais me mettre en sécurité.

Les quatre loups m'encerclèrent, comme si j'étais leur proie, avant de reprendre leurs formes humaines. Leur chef, Brad, était musclé et intimidant même lorsqu'il n'était pas sous sa forme de loup. Avec ses cheveux blonds et ses yeux bleus, il serait beau s'il n'avait pas toujours l'air de chercher à se battre avec quelqu'un. Les deux autres hommes, Owen et Chase, étaient ses gros bras et ils se mirent à ricaner de moi de leurs visages beaucoup moins séduisants. Lori, la partenaire de Brad, constituait le quatrième membre de leur groupe étant donné qu'elle était toujours accrochée à lui comme une bernacle. Ils étaient tous nus après leur transformation, mais cela ne dérangeait aucun d'entre eux et ils exhibaient fièrement leur symbole du Cancer, la marque de meute du zodiaque. Brad avait sa marque sur sa poitrine, tandis que les autres les avaient sur les bras. Et puis il y avait moi, qui n'en avais pas du tout.

— Ayla, grogna Brad. Qu'est-ce que tu fais ici toute seule ?

Une pointe d'angoisse me traversa. Brad n'était jamais amical et il ne prendrait pas la peine de me parler s'il ne voulait pas quelque chose. Étant le fils du bêta de la meute du Cancer, il me regardait de haut. J'étais techniquement supérieure à lui en termes de rang, mais tout le monde s'en foutait.

Lori gloussa et rejeta ses parfaits cheveux blond fraise en arrière. Elle se tenait à côté de l'épaule de Brad, une main possessive sur son bras. Owen et Chase me lorgnaient tandis que j'essayais d'évaluer mes chances de m'en sortir indemne. Ils fréquentaient tous le même cercle, les fils et les filles des membres les plus influents de la meute du Cancer. J'étais la seule à ne pas être invitée, même si j'aurais dû être au premier plan, étant la fille de l'alpha. Le fait d'avoir du sang humain avait fait de moi la paria de la meute à la place.

— Je t'ai posé une question, bâtarde, grogna Brad en donnant des coups de pied dans le sable dans ma direction.

Jurant à voix basse, je tins mon appareil photo plus haut, essayant d'éviter d'avoir du sable sur l'objectif. Wesley m'avait acheté cet objectif la dernière fois qu'il était venu et je n'allais pas laisser ces idiots l'abîmer.

— Je suis désolée, rétorquai-je. Je n'avais pas réalisé que ta stupidité nécessitait une réponse. Toute personne ayant deux yeux et une fonction cérébrale de base peut voir ce que je suis en train de faire. Mais il te manque visiblement l'un d'entre eux. Je ne sais toujours pas trop lequel.

Brad se déplaça trop rapidement pour que je puisse le contrer, me poussant au sol. Je me cognai fort, mon coude prenant le plus gros du traumatisme alors que je tenais mon appareil photo en l'air pour tenter de le sauver. *C'est exactement pour ça que Mira m'a dit de me la fermer*, pensai-je en essayant de m'éloigner en roulant... pour atterrir directement au pied de Chase. Merde. Il me donna un violent coup de pied dans le ventre et une douleur me traversa tandis que je me recroquevillai instinctivement sur moi-même.

— Où est ton armure du Cancer ? me demanda Chase en me donnant un nouveau coup de pied. Oh, c'est vrai, tu n'en as pas.

Je haletai, essayant de reprendre suffisamment de souffle.

— Merci pour le rappel, connard, réussis-je à sortir.

Il me donna un autre coup de pied et je m'enroulai de nouveau autour de mon appareil, essayant de le protéger ainsi que les parties les plus sensibles de moi-même. Les autres se joignirent à lui et je serrai les dents, résignée à me faire battre. Ce n'était pas différent des autres passages à tabac que j'avais endurés. Je fermai les yeux et essayai de respirer à travers la douleur. Ce serait bientôt terminé. Ils ne me tueraient pas, peu importe à quel point ils me détestaient. Je faisais toujours partie de la meute, pour le meilleur ou pour le pire.

Ce plan vola en éclats à l'instant où mon appareil photo me fut arraché des mains. Mes yeux s'ouvrirent d'un coup et je me débattis pour me lever, repoussant Chase et Owen alors que Lori agitait l'appareil photo devant moi.

— Tu aimes prendre des photos, n'est-ce pas, petite bâtarde ? demanda-t-elle.

— Non ! criai-je, tendant la main vers mon appareil photo.

Mais elle le tira en arrière et hors de portée.

— Tu peux me faire tout ce que tu veux. Mais rends-le-moi.

Lori laissa tomber l'appareil photo dans le sable.

— Je ne pense pas. La bâtarde doit apprendre où est sa place, une bonne fois pour toutes.

Une ruée de coups provenant de Brad arriva, me frappant dans le dos et m'envoyant à genoux. Je ne pus que regarder Lori piétiner l'appareil photo avec sa force de métamorphe. Les bruits du verre et du plastique se brisant étaient pires que les sons de la chair sur la chair.

Quelque chose en moi se brisa. Cet appareil photo était mon seul lien avec le monde extérieur, avec un monde où personne ne me jugeait pour mon ascendance sang-mêlé ou pour être née sous les mauvaises étoiles. C'était la seule chose qui m'apportait de la joie et me donnait le moindre semblant de liberté.

Je grognai, leur montrant mes dents, prête à me battre. Ils durent sentir le changement dans mon comportement, car ils reculèrent et se mirent en position défensive. Je ne pouvais pas tous les affronter. Merde, je pouvais à peine en affronter un seul sans l'armure de crabe du Cancer qu'ils avaient. Mais la rage qui bouillait dans mon sang ne me permettait pas de m'en aller comme si tout allait bien. Quelque chose de sombre en moi se réveilla et remonta à la surface, quelque chose de sauvage et de dangereux, qui ne demandait qu'à être libéré. Un pouvoir que j'avais déjà ressenti auparavant, qui était toujours juste hors de portée. Peut-être que le moment était venu. Une tension flottait dans l'air, allant et venant entre nous tous, attendant le moment parfait pour se rompre.

— Hé !

Le cri était distant, mais suffisant pour nous distraire tous.

Lori se retourna, son pied toujours sur les éclats brisés de mon appareil photo, et grogna quelque chose d'inintelligible. Ma meilleure amie Mira courut vers nous, ses longs cheveux noirs flottant derrière elle comme un voile. Elle portait son bikini comme si elle venait se baigner. *Sérieusement ?* Je ne pus m'empêcher de penser. *À un moment pareil ?* Je savais qu'elle adorait nager, mais nous étions tous en train de nous préparer pour la Convergence.

— Qu'est-ce que vous croyez faire, bordel ? demanda Mira en s'arrêtant à côté de moi.

Son regard était tourné vers les autres loups, mais je savais que la question s'adressait à moi.

— Ne te mêle pas de ça, Aquino, grogna Brad. Tu ferais mieux de ficher le camp si tu sais ce qui est bon pour toi. On donne à la bâtarde la leçon qu'elle réclame depuis l'instant où elle est née.

— Pas question, répondit Mira.

Ma chère Mira, têtue et loyale. Elle ne savait jamais quand reculer face à un combat, surtout lorsque j'étais impliquée. Elle assurait mes arrières, même si elle n'était pas d'accord avec la raison pour laquelle nous nous battions.

Je pouvais parler ! Je ferais la même chose pour Mira en

toute circonstance. Mais elle n'aurait pas dû venir ici. C'était ma bataille à mener et elle pourrait avoir de sérieux ennuis si quelqu'un la voyait tenir tête au fils du bêta. Elle avait déjà été punie une fois par l'alpha, elle n'avait pas besoin d'une autre marque contre elle.

— Mira, dis-je tout bas.

Elle tressaillit, m'indiquant ainsi qu'elle m'avait entendue, mais ne se retourna pas pour me prêter attention.

— Tu dois partir, poursuivis-je, même si je savais qu'elle n'écouterait pas un mot de ce que je dirais. S'il te plaît.

— Si vous avez un problème avec Ayla, vous avez aussi un problème avec moi, dit Mira avant de prendre, elle aussi, une position défensive.

Elle n'avait résolument pas l'intention de laisser tomber. Je soupirai et lui emboîtai le pas, levant à nouveau les poings.

Brad nous regarda alternativement pendant un moment, puis se mit à rire.

— Aucune de vous ne gagnerait. Vous n'avez même pas encore vos louves.

— Ouais, mais on va quand même vous botter un peu le cul, dis-je, forçant les mots à sortir avec un sourire sauvage malgré la douleur persistante.

Je baissai alors les yeux.

— Je parie qu'au moins l'une d'entre nous pourrait vous balancer un genou dans les couilles, vu comment les vôtres pendent.

Brad me grogna dessus et ses griffes sortirent. Mira me lança un regard, l'air de dire *Sérieusement ?* Je haussai les épaules. Elle allait me reprocher d'avoir une grande gueule alors qu'elle était presque aussi mauvaise que moi ?

Elle leva les yeux au ciel, mais se tourna ensuite vers Brad et ajouta :

— Tu veux vraiment prendre ce risque juste avant la Convergence ?

Lori écrasa mon appareil photo dans le sable quelques fois de plus avant de reculer jusqu'à Brad.

— Ça n'en vaut pas la peine, murmura-t-elle, juste assez fort pour que j'entende. Je pense qu'elle a compris le message.

Brad nous dévisagea toutes les deux puis reporta son regard sur Lori.

— Tu as raison. Elle ne vaut pas la peine qu'on lui consacre du temps. Et avec un peu de chance, elle sera bientôt le problème d'une autre meute.

Il reprit sa forme de loup et les autres firent de même, puis ils s'élancèrent à nouveau vers les rochers et dans les buissons. Et juste comme ça, la tension s'évapora de l'air, me laissant avec un corps entier palpitant de douleur et un appareil photo cassé pour avoir eu une grande gueule.

Mes épaules s'affaissèrent et, avant même de m'en rendre compte, mes genoux lâchèrent. Je me mis à fouiller dans le sable pour examiner les morceaux brisés de mon appareil photo, mais il n'y avait rien de récupérable. Je les laissai tous glisser entre mes doigts en clignant des yeux pour retenir des larmes de colère.

Mira s'accroupit à côté de moi, posant sa main sur mon dos.

— Bonté divine, marmonna-t-elle en regardant les bleus qui se formaient sur mes bras. Qu'est-ce que tu as dit cette fois ?

— Ils sont sortis de nulle part, répondis-je. Même si j'avais été gentille, ils auraient quand même trouvé une raison de s'en prendre à moi.

— Tu sais, si tu ne les faisais pas chier pour commencer, ils te laisseraient probablement tranquille, dit Mira. Je n'arrête pas de te le dire.

Elle m'aida à me relever, laissant sa main sur mon épaule alors que je me tortillai, essayant de reprendre mon souffle et mon équilibre.

— Je ne peux pas m'en empêcher.

Je voulais ramasser d'autres morceaux de mon appareil photo, mais à quoi ça servirait ? Lori l'avait cassé au-delà de toute réparation possible.

— Ils disent des trucs tellement cons. Ils supplient pratiquement pour que je leur dise leurs quatre vérités.

— Ils ne devraient pas parler de toi comme ça. Tu es la fille de l'alpha et ils doivent respecter ça.

— Ouais, tu parles ! Tu sais que mon père est encore pire.

Je jetai un coup d'œil à mes bras. Les nouveaux bleus ne faisaient que s'ajouter à ceux de l'alpha qui s'estompaient. D'aussi loin que je me souvienne, il m'avait fait des bleus sur tout le corps, mais jamais sur mon visage. Il avait des apparences à préserver et battre sa fille ne se prêtait pas à l'image d'alpha gracieux qu'il s'efforçait de protéger. Mais tout le monde savait qu'il me traitait comme une paria et qu'il se fichait que des gens comme Brad se comportent de la même façon. Mira était en colère pour moi, mais j'avais depuis longtemps accepté le fait que je ne serais jamais la fille qu'il voulait. C'était mon sort dans ce monde et j'essayais de l'accepter sans sourciller.

Je savais pourquoi il me battait, même si cela n'avait aucun sens logique. Je n'avais pas demandé à naître à moitié humaine, mais mon père aimait me punir pour la liaison qu'il avait eue avec ma mère, et ce, même si je n'avais pas eu mon mot à dire sur le résultat. Tout en moi était un rappel constant de son erreur. Mon anniversaire en dehors des dates du signe du Cancer, mon absence de marque zodiacale et mon absence de compétences de meute lui facilitaient la tâche pour me détester.

Sa partenaire, Jackie, semblait même trouver mes cheveux roux offensants. J'en tripotai une mèche, fouettée par la légère brise. Ma tignasse me distinguait de tous les autres membres de la famille et me rappelait constamment que mon père avait merdé et mis une humaine enceinte. J'avais essayé de le mentionner une fois, quand j'étais en colère et que ma grande gueule avait une fois de plus pris le dessus. Tout ce que ça m'avait valu, c'était un coup au visage de la part de Jackie.

Mira était toujours concentrée sur mes bleus, s'en inquiétant comme la mère que je n'avais jamais eue.

— Ils devraient être moins visibles d'ici la Convergence, décida-t-elle finalement. Tu as de la chance que j'aie décidé de venir me baigner avant notre départ demain. Qui sait ce qui se serait passé s'ils étaient arrivés à leurs fins avec toi.

— Ça n'a pas d'importance, dis-je en haussant les épaules et en retournant vers mes chaussures et ma veste. Les bleus prouvent simplement que je ne suis pas une vraie Cancer. Je pourrais invoquer l'armure si j'en étais une.

L'armure de crabe était une capacité du Cancer que tous les membres de la meute avaient de naissance, leur permettant de se protéger. Tous sauf moi. Je soupirai.

— Au moins, je guérirai plus vite une fois que j'aurai ma louve.

— Beaucoup de choses vont changer après la Convergence, dit doucement Mira.

La Convergence avait lieu deux fois par an, aux solstices d'été et d'hiver, où les douze meutes du zodiaque se réunissaient pour discuter des problèmes, désigner les nouveaux alphas des meutes et bénir les nouveau-nés, entre autres choses. Cette Convergence se déroulait au solstice d'été, la veille du début de la saison du Cancer, et elle aurait lieu dans le Montana, sur le territoire des Sorcières du Soleil.

Mira et moi allions aussi enfin avoir nos louves à la Convergence, maintenant que nous avions toutes les deux vingt-deux ans et que nous étions considérées comme majeures. Nous étions les seules Cancers à recevoir nos loups à cette Convergence. Tous les autres membres de la meute avaient reçu les leurs au solstice d'hiver. Sauf moi, bien sûr. J'étais née en mars, un autre signe que je n'avais pas ma place dans cette meute.

Quant à Mira, elle aurait aussi dû recevoir sa louve au solstice d'hiver, mais elle avait été obligée d'attendre six mois de plus, tout ça parce que son père avait défié l'alpha sur quelque chose qu'il n'approuvait pas. Mira n'avait pas du tout été impliquée, mais mon père savait que la punir était un coup dur pour toute sa famille. Ce n'était pas juste, mais c'était comme ça que notre alpha raisonnait. Et quand il donnait un ordre d'alpha, on devait obéir.

Il y avait également un autre événement à la Convergence, le rituel d'accouplement, où toute personne ayant gagné son loup pouvait essayer de trouver son partenaire destiné. J'espérais, au-delà de tout espoir que mon partenaire, si j'en avais un, serait d'une autre meute. Je ferais presque tout pour m'éloigner de mon père et du reste des métamorphes du Cancer.

— J'espère qu'on aura des partenaires de la même meute, dit Mira, ses pensées suivant la même voie que les miennes.

Elle l'avait dit si souvent que je m'y attendais presque. Je fis un son d'approbation, mais ne dis rien. Je voulais rester avec elle, bien sûr. Mais si elle finissait par avoir un partenaire dans la meute du Cancer et pas moi, cela ne me rendrait pas trop triste. Partir d'ici était ma priorité absolue.

C'était la seule chose sur laquelle mon père et moi étions d'accord. Il voulait que je parte tout autant que je voulais partir.

— J'espère que tu finiras par devenir le problème d'une autre meute, avait-il commencé à dire au moment où j'avais eu vingt-deux ans.

Penser à mon père fit dégringoler mon humeur d'un coup. Je devais rentrer avant qu'il n'envoie quelqu'un me chercher. Je me retournai vers Mira et lui offris ce que j'espérais être un sourire convaincant.

— Quoi qu'il arrive à la Convergence, on restera toujours amies et on ne perdra jamais contact.

Mira fredonna joyeusement, prenant ma main dans la sienne et nous ramenant sur la plage. Je savais qu'elle avait de bonnes intentions, mais les choses changeraient une fois qu'elle se serait installée avec son partenaire. C'est toujours le cas. Même si nous finissions dans la même meute, nous nous éloignerions l'une de l'autre, et cette pensée me fit frissonner de malaise.

Je jetai un coup d'œil à l'océan et au sable écrasé où Brad et sa bande s'en étaient pris à moi. *Aurai-je un jour l'impression d'avoir vraiment ma place quelque part ?*

CHAPITRE DEUX

JE PRÉPARAI le reste des vêtements dont j'aurais besoin pour la Convergence et fermai mon sac. Je regardai autour de moi, essayant de déterminer si j'avais oublié quelque chose. Je ne possédais pas beaucoup de choses et le fait que mes possessions puissent tenir dans ce sac était assez triste. Je n'avais jamais eu grand-chose. J'avais trop peur que mon père ne détruise mes affaires dans un accès de rage et tout ce qui avait de l'importance pour moi était conservé sur des fichiers numériques sur mon téléphone ou dans le cloud. J'y avais sauvegardé toutes mes photos et c'était ce qui comptait le plus.

Quelqu'un frappa à ma porte, me tirant de mes pensées. Je fus instantanément prise de panique, ramassant mon sac et me préparant à détaler au moment où la porte s'ouvrit.

— Ayla ?

Je souris en reconnaissant la voix et me détendis. Mon

frère Wesley était la seule personne de cette famille qui ne me ferait pas de mal.

— Entre.

Il me sourit en entrant, son sourire étant presque exactement le même que dans mes souvenirs d'enfance. Il avait quatre ans de plus que moi, mais il m'avait toujours semblé tellement plus grand, même avant qu'il ne prenne de l'ampleur pendant la puberté et se gonfle de muscles robustes. Il avait déménagé dans son propre appartement quelques mois plus tôt et même s'il revenait me rendre visite assez souvent, j'avais l'impression de ne plus jamais le voir. Il avait rendu le fait de grandir ici plus supportable et, à part Mira, il était la seule personne de la meute du Cancer à se soucier de moi.

— Wesley ! criai-je, me lançant dans ses bras.

Il me serra fort, un peu trop fort, et je sifflai dans un souffle.

Il se recula, son visage se transformant en un froncement de sourcils.

— Tu t'es encore fait tabasser.

Il se retourna vers la porte. Il détestait la façon dont notre père me traitait et essayait toujours d'être gentil avec moi pour compenser. C'était presque suffisant.

— Rien que je ne puisse supporter, dis-je en tirant sur la ficelle de mon sac.

Mes livres de voyage et de photographie étaient posés à côté, attendant toujours d'être mis à l'intérieur. J'hésitais entre les emmener avec moi ou les laisser ici. Ils seraient lourds si je devais marcher longtemps, mais maintenant que

Wesley était là, je savais que je devais les emporter. Il n'y avait pas d'autre option.

La photographie avait toujours été ma passion. J'aimais pouvoir capturer la beauté en un seul cliché, la présenter au monde à travers mes propres yeux, et Wesley avait veillé à encourager ça. Mon père avait toujours été très clair sur le fait que j'étais une paria, surtout dans ma propre maison. C'était une bonne année s'il m'achetait de nouveaux vêtements. Après que j'ai arrêté de grandir, il se passait parfois des années sans qu'il ne m'offre quoi que ce soit de neuf. Même lorsque les coutures se déchiraient et qu'il y avait des trous évidents, il continuait à me forcer à porter les mêmes vêtements. La nourriture était également réduite au strict minimum et au-delà de ça, tous les autres luxes dont j'aurais dû profiter étaient absents. Pas de téléphone, pas d'ordinateur, même lorsque j'en avais besoin pour l'école.

Dès que j'eus seize ans, il m'envoya travailler à l'épicerie de la ville et fit en sorte que l'intégralité de mon salaire lui soit versée. Un paiement pour m'avoir supportée, comme il le disait toujours. L'avoir comme père et comme alpha de ma meute m'avait empêché de faire quoi que ce soit d'autre. Je ne pouvais pas voler de mes propres ailes ou agir dans son dos, parce qu'il était l'autorité suprême. Tout ce qu'il avait à faire était d'utiliser son commandement d'alpha, un pouvoir unique donné aux alphas de chaque meute, et tout le monde devait faire ce qu'il disait. Moi y compris.

Wesley avait été le seul à m'avoir jamais acheté quelque chose de joli. Lorsque je m'étais mise à manifester de l'intérêt pour la photographie à un jeune âge, il m'avait fait passer en douce des livres sur le sujet. Je les avais parcourus, dévorant chacun d'entre eux avec voracité. Il reprenait régulièrement les anciens ouvrages et m'en apportait de nouveaux, car avoir trop de livres éveillerait les soupçons de notre père. Mais il me laissait garder ceux que j'aimais vraiment. Il avait même fait semblant de casser son téléphone une fois pour pouvoir me le donner. Et quand je lui avais dit que je voulais aller à l'université communautaire locale, il m'avait acheté un appareil photo et m'avait dit :

— Fais-le.

C'était uniquement grâce à son aide que j'avais pu être diplômée. Il avait convaincu notre père que ce n'était pas convenable que la fille de l'alpha n'aille pas à l'école, et notre père m'avait autorisée à contrecœur à y aller. J'avais tout le temps des remarques sur le fait que mon éducation était un gaspillage d'argent, mais cela valait le coup à long terme. Je passai une main sur les livres, regardant Wesley sourire en se rappelant qu'il me les avait apportés.

— Tu emportes ton appareil photo ? demanda-t-il.

— Il a été détruit.

Je baissai les yeux, une tristesse m'envahissant. Si j'avais simplement fermé ma gueule, je l'aurais probablement encore. Je repoussai les émotions. Je ne pouvais laisser personne voir à quel point Brad et les autres brutes m'affectaient, pas même Wesley. Je lui fis un sourire, essayant de le rendre convaincant.

— Au moins, je n'en ai plus besoin pour l'école. Je peux

juste utiliser l'appareil photo de mon téléphone, même s'il est vieux.

— Tu ne l'aurais jamais laissé tomber, dit Wesley en fronçant à nouveau les sourcils. Qui l'a cassé ?

— Personne, dis-je en haussant les épaules.

J'essayai de la jouer cool, exagérément désinvolte, mais Wesley avait toujours été doué pour voir clair dans mes mensonges.

— Je sais que tu ne vas pas me le dire.

Il soupira et je me détendis, ne voulant pas essayer d'éluder les questions. Il était encore tôt et je n'étais pas encore bien réveillée.

— Les choses vont changer quand je serai l'alpha de la meute du Cancer. Elles iront mieux, je te le promets.

Je soupirai et secouai la tête.

— J'aimerais y croire.

Je fourrai les livres dans le sac et refermai la fermeture éclair.

— Mais qui sait quand ça aura lieu.

Mon seul espoir maintenant était d'être accouplée lors de la Convergence. Si c'était avec quelqu'un d'une autre meute, je pourrais quitter le territoire du Cancer, mais même si c'était quelqu'un de cette meute, je n'aurais jamais à retourner dans cette maison. Je ne m'y étais jamais sentie chez moi, de toute façon.

Je levai les yeux vers Wesley et lui fis un sourire en coin.

— Hé, si je suis accouplée à quelqu'un d'une autre meute, je pourrai peut-être acheter un nouveau téléphone pour qu'on puisse rester en contact. Un dont l'écran ne sera pas fissuré cette fois-ci.

Wesley rit, bien que cela semblait plus forcé que d'habitude. Je savais qu'il voulait que je reste ici avec lui, mais il ne comprenait tout simplement pas. Aussi gentil qu'il ait été avec moi, cela ne compensait pas le fait que tous les autres étaient constamment de vrais cons.

— Tu devrais faire ça.

Il marqua une pause, passant une main dans ses cheveux bruns brillants.

— Je suis venu te chercher. Maman et papa sont déjà dans la voiture et tu sais qu'ils détestent attendre.

Évidemment. Ils étaient probablement déjà agacés que je les retienne même si le soleil s'était à peine levé. Je hochai la tête et quittai ma chambre sans un regard en arrière. C'était un endroit pour dormir et me cacher depuis vingt-deux ans, rien de plus. Je n'avais pas de foyer, pas encore. Avec un peu de chance, j'en trouverais bientôt un. Quoique, avec ma veine, je serais sans doute de retour ici une fois la Convergence terminée.

Je fermai la porte d'entrée derrière moi alors que Wesley s'approchait de nos parents, qui discutaient de quelque chose que je n'arrivais pas à comprendre. Descendre du porche d'entrée me sembla définitif, même si je ne savais pas avec certitude si je serais accouplée dès que ma louve serait libérée. Certaines personnes devaient attendre des années avant que leur partenaire n'atteigne l'âge adulte et un très petit groupe de personnes n'étaient jamais accouplées. Je priais pour ne pas faire partie de cette catégorie, mais cela ne me surprendrait pas non plus si ça m'arrivait.

Mon père me jeta un regard noir lorsque je m'approchai du 4x4, sa bouche serrée d'un air renfrogné. Je pouvais presque l'entendre dire *Dépêche-toi, espèce de sang-mêlé bonne à rien.* Je pouvais aussi sentir les yeux de Jackie sur moi, remplis de haine alors qu'elle attendait que je monte dans la voiture. Je soupirai. Le trajet allait être long.

J'aurais aimé pouvoir monter en voiture avec Mira, mais mon père s'était mis à grogner quand j'avais osé le lui demander hier soir et avait dit que je ne devais pas la fréquenter de toute façon. Sa famille était maintenant tout en bas de la hiérarchie de la meute à cause des actions de son père. Et puis, mon père avait besoin que je monte avec lui. Tout cela pour sauver les apparences, bien sûr.

Il y avait d'autres véhicules garés dans notre longue allée, tous avec le moteur en marche et prêts à partir à tout moment. Tout le monde m'attendait vraiment. Je n'avais pas réalisé qu'un si grand nombre de membres de la meute du Cancer allaient venir avec nous cette fois-ci. Le bêta et sa famille resteraient derrière, ce qui signifiait que je n'aurais pas à gérer Brad. Mais il y avait plusieurs autres personnes qui seraient hostiles. Au moins, j'aurais Wesley et Mira avec moi, et la chance de rencontrer plusieurs personnes des autres meutes.

— Le trajet va durer environ quinze heures, déclara Wesley alors que je grimpais sur la banquette arrière à côté de lui.

J'avais été folle de joie de découvrir qu'il venait avec

nous lorsqu'il m'avait envoyé son premier texto pour me le faire savoir. Il venait pour moi, bien qu'il ait eu son loup quatre ans auparavant.

— Tu as ton sac ? demanda mon père.

Ses yeux bleus rencontrèrent les miens dans le rétroviseur. Bien que nous avions les mêmes, je savais que tout ce qu'il voyait en me regardant, c'était son erreur avec une humaine, pas sa fille.

— Oui, répondis-je.

— Et tu as tout mis dedans ? poursuivit-il en fronçant les lèvres comme si me parler lui causait un inconfort physique.

— Oui, répétai-je.

— Bien. Avec un peu de chance, tu ne reviendras pas ici. J'ai hâte de te confier à un autre pauvre bougre. Que tu sois son problème.

— Amen, marmonna Jackie, juste assez fort pour que j'entende.

Je ne pouvais pas la voir, puisqu'elle était assise directement devant moi, mais je n'osai pas rouler des yeux. Elle aimait donner des coups et elle n'hésitait pas à me frapper au visage.

Wesley me fit un sourire crispé, mais je détournai le regard et, pour une fois, je retins ma langue. Je ne m'étais jamais rendue à une Convergence auparavant. Mon père ne m'avait jamais laissée y aller, pas même lorsque Wesley avait atteint sa majorité. Mais je pouvais supporter leurs affres pendant quelques heures de plus. Avec un peu de chance, ce serait le dernier long trajet en voiture avec eux.

Pendant que nous roulions, je tendis la main vers mon

appareil photo une bonne douzaine de fois avant que je grave dans mon cerveau que je ne l'avais plus. Je voulais capturer la beauté du paysage qui défilait et je m'imprégnai de toutes les curiosités du voyage, essayant de ne pas en manquer une seule seconde. Lorsque nous entrâmes dans Seattle, je vibrai pratiquement sur mon siège en essayant de contenir mon excitation d'être là. Je n'étais jamais allée ailleurs que sur le territoire de la meute du Cancer, sur la côte au nord de Vancouver, et encore moins aux États-Unis. J'avais passé ma vie à lire sur des villes comme Seattle et j'aurais aimé pouvoir figer ce moment pour toujours dans une photo. Je pris même quelques clichés avec mon téléphone, bien que la qualité ne se rapprocherait jamais de celle de mon appareil photo.

J'avais toujours eu dans un coin de ma tête l'idée à moitié folle de m'enfuir dans une grande ville d'Amérique pour échapper à ma vie. C'était au mieux un plan à moitié formé, mais c'était tout ce que je pouvais faire pour rendre mon existence supportable. Je rêvais de venir aux États-Unis et de me cacher de la meute du Cancer pour toujours dans une des régions où il n'y a pas de loups. Je savais maintenant que ce n'était qu'un fantasme d'évasion, pas le moins du monde logique. Le mieux que je pouvais espérer était un partenaire dans une autre meute et je devrais toujours voir la meute du Cancer très souvent. Je ne pouvais pas leur échapper complètement, pas vraiment.

Les villes s'estompèrent bientôt et nous traversâmes les zones plus accidentées du Montana. Le soleil se couchait et nous nous rapprochions maintenant. Wesley s'était endormi à côté de moi et j'avais envie de lui donner un coup de coude pour qu'il partage mon anticipation alors que nous roulions sur une petite route à travers une forêt dense, les arbres se refermant sur nous. Soudain, nous débouchâmes dans une immense clairière couverte de tentes et mon souffle se coupa à la vue de tous les métamorphes présents.

Nous étions arrivés à la Convergence.

CHAPITRE TROIS

ALORS QUE NOUS NOUS GARIONS, je redressai le cou pour voir par-dessus le reste des voitures, mes jambes endolories par le long trajet. J'avais hâte de quitter la voiture et d'échapper au poids oppressant qui la remplissait. Dehors, il y avait des tentes partout, couvrant le moindre centimètre carré de terrain, et je n'avais jamais vu autant de personnes au même endroit en dehors d'une ville. Une excitation me parcourut, se mêlant à l'anxiété qui s'accumulait depuis des semaines. Mon destin entier reposait sur ce qui se passerait à la Convergence.

Je sortis de la voiture et étirai la tension du voyage de mon corps, admirant la vue et sentant les odeurs de la forêt du Montana autour du camping. Ça me rappelait un peu le territoire des Cancers, bien que les arbres étaient différents ici et qu'il n'y avait pas d'odeur d'eau salée dans l'air. Un couple de loups passa devant moi dans la forêt et j'aperçus la marque de la meute du Verseau sur eux avant qu'ils ne s'éclipsent.

Je laissai mon sac derrière moi puisqu'il était si lourd, prévoyant de revenir le chercher plus tard, et suivis mon père et Jackie à travers le parking avec Wesley à mes côtés. J'attirai son regard alors que nous nous faufilions entre les voitures. Il me sourit, de l'excitation se dégageant de lui. C'était suffisamment contagieux pour chasser une grande partie de l'anxiété.

— Détends-toi, Ayla, dit-il. On est là maintenant.

Je hochai la tête et me détendis un peu. S'il n'était pas nerveux, je n'avais pas à l'être non plus. Il était déjà passé par là et il s'assurerait de me transmettre toute information importante. De plus, demain, j'aurais enfin ma louve, me permettant de devenir ma véritable moi. Je n'avais aucune raison de m'inquiéter. Pas vrai ?

— Ne fais rien de stupide, lança Jackie par-dessus son épaule. Tous les regards seront tournés vers les alphas et leurs familles. Surtout Wesley, en tant que successeur alpha.

— Ouais, on ne voudrait pas que quelqu'un se doute que l'on n'est pas la famille nucléaire parfaite, dis-je, du sarcasme dégoulinant de chaque mot.

Mon père se retourna et leva la main comme s'il était sur le point de me frapper, mais il se reprit. Il balaya du regard toutes les personnes à proximité, avant de parler dans un grognement grave.

— Fais attention, Ayla.

Il insuffla de la puissance dans les mots, me donnant un

commandement alpha qui s'enroula autour de ma gorge comme un étau, me forçant à obéir.

— Ou tu le regretteras.

— Papa, arrête, dit Wesley en se déplaçant pour se tenir à côté de moi.

Il ne pouvait pas officiellement défier notre père, sauf s'il voulait se battre pour le rôle d'alpha. Ce qui entraînerait probablement la mort de l'un d'entre eux. Je touchai le bras de Wesley pour indiquer que tout allait bien. Je ne pouvais pas supporter l'idée de risquer de le perdre. Un jour, il sera alpha, mais en attendant, je pouvais supporter la situation.

Nous continuâmes à marcher, faisant comme si tout allait bien, mais je ne pourrais pas me détendre tant que je serais près de mes parents. J'avais hâte de m'éloigner d'eux. C'était l'un des avantages de venir à la Convergence : je n'avais pas à constamment rester avec ma meute. J'aurais un aperçu de ce que ce serait de vivre parmi des gens qui ne détestaient pas mon existence. Toutes les meutes n'avaient probablement pas les mêmes opinions toxiques envers les métamorphes demi-humains. Je savais que je n'étais sûrement pas la seule à exister. Plus nous nous mêlions aux humains, plus nous avions de chances de nous reproduire avec eux.

Plus nous avancions, moins les tentes ressemblaient à un fouillis aléatoire, et une structure commença à apparaître. Des banderoles étaient plantées dans le sol avec des symboles du zodiaque pour représenter les différentes meutes. Le camping avait été divisé en quadrants représentant les quatre éléments, et nous nous dirigeâmes pour rejoindre les autres signes d'eau.

Des centaines de métamorphes déambulaient entre les tentes, certains sous leurs formes humaines et d'autres sous leurs formes de loups, représentant chacune des douze meutes. Des métamorphes de tous âges se mêlaient à d'autres meutes que la leur, partageant des repas, riant ensemble et dansant sous le soleil comme s'ils étaient à un festival de musique. Je n'avais jamais ressenti une telle camaraderie entre membres de différentes meutes, même celles qui étaient en bons termes. La Convergence était un terrain neutre et personne n'avait à s'inquiéter d'éventuels complots ou d'une quelconque attaque. Les combats étaient interdits ici et les Sorcières du Soleil s'assuraient que tout le monde se pliait aux règles.

Mon père prit à part un métamorphe Poissons et lui demanda où nous devions nous installer, mais j'étais trop concentrée à essayer de tout assimiler pour écouter les détails de leur conversation. Le mâle pointa du doigt le côté nord de la clairière, jusqu'à l'arrière. Mon père acquiesça et nous commençâmes à nous frayer un chemin à travers les tentes des Poissons et des Scorpions jusqu'à la zone des Cancers.

Je reconnus plus de personnes que ce à quoi je m'attendais. Plusieurs des différents alphas étaient venus chez nous depuis aussi longtemps que je me souvienne. Il y avait toujours des affaires à traiter, des conflits de territoire à régler, des alliances à négocier et des ressources à distribuer.

La meute du Cancer était l'une des plus grandes et nous étions alliés avec les meutes des Poissons, du Capricorne et du Verseau. Nous étions depuis longtemps en rivalité, ou pire, avec l'autre meute la plus grande, les Lions, ainsi qu'avec leurs alliés, les meutes du Bélier, du Taureau et du Scorpion. Les autres loups du zodiaque, les meutes des Gémeaux, de la Vierge, de la Balance et du Sagittaire, restaient tous neutres pour le moment, mais les alliances étaient en constante évolution et changeaient continuellement. Tout pourrait être à nouveau différent d'ici la fin de la Convergence.

Nous passâmes à côté des alphas Verseau et Poissons en pleine conversation, et avant que je puisse me rappeler la dernière fois que je les avais vus tous les deux, Mira arriva en courant. Je m'arrêtai, laissant le reste de ma famille avancer un peu pour nous donner un semblant d'intimité. Cela ne changerait pas grand-chose, pas avec autant de métamorphes aux alentours. Cependant, je ne refuserais jamais une occasion de m'éloigner de mes parents.

— Ayla, dit-elle, les yeux brillants alors qu'elle dansait autour de moi, sautant pratiquement hors de sa peau. Tu te rends compte du nombre de métamorphes qui sont venus cette année ?

— Non, répondis-je en lui rendant son sourire.

Sa bonne humeur était contagieuse et j'étais de bonne humeur malgré les quinze heures de torture que je venais de passer dans la voiture avec mon père et Jackie.

— C'est incroyable. Je savais qu'il y avait beaucoup de

métamorphes entre les douze meutes, mais voir tout le monde ensemble me donne en quelque sorte l'impression qu'on pourrait affronter le monde entier.

Mira baissa la voix et m'attira plus près d'elle.

— Tu as vu tous ces canons ? demanda-t-elle en regardant un groupe de jeunes mâles de la meute du Scorpion qui passaient près de nous, aucun d'entre eux ne portant de chemise. Mmm, délicieux. *Ils* se sont définitivement entraînés.

Je ris lorsque l'un d'entre eux se retourna et adressa un sourire en coin à Mira. Elle baissa les yeux d'un air pudique, mais je pouvais voir la jubilation dans son regard. J'ouvris la bouche pour lui dire qu'elle n'était pas aussi discrète qu'elle le pensait, mais je me ravisai. Pourquoi gâcher le plaisir ? Presque tout le monde ici avait déjà son loup et pouvait entendre ne serait-ce que le plus petit murmure.

Comme pour prouver mon point, Wesley se retourna vers nous avec un sourire narquois. Il avait continué d'avancer avec mon père et Jackie, mais aucun d'entre eux n'était assez loin pour que le commentaire de Mira leur ait échappé. Heureusement, nos parents étaient en pleine conversation, mais pas de chance avec mon frère. Wesley roula des yeux vers moi, mais le sourire sur son visage montrait son amusement et Mira rougit d'embarras. Je regardai entre elle et Wesley en levant les sourcils. Je me doutais qu'elle craquait pour mon frère depuis un certain temps et elle venait de le confirmer.

Je secouai la tête. Ce n'était pas comme si je pouvais la

mettre en garde. Wesley était un séducteur et tout le monde le savait. Elle devrait se débrouiller toute seule à son sujet. Il n'avait toujours pas trouvé sa partenaire et en profitait au maximum. Je me demandais si elle espérait secrètement qu'ils seraient accouplés demain. Bien sûr, la moitié du plaisir de la Convergence était de se demander avec qui on serait jumelé lors de la cérémonie d'accouplement, à supposer qu'on soit jumelé tout court.

— Viens, dis-je. Installons nos tentes.

Quelqu'un me bouscula violemment avant que je puisse bouger. Je trébuchai en avant, mes instincts se manifestant juste assez vite pour m'empêcher de tomber. Lorsque je levai les yeux, un grand mec musclé aux cheveux blonds passa devant moi, accompagné de ses amis. Il jeta un regard par-dessus son épaule, ses yeux remplis de pur venin.

— Regarde où tu vas, dit-il. Ou mieux encore, reste en dehors du chemin.

Je repris mon équilibre, une rage jaillissant au fond de moi face à son ton haineux, comme une réponse pavlovienne. Toute ma vie, j'avais eu plus qu'assez de membres de ma propre meute me parlant comme ça. J'étais venue ici pour changer cela, pour trouver la connexion qui me manquait, et ma première interaction avec un membre d'une autre meute était quelqu'un qui trouvait ça normal de me traiter comme le faisait la meute du Cancer. Et puis quoi encore !

— Regarde où *tu* vas, répliquai-je.

Il avait déjà commencé à s'éloigner, comme s'il ne s'attendait pas à ce que je lui réponde, mais il s'arrêta à mes mots et se retourna complètement, le regard charbonneux.

Merde, il était alléchant. Je me surpris à le regarder, même si je doutais que nous nous entendions bien s'il parlait comme ça à des inconnus. Il était grand, musclé et bronzé, avec des cheveux blonds qui étaient à la limite d'être longs et sauvages. Il passait manifestement beaucoup de temps à se défouler à l'extérieur.

Il me regarda de haut en bas, puis retroussa ses lèvres en un grognement.

— Tu es la paria de la meute du Cancer, n'est-ce pas ? Je reconnaîtrais les yeux d'Harrison n'importe où, et tu as les cheveux de ta mère humaine.

Il dit le mot *humaine* comme si c'était un terme sale. Ah oui, un autre rappel de chez moi. Quelle que soit la meute dont il faisait partie, je me fis une note mentale de ne jamais m'associer à eux.

Je levai le menton et lui fis face.

— Et tu n'es qu'une autre brute qui trouve normal de s'en prendre à tous ceux que tu crois inférieurs à toi. Je n'ai pas besoin de connaître ton nom. Tes actions parlent suffisamment fort.

La main de Mira saisit la mienne et se resserra en réponse aux mots. C'était un avertissement silencieux. *Attention.* Je n'avais pas envie de faire attention. Qui que soit ce connard, il pouvait entendre ses quatre vérités.

Un grognement grave traversa le groupe de mâles réunis autour du gars et la tension devint palpable dans l'air. Bon, bah c'était foutu pour le maintien de la paix.

J'avais réussi à la briser quelques instants après être arrivée au camping.

— Hé, dit Mira en se plaçant devant moi et en tendant sa main libre en signe de supplication. Pas de combat ici, vous vous souvenez ? On est en terrain neutre.

Le type secoua la tête, du dégoût se dégageant de lui de manière presque tangible.

— Vous avez de la chance qu'on soit à la Convergence. N'importe où ailleurs, j'aurais donné à ton amie demi-humaine ici présente la raclée qu'elle mérite.

Quelque chose en moi mourut en entendant ces mots. J'avais espéré que mon ascendance ne serait pas si importante que cela en dehors de la meute du Cancer, mais je me retrouvais là, à faire face aux mêmes préjugés que ceux que je subissais au quotidien. Je n'allais jamais échapper à cette merde, n'est-ce pas ?

Le type me jeta un dernier regard dégoûté avant de s'éloigner. Les autres mâles lui emboîtèrent le pas, presque comme s'il les commandait. Ce mâle était haut placé dans les rangs de sa meute et cela m'agaçait que des cons comme lui puissent être au pouvoir si souvent. Je chassai la rencontre de mon esprit en soupirant. Avec un peu de chance, je n'aurais plus à avoir affaire à lui.

Wesley courut jusqu'à nous, de l'inquiétude se lisant sur son visage. Il posa une main sur mon épaule et fixa les méta-morphes.

— Qu'est-ce qu'il vient de se passer ?

— Rien, grommelai-je en tirant Mira en avant. C'était un enfoiré. Je lui ai dit de foutre le camp. Ce connard ne savait pas comment dire « excuse-moi » au lieu de « dégage de mon chemin ».

— Tu ne devrais pas te frotter à lui.

La main de Wesley se resserra sur mon épaule, passant de réconfortante à remplie de mise en garde. Ses yeux étaient sérieux lorsque je lui lançai un regard.

— C'est Jordan, de la meute du Lion.

Alors que j'observais le groupe qui battait en retraite, ils quittèrent le chemin principal où la bannière du Lion était plantée dans le sol, une confirmation instantanée des propos de Wesley.

— Eh bien, Jordan de la meute du Lion doit apprendre les bonnes manières, grommelai-je en me détournant. Peu importe à quel point il ne m'aime pas, je reste la fille d'un alpha. Je comprends que les Lions et les Cancers se détestent, mais c'est la Convergence. On est tous censés s'entendre. Il n'y a qu'un Lion pour essayer d'y mêler la rivalité entre nos clans.

— Tu ne comprends pas, dit Wesley les sourcils froncés. C'est Jordan *Marsten*. Le prochain en lice pour être l'alpha de la meute du Lion. Ce n'est pas quelqu'un que tu veux emmerder. Reste loin de lui.

Cela expliquait comment il avait su exactement qui j'étais. Je retirai la main de Wesley d'un haussement d'épaules.

— Je resterai à l'écart tant qu'il me laissera tranquille. Je ne veux rien avoir à faire avec les Lions.

Quand je n'étais qu'un bébé, la meute du Cancer et la meute du Lion s'étaient fait la guerre jusqu'à ce que les autres meutes interviennent et leur fassent faire une trêve. Il n'y avait pas eu de vainqueur incontestable et à cause de cela, il n'y avait jamais eu de résolution concrète. L'animosité planait toujours entre nos meutes comme un nuage sombre.

J'avais passé mon enfance à écouter mon père fulminer à propos de la meute du Lion et de son alpha. Apparemment, Dixon Marsten était constamment en train de comploter des moyens de nous affaiblir, ou mieux encore, de prendre entièrement le contrôle de notre meute. Je ne savais pas si c'était vrai ou si mon père était simplement paranoïaque. Les deux alphas refusaient de laisser le passé derrière eux, mettant toujours tout ce qui se passait de mal sur le dos de la meute rivale, et cela ne faisait que perpétuer cette vieille haine. Mon père était toujours en train de manigancer, la moitié de son énergie étant consacrée à essayer de régler le problème de la meute du Lion, une bonne fois pour toutes. Presque toutes les réunions qu'il tenait chez nous avaient quelque chose à voir avec le fait de gagner des alliés contre la meute du Lion ou d'essayer d'amener les meutes neutres à se joindre à nous. Il y avait d'autres rivalités parmi le reste des douze meutes du zodiaque, mais personne n'avait autant de raisons de se détester que les Lions et les Cancers. Même les éléments étaient des ennemis naturels : le feu et l'eau.

Je secouai la tête. Je n'étais pas assez âgée pour me souvenir du pire de la guerre, alors je ne comprenais pas la dynamique aussi bien que les autres membres de la meute. Je n'avais jamais vu les Lions nous faire quoi que ce soit depuis des années, mais les manigances, les manipulations et la haine continuaient. C'était peut-être parce que j'étais une paria de la meute, mais je n'avais jamais compris pourquoi on ne pouvait pas passer l'éponge sur le passé.

Je suivis Mira et Wesley jusqu'à la bannière du Cancer. Des personnes montaient des tentes presque partout où nous marchions. La Convergence commençait demain, pendant le solstice d'été, et la plupart des gens étaient déjà là, même si certains arriveraient au compte-gouttes pendant la nuit. Nous avions de la chance que la Convergence soit relativement proche du territoire des Cancers cette année. Les Sorcières du Soleil changeaient de lieu à chaque fois pour que ce soit équitable, alternant entre six endroits différents afin de ne pas faire de favoritisme entre les meutes. Lors du précédent solstice d'hiver, la meute du Cancer avait dû partir un jour entier plus tôt juste pour arriver à l'heure et elle avait roulé toute la nuit.

Comme si le fait de penser aux Sorcières du Soleil les avait fait apparaître, je vis passer six femmes en robes fluides. Les métamorphes s'écartèrent du chemin pour elles, se taisant et baissant la tête en signe de respect. Je pouvais presque sentir le changement dans l'air alors qu'elles avançaient en glissant. Je leur jetai des regards furtifs sur leur passage, même s'il aurait été préférable de garder les yeux rivés sur le sol.

Toutes les meutes vénéraient le dieu du soleil Hélios et la déesse de la lune Séléné, et les sorcières étaient la preuve concrète d'une connexion avec le divin. Je n'en avais jamais vu une en chair et en os, mais j'avais été élevée au gré des récits de leur pouvoir stupéfiant, comme tout le monde.

Elles étaient alliées aux loups du zodiaque, contrairement aux Sorcières de la Lune, et il était terrifiant de penser à ce qui se passerait si elles ne l'étaient *pas*.

Une des sorcières se retourna pour me regarder en passant, ses yeux d'une couleur si pâle qu'ils semblaient absorber les teintes de l'air même qui l'entourait. Mon souffle se bloqua dans ma gorge, mon pouls battant la chamade. Je ne pouvais pas détourner le regard. Quelque chose se tordit en moi, essayant désespérément de sortir. J'eus l'impression d'avoir été prise en train de faire quelque chose de mal et que mon corps me poussait à le crier sur les toits.

Le moment passa, ses yeux glissant sur moi presque comme si je n'étais pas là. Ma respiration se calma et l'étrange sensation disparut. Je jetai un coup d'œil à Mira, qui ne semblait pas être affectée de la même façon que moi. Peut-être était-ce parce que j'étais à moitié humaine ? Je secouai la tête et essayai de chasser la sensation étrange de mon esprit. Peut-être que j'étais juste paranoïaque.

J'envoyai quand même une prière silencieuse aux sorcières. Elles avaient une meilleure connexion avec les dieux que je ne pourrais jamais l'espérer et pouvaient donc faire tourner le destin à leur guise. *Quel que soit le dieu qui m'entend, s'il vous plaît, faites que je sois accouplée à quelqu'un dans une meute qui me traitera bien. Je veux simplement que ma vie soit meilleure.* C'était une chose simple, tellement simple. Ne pourrais-je pas avoir ce coup de chance après des années passées à être coincée dans mon enfer personnel ?

Et si je n'obtenais pas de partenaire... Eh bien, j'aurais au moins ma louve et je serais capable de mieux me défendre. Je deviendrais plus forte et plus rapide, et si j'étais coincée dans la meute du Cancer, je pourrais distancer et déjouer tous ceux qui voudraient me faire du mal.

Il faudrait que ce soit suffisant.

CHAPITRE QUATRE

JE ME RÉVEILLAI avec Wesley en train de me secouer. Je ne me souvenais même pas m'être endormie la nuit précédente. Nous avions tous veillé tard pour monter les tentes et installer tout le monde, puis Mira et moi avions observé les autres métamorphes pendant des heures, avant de finalement nous glisser dans nos tentes et de nous effondrer.

— Tu as dit que tu voulais voir les Sorcières du Soleil bénir les bébés, dit Wesley quand je gémis en signe de protestation. C'est presque l'heure.

— Je n'avais pas réalisé que ça aurait lieu aussi tôt, grommelai-je en me traînant hors de mon sac de couchage.

Je n'étais vraiment pas du matin, même dans les meilleurs jours. Si cela ne tenait qu'à moi, je resterais debout toute la nuit et dormirais toute la journée.

Wesley m'avait utilement fait savoir que les tentes de nourriture étaient proches de l'endroit où les Sorcières du Soleil effectuaient les rituels, et j'étais curieuse de découvrir comment se déroulaient les bénédictions puisque je n'avais jamais vu de magie en action auparavant. Je retrouvai Mira à l'extérieur, qui avait l'air presque aussi endormie que moi, ses yeux sombres étant encore troubles et manquant de leur étincelle habituelle. Malgré sa fatigue, elle affichait un sourire en coin et je ne pus m'empêcher de faire de même. Aujourd'hui, c'était la Convergence, et tout allait changer.

Les choses ne pouvaient que s'améliorer à partir de là, pas vrai ?

Une odeur de bacon et d'œufs en train de cuire s'échappait des tentes de nourriture et le faible murmure des conversations nous indiqua que nous étions dans la bonne direction. Je saisis le bras de Mira, l'excitation l'emportant sur toute appréhension, et avant même que nous nous en rendions compte, nous faisions la queue pour prendre le petit-déjeuner avec des dizaines d'autres métamorphes que je ne reconnaissais pas.

Je ne fis même pas attention à la nourriture que j'attrapais, trop concentrée sur la file de personnes apportant leurs nouveau-nés un par un jusqu'au groupe de Sorcières du Soleil silencieuses qui se tenaient dans la lumière vive du matin, toutes vêtues de robes aux couleurs chaleureuses.

Mira et moi trouvâmes une place sur l'herbe à proximité tandis qu'une femelle Taureau s'avançait. Je m'interrompis, un morceau de pain grillé à mi-chemin vers mes lèvres, tandis que la Sorcière du Soleil prenait le bébé dans ses bras, le berçant doucement. Il s'agita pendant quelques instants, mais la Sorcière du Soleil le calma doucement en posant ses deux premiers doigts sur son front. Elle ferma les yeux et murmura quelque chose, trop bas pour que quiconque puisse l'entendre. Il y eut un léger changement dans l'air, comme si quelque chose se stabilisait, et une douce lueur les entoura tous les deux, comme un rayon de soleil tombant sur eux.

Si la Sorcière du Soleil ne bénissait pas l'enfant, il serait la proie de la malédiction des Sorcières de la Lune et deviendrait sauvage aux pleines lunes. Il était important que chaque bébé soit béni, sans quoi il passerait le reste de sa vie à agoniser, devenant fou aux pleines lunes, se réveillant sans se souvenir de ce qu'il avait fait pendant qu'il était transformé. De cette façon, une fois nos loups libérés, nous garderions toujours le contrôle, sans que la malédiction de la lune ne nous transforme en monstres enragés comme ceux des mythes.

Trois autres bébés furent bénis, ce changement dans l'air se produisant à chaque fois. Ce n'était pas les mains enflammées et les étincelles jaillissantes que j'avais imaginées dans mes rêveries, mais cette magie subtile était presque aussi impressionnante. La femme métamorphe reprenait chaque fois son enfant, lui souriait et s'en allait avec une expression songeuse sur le visage.

Mira me donna un coup de coude.

— Viens. On en a assez vu. J'ai l'impression que l'une d'entre elles nous lance des regards mauvais.

Je jetai un coup d'œil à Mira, puis je suivis le mouvement de son menton. C'était la même Sorcière du Soleil que j'avais remarquée en train de me regarder hier, ses yeux incolores fixés directement sur moi. Je déglutis, la gorge soudainement sèche, et me levai rapidement, enlevant l'herbe de mon jean. La même sensation de panique me suivit alors que nous retournions vers les tentes de nourriture pour jeter nos assiettes en carton.

— Qu'est-ce que tu as prévu pour aujourd'hui ? lui demandai-je.

J'espérais qu'elle voudrait partir en exploration avec moi, mais Mira avait toujours été plus sociable que moi et préférait passer du temps avec d'autres métamorphes plutôt que dans les bois. Je me méfiais des autres métamorphes. J'avais toujours peur qu'ils me harcèlent plutôt que de se lier d'amitié avec moi. Et j'avais presque toujours raison. Mira était une métamorphe au sang pur. Elle avait ses pouvoirs de Cancer et n'avait pas la même grande gueule que moi. Elle pouvait conquérir le cœur de n'importe qui avec son sourire naturel.

Une option était de rester écouter les discussions commerciales et regarder les meutes se chamailler, mais cela ne m'intéressait pas. Mira non plus. Elle n'avait jamais été impliquée dans la politique des meutes et je ne l'imaginais pas trouver soudainement un intérêt perdu depuis longtemps pour cela. C'était pratiquement ce que j'écoutais quotidiennement en vivant dans la maison de l'alpha et ça avait l'air d'être un vrai cauchemar. J'étais contente de savoir que le titre d'alpha ne tomberait jamais sur mes épaules. Cela ne m'irait pas du tout et Wesley était plus adapté à ce poste. Il savait garder la tête froide pendant les disputes et c'était essentiel pour réussir en tant qu'alpha.

— On pourrait aller explorer, dis-je en faisant un geste en direction de la forêt.

Je m'étais renseignée sur le site de la Convergence des semaines avant notre arrivée, planifiant des randonnées dans ma tête. Il y avait une série de cascades que j'avais hâte de voir et je voulais quelqu'un avec qui partager le paysage.

— La forêt est magnifique ici.

Mira fronça le nez.

— Mais il n'y a pas d'océan. Tu sais que je n'aime la nature que lorsqu'elle est à côté de l'eau. Je pense que je vais rester ici pour essayer de me faire des amis.

Elle se pencha et me murmura de façon conspiratrice.

— Qui sait, peut-être que je rencontrerai mon partenaire.

Je ne pus m'empêcher de rire, même si je levai les yeux au ciel.

— Parmi les centaines de personnes présentes ici ? Tu aurais vraiment de la chance.

— Eh bien, c'est la Convergence. Toutes sortes de choses étranges peuvent se produire.

Sur ce, elle fila, me laissant debout toute seule près des tentes de nourriture. Je jetai rapidement mon assiette, remarquant les regards étranges de certains des autres métamorphes. Je ne voulais pas attirer plus d'attention que je ne l'avais déjà fait, et je savais que je m'attirerais des ennuis si quelqu'un me disait quelque chose de grossier. Je me souvins de la poigne serrée que mon père avait eue sur mon bras quelques jours auparavant alors qu'il sifflait les mots dans mon oreille.

Je te chasserai moi-même de la meute du Cancer si tu causes des problèmes à la Convergence. Et il avait le pouvoir de le faire, ce qui était la pire partie de la menace. Je ne savais pas s'il le pensait vraiment ou si c'était juste des mots creux pour me faire rentrer dans le rang, mais je n'étais pas disposée à le découvrir.

Je retournai rapidement à ma tente, saluant d'un signe de tête toutes les personnes avec lesquelles j'établissais un contact visuel. Je ne connaissais pas la plupart d'entre eux, mais l'alpha Vierge me fit un sourire qui me remonta le moral. Peut-être que tout le monde ne me détestait pas ici. Peut-être qu'il y avait une chance que je ne reste pas une paria pour le reste de ma vie.

J'enfilai mes chaussures de randonnée usées que Wesley m'avait offertes pour mon dernier anniversaire, le deuxième meilleur cadeau que j'avais reçu à ce jour, le premier étant mon appareil photo. Je pris également mon téléphone pour prendre quelques photos, maudissant à nouveau Brad et Lori à voix basse avant de sortir.

Mon père se dirigeait vers la tente, en pleine conversation avec l'alpha Poissons, faisant des gestes autour de lui comme s'il complotait quelque chose, et je m'éclipsai rapidement. Je retournai vers les voitures, vérifiant par-dessus mon épaule juste pour être sûre qu'il ne m'avait pas aperçue. Il était concentré sur tout le reste en ce moment, mais ce serait bien ma veine qu'il me surprenne au mauvais moment et me force à rester à ses côtés. Je ne voulais pas qu'il me demande où j'allais, car il dirait qu'il était important que je reste ici au cas où il aurait besoin de moi. *Pour quoi, lui servir de punching-ball personnel ?* pensai-je en secouant la tête et en continuant à marcher rapidement. Si cela n'avait tenu qu'à lui, il m'aurait probablement confinée dans la tente. Mais personne ne remarquerait mon absence. Je le savais pertinemment. Il passait tellement de temps à parler de Wesley que la plupart des meutes oubliaient qu'il avait aussi une fille, et une demi-humaine de surcroît. Il avait réussi un exploit impressionnant en m'effaçant presque complètement de l'esprit des autres meutes.

Je trouvai le départ du sentier sans problème, et alors que le bruit de la Convergence s'estompait, mes épaules se détendirent. Là, dans la nature, je pouvais être moi-même sans avoir peur des répercussions. Je pouvais prendre des photos et faire de la randonnée, et personne ne me crierait dessus pour simplement exister.

Je sortis le vieux téléphone fissuré de Wesley et pris une photo de la façon dont la lumière du soleil filtrait à travers les feuilles. C'était une belle journée sans un seul nuage dans le ciel et je voulais en profiter. Il n'y aurait personne d'autre que moi ici. Tous les autres discutaient avec leurs amis des autres meutes et les humains étaient éloignés par un sort que les Sorcières du Soleil avaient lancé sur leurs terres. Je pouvais enfin me *détendre*.

Plus j'avançais dans ma randonnée, plus je me sentais chez moi dans cette étrange forêt. Elle m'enveloppait, réconfortante dans son étreinte, et je me surpris à sourire en marchant. Le bruit de l'eau ruisselante devint plus fort et je traversai un ruisseau avant même de m'en rendre compte. J'étais presque aux cascades.

Quelques minutes plus tard, les chutes apparurent, l'eau se déversant dans un lac turquoise presque parfaitement rond. La vue me coupa le souffle et je regrettai l'absence de mon appareil photo encore plus que lors de notre trajet jusqu'ici. Je ne pourrais jamais rendre justice à ce spectacle avec l'appareil photo d'un téléphone, quelles que soient les retouches que je ferais.

J'étais tellement subjuguée par la beauté de la cascade que je ne remarquai pas le grand homme nu accroupi sur la berge jusqu'à ce qu'il bouge. Je fis un pas en arrière, choquée de voir quelqu'un d'autre dehors si loin de la Convergence. La façon gracieuse dont il se déplaçait criait le *métamorphe*, mais je ne vis aucune marque de meute sur sa peau exposée, et elle était *entièrement* exposée. Ses vêtements étaient en tas à ses pieds et son grand corps musclé était totalement exhibé. Il était dos à moi, me donnant une vue complète d'un dos tout en muscles et d'un cul si ferme qu'il ne demandait qu'à être giflé. Sans parler de ses cuisses et de ses bras si épais qu'ils faisaient honte aux arbres qui nous entouraient.

Je l'observai, incapable de détourner le regard de ses mains qui déversaient de l'eau sur son corps dur. Ses cheveux étaient foncés, chaque centimètre de son corps était bronzé et l'eau ruisselait sur ses larges épaules comme une caresse. Il avait l'air de passer plus de temps loin de la civilisation que près de celle-ci et semblait être parfaitement à l'aise dans la forêt. Si je l'avais vu dans une ville, il aurait fait tache.

Réalisant que je le fixais comme une sorte de tordue, j'arrachai mon regard avec une respiration saccadée. Je me mis derrière un arbre aussi discrètement que possible et me demandai quoi faire. Il serait difficile de faire demi-tour sans faire de bruit, et même le moindre bruissement de feuilles ou le moindre craquement de branche alerterait ses sens de loup. C'était un miracle que je n'en aie piétiné aucune en arrivant.

Alors que j'essayais de me défiler, une brindille se brisa sous mon pied et ma théorie fut confirmée lorsqu'il se retourna, les yeux plissés, me cherchant du regard. C'était définitivement un métamorphe et maintenant il savait que j'étais là. Il leva la tête comme s'il essayait de capter mon odeur. Je me mordillai la lèvre, essayant de décider de ma prochaine action. D'où j'étais, on aurait dit que je me cachais, ou même que je l'espionnais. Je soupirai de frustration. Je ne voyais pas comment m'en sortir correctement.

Il se transforma avant que je puisse me décider. Le mouvement était si facile, si fluide que je manquai presque de le remarquer. Un énorme loup noir aux yeux bleus brillants et rusés fonçait maintenant directement sur moi. Il n'y avait aucune chance que je puisse le distancer à pied, pas quand il était sous sa forme de loup. Je sortis de derrière les arbres en levant les mains pour montrer que je ne portais pas d'armes.

Un grognement grave étouffa le vacarme des cascades et il s'accroupit, ses muscles lourds se contractant comme s'il se préparait à attaquer.

— Et merde, marmonnai-je.

Je n'avais aucune chance contre les dents de son loup sans l'armure du Cancer, et puisque je n'avais pas encore ma propre louve... *Super timing, Ayla...* j'allais devoir dépendre de sa seule clémence.

— Je ne voulais pas te déranger. Je fais juste une randonnée...

L'énorme loup bondit vers moi, et je poussai un cri de surprise lorsqu'il me percuta et me fit tomber sur le sol de la forêt. J'essayai de m'éloigner de ses crocs et de ses griffes acérées, mais il recula. Maintenant, un corps humain dur et très nu me tenait coincée sous lui. Ses genoux s'enfonçaient dans mes cuisses et il avait capturé chacun de mes poignets avec ses mains. Son visage bronzé était assez proche pour que je puisse voir que ses yeux étaient tout aussi bleus que lorsqu'il était loup et une barbe rugueuse couvrait sa mâchoire, le rendant encore plus sexy.

Arrête ça, dis-je à mon cerveau. *Tu ne devrais pas remarquer à quel point il est sexy, tu es à deux doigts de te faire arracher la gorge si tu dis la mauvaise chose.*

Mais quelque chose passa entre nous lorsque nos regards se croisèrent, quelque chose qui fit que mon cœur s'accéléra et que ma respiration s'arrêta. Quelque chose qui tira sur mon âme et me dit *c'est lui*. Un désir et une soif comme je n'en avais jamais connu auparavant jaillirent en moi et je me demandai s'il le ressentait aussi.

— Qu'est-ce que tu fais ici ?

Ses yeux se posèrent sur mes lèvres comme s'il ne pouvait pas s'en empêcher, puis son visage s'abaissa, son nez frôlant lentement mon cou, me faisant frissonner. Je crus qu'il allait ensuite y presser ses lèvres, mais il se retira.

— Meute du Cancer ? grogna-t-il comme une insulte. Tu devrais être en bas avec les autres.

— Je suis en randonnée, pas perdue, répétai-je en essayant de ne pas laisser les mots trembler comme le faisait mon corps, tandis que le pouls à ma gorge battait à tout rompre.

Je n'étais que trop consciente qu'il était complètement à poil et je gardai mon regard rivé sur son visage, n'osant pas baisser les yeux. Il l'aurait remarqué, et je ne savais pas si je pourrais détourner mon regard de son corps si je rompais le contact visuel. Il irradiait d'une chaleur qui me pénétra jusque dans les os à l'endroit où nos corps se touchaient. Même si j'étais terrifiée, je ne pouvais pas empêcher la poussée de chaleur qui s'accumulait entre mes cuisses à la sensation de son corps dur sur le mien.

— En randonnée ? demanda-t-il comme s'il ne me croyait pas.

— Je voulais prendre du temps pour moi avant le rituel de ce soir. C'est autorisé, n'est-ce pas ?

Je me sentais un peu plus courageuse et ma grande gueule était de nouveau opérationnelle.

— On est en terrain neutre, ajoutai-je.

— Oui, mais il y a sûrement des membres de ta meute à qui tu manques.

J'avais envie de rouler des yeux. *Tu parles !* Mira était trop occupée à courir après tout ce qui lui souriait et Wesley était probablement en train de se délecter des louanges de notre père.

— Je ne manquerais à personne.

— Très drôle.

Son ton était condescendant, tout comme le léger sourire en coin qu'il affichait en me regardant. Ses yeux s'attardèrent et pour peu, je pourrais penser qu'il me reluquait.

— Et moi qui pensais que la meute du Cancer était plutôt soudée, continua-t-il.

Je m'ébrouai en entendant cela.

— Il est clair que tu ne sais rien de moi.

Le visage de l'homme s'assombrit.

— Et je n'en ai pas envie. Tu vas oublier que tu m'as vu, si tu sais ce qui est bon pour toi.

— Ou quoi ? Tu vas me tuer ? Je t'en prie, vas-y. J'aimerais te voir expliquer pourquoi tu as tué quelqu'un sur le territoire des Sorcières du Soleil pendant la Convergence. Je me moquerai de toi depuis l'au-delà.

Son regard s'assombrit davantage, ses yeux bleus devenant presque noirs.

— Tu as envie de mourir, petite louve.

D'une certaine manière, cela me contraria plus que *bâtarde* ou *sang-mêlé*. Il ne devait pas être beaucoup plus âgé que moi.

— Non, je n'ai juste rien à perdre.

Il retroussa ses lèvres en un autre grognement. Il semblait prêt à dire autre chose, mais son attention se porta soudainement ailleurs, ses yeux bleus perçants se concentrant sur les broussailles à quelques mètres en arrière.

Je l'entendis un instant après lui, le bruissement de quelque chose qui bougeait dedans, quelque chose de manifestement humain. Je me crispai immédiatement. J'avais participé à suffisamment de combats pour savoir que l'arrivée de quelqu'un d'autre n'était pas toujours une bonne chose. Surtout aussi loin de ma propre meute. Il était plus que probable que ce soit quelqu'un de sa meute, quelle qu'elle soit.

— Laisse-moi partir, dis-je en me tortillant sous son emprise une fois de plus, essayant de faire céder la lourde pression de son corps.

Sans succès. Cela ne fit que me frotter contre chaque centimètre nu et dur de lui. Et bordel, il était définitivement dur. Et imposant aussi. Une luxure jaillit en moi comme un feu de joie qui s'anime. Je n'avais jamais rien ressenti de tel auparavant, et cela me fit haleter. Il baissa les yeux vers moi, ses lèvres se transformant en un sourire sombre comme s'il savait exactement à quoi je pensais, avant de se dégager de moi.

— Va-t'en, petite louve, dit-il. Et oublie que tu nous as vus.

Il reprit sa forme de loup avant que je puisse l'examiner davantage et salua les deux autres mâles qui sortaient des broussailles avec un léger *gloussement*. Je me levai d'un bond et fis un pas en arrière vers le sentier. Un autre grognement grave résonna des lèvres de son loup, me mettant en garde. Les deux mâles nous regardèrent alternativement, mais je ne les reconnus ni l'un ni l'autre. Il était probable que je ne les avais simplement jamais vus auparavant, mais quelque chose dans toute cette situation me fit grincer des dents. Qu'est-ce qu'ils faisaient tous si loin de la Convergence ?

Maintenant que son corps n'était plus sur le mien, un semblant de raison revint dans ma tête stupide. Je fis demi-tour sans regarder derrière moi et m'enfuis en sprintant par le chemin d'où j'étais venue, essayant de mettre le plus de distance possible entre nous. Ce n'est qu'après avoir ralenti jusqu'à un trot lent que je m'arrêtai pour me demander de quelle meute ils provenaient. L'homme sentait la forêt, une essence boisée et enivrante, mais je ne pouvais pas encore reconnaître les odeurs comme les métamorphes complets. Je maudis mon manque de louve pour la deuxième fois. Si j'avais pu me transformer, j'aurais pu me libérer et mes sens plus aiguisés m'auraient alertée de sa présence avant que je ne tombe sur lui au départ.

La sensation étrange persista tout le long du trajet retour. Il y avait quelque chose de curieux chez ce loup et les deux mâles qui l'accompagnaient.

Quelque chose que mon instinct me disait être des ennuis.

CHAPITRE CINQ

IL FAISAIT PRESQUE NUIT lorsque j'émergeai des bois. J'avais dû ralentir pendant une bonne partie du sentier. Une fois l'adrénaline retombée, j'étais fatiguée et je n'arrêtais pas de trébucher. J'avais failli me tordre la cheville plusieurs fois. Les abords du camp étaient pratiquement déserts et je m'empressai de les traverser en direction du grondement sourd des voix. La zone où les bébés avaient été bénis dans la matinée avait été élargie, les tentes de nourriture poussées hors du chemin, et l'endroit était bondé de métamorphes. Les douze meutes étaient toutes disposées en cercle, tournées vers l'intérieur, là où le rituel allait se dérouler.

Je cherchai ma famille, trouvant Wesley assis à côté de notre père. À mon arrivée, mon père leva les yeux et me fusilla du regard. Je réalisai que j'avais fait une erreur en arrivant alors que tout le monde était déjà réuni.

— Où étais-tu passée ? demanda-t-il.

J'aspirai un souffle. On aurait pu penser qu'il baisserait la voix, non ?

— Je me promenais dans la forêt.

— Tu ne m'as pas fait honte devant quelqu'un, n'est-ce pas ?

Il n'avait toujours pas baissé la voix et les meutes à proximité se turent, la plupart nous regardant. Il mettait habituellement un point d'honneur à continuer à jouer la comédie devant tout le monde, mais je me rendis compte que c'était un exercice d'humiliation. Je n'avais pas suivi les ordres et il me punissait pour cela. Il montrait à quel point il était dur en tant qu'alpha.

— Non, répondis-je. Je n'ai parlé à personne. *Personne, à part un mâle sexy auquel je n'arrête pas de penser.*

Mon père fronça les sourcils.

— Tu étais donc antisociale, alors. Tu représentes notre meute ce soir, même si tu n'es pas vraiment une Cancer. Tu me déçois constamment, Ayla.

— Tu fais tout pour que ce soit le cas.

Les mots s'échappèrent alors que je levais les yeux vers lui d'un air de défi. Il fallait qu'il s'assure que tout le monde sache que j'étais une paria.

— Peut-être que tu aurais une fille dont tu pourrais être fier si tu n'avais pas baisé avec une humaine, continuai-je.

Les yeux de mon père clignotèrent et pendant un instant, je crus qu'il allait me frapper devant tout le monde. Mais non. Cela reviendrait à admettre que je l'avais atteint. Il ne montrerait jamais ce genre de faiblesse devant un si grand nombre de métamorphes. Il se contenta de ricaner et de me donner un autre commandement alpha, juste parce qu'il aimait me voir me plier à sa volonté.

— Tu ferais mieux de t'asseoir maintenant avant de nous importuner davantage.

Je serrai les dents et m'assis à côté de Wesley. Lorsque je jetai un coup d'œil vers lui, ses lèvres étaient pressées l'une contre l'autre en une ligne serrée, mais il n'oserait pas protester contre un commandement alpha, surtout devant tout le monde. Je n'obtiendrais aucune aide de sa part. Jackie nous ignorait complètement, fixant le feu au centre qui illuminait la clairière. C'était probablement préférable.

Alors que la nuit tombait et que la lune émergeait des nuages, le silence se prolongea et je sentis tous les regards sur moi. Je brûlais de honte, même si je n'avais rien fait de mal. J'aurais voulu pouvoir m'enfoncer dans le sol et cesser d'exister. Mais non, cela leur donnerait à tous une trop grande satisfaction.

Je gardai la tête haute en jetant un coup d'œil entre les différentes meutes, refusant de les laisser m'intimider. De toute façon, c'était probablement la seule et unique fois que je les verrais tous réunis comme ça et j'étais curieuse. Je repérai la meute des Gémeaux, avec leurs alphas jumeaux ; ils gouvernaient toujours par paires. Je remarquai également l'alpha de la Vierge, qui était une femelle non accouplée. Contrairement au reste des meutes, les Vierges étaient matriarcales et leurs femmes prenaient toutes les décisions. J'avais souvent secrètement espéré que je finirais dans leur meute.

Enfin, après ce qui semblait être des heures, les

Sorcières du Soleil arrivèrent. Elles traversèrent la foule, les métamorphes s'écartant du chemin pour elles. Je me détendis un peu à leur passage, alors que le reste de l'attention se détourna de moi.

Une femme se démarquait du groupe de vêtements aux couleurs chaleureuses. Elle était la seule à porter une robe rouge vif et était pratiquement couverte de bijoux en or. Elle était belle, blonde platine et pâle, mais elle n'avait pas l'air humaine. Il ne fallait pas avoir des sens supplémentaires pour sentir le pouvoir qui émanait d'elle. Mes dents bourdonnèrent en la regardant, et je me surpris à me concentrer sur les autres femmes autour d'elle, incapable de continuer à la fixer trop longtemps.

— Salutations, entonna la femme alors que les autres sorcières se déployaient en éventail autour d'elle. Pour ceux qui sont nouveaux, je suis Evanora, la Grande Prêtresse des Sorcières du Soleil, et c'est un honneur pour moi de diriger cette Convergence. Ce matin, nous avons accueilli les nouveaux membres des meutes, et ce soir, nous allons nous occuper de ceux qui ont atteint leur majorité et libérer tout leur potentiel.

Alors qu'elle poursuivait de sa voix douce et chantante, je me mis à regarder autour de moi. Je savais déjà ce qui allait se passer. Je m'étais préparée et j'avais lu sur le sujet pendant des années. Les autres étaient tous envoûtés par sa voix, mais mon esprit était ailleurs. Où était le mâle que j'avais vu dans la forêt ? Il n'était avec aucun des alphas et, en scrutant les visages, je ne le vis pas non plus, ni les autres hommes avec qui il était. La sensation étrange qui bouillonnait dans mes tripes s'intensifia. Quelque chose ne collait pas ce soir.

— Une fois que vous aurez obtenu votre loup, vous aurez la possibilité de rencontrer votre partenaire ce soir, déclara Evanora, et je sentis son regard pesant sur moi.

Un frisson me parcourut lorsque nos regards se croisèrent. Tout en moi me criait de baisser les yeux, de montrer ma soumission, mais je me figeai sur place, luttant contre l'envie. Elle passa à autre chose avant que je puisse détourner le regard, ses yeux balayant les autres personnes qui participeraient au rituel ce soir. J'aspirai un souffle. Peut-être qu'elle ne m'avait pas ciblée comme je l'avais d'abord pensé, mais qu'elle avait simplement agi comme le faisaient les Sorcières du Soleil pour nous faire ressentir leur pouvoir.

Un halètement traversa la foule et pendant un moment, je crus que c'était parce qu'ils réagissaient à ce qu'elle disait. Cela n'avait pas de sens, tout le monde connaissait le rituel pour rencontrer son partenaire. C'était ce que beaucoup d'entre nous attendaient le plus à la Convergence, autant que de libérer nos pleins pouvoirs.

Puis je vis le mouvement. Il venait de l'arrière et je redressai le cou pour voir ce qui se passait. La voix suave d'Evanora s'arrêta net lorsqu'elle le remarqua et les chuchotements augmentèrent.

La ligne de front se brisa pour laisser passer quatre personnes. Ma mâchoire se décrocha lorsque je reconnus le grand mâle robuste des cascades, ainsi que les autres que j'avais vus juste avant de tourner les talons et de prendre la fuite. Il y avait aussi une femme avec lui que je ne reconnus pas.

Il était habillé cette fois, du moins partiellement. Pas de chemise, juste un jean foncé déchiré, et les muscles lourds de ses épaules et de sa poitrine semblaient encore plus fermes à la lumière du feu qu'ils ne l'étaient à la lumière du soleil. Maintenant qu'il ne me clouait pas au sol, je vis que la marque de sa meute se trouvait sur le haut de sa poitrine. Les trois loups qui l'accompagnaient portaient le même symbole : une forme de « U » traversé par un serpent. Cela ne ressemblait à aucun des douze signes du zodiaque dont j'étais entourée depuis ma naissance, mais c'était tout de même une marque de meute.

Des chuchotements s'élevèrent, remplaçant le silence stupéfait. J'entendis le mot « serpent » murmuré à plusieurs reprises et je me demandai s'ils parlaient du tatouage sur le haut du bras de l'homme et qui s'enroulait autour de sa peau comme s'il s'agissait d'un véritable animal et pas simplement d'encre. Mais non, ils regardaient tous les nouveaux arrivants, pas seulement lui.

Les trois autres se tenaient à l'écart des Sorcières du Soleil, mais l'homme, qui devait être leur alpha, s'avança droit vers Evanora. Il prit son temps, regardant les meutes rassemblées jusqu'à ce que son regard s'arrête sur moi et s'attarde. Mon souffle s'arrêta. Il m'avait trouvée parmi toutes les personnes présentes dans la foule. Avait-il été à ma recherche ? Je sentis un éclair de peur me traverser, ainsi qu'autre chose, comme un besoin. Un autre murmure parcourut les rangs des métamorphes rassemblés, mais j'étais incapable de bouger sous son regard perçant, comme s'il me retenait dans la forêt une fois de plus.

Puis, aussi rapidement qu'il m'avait trouvée, il détourna le regard. Evanora rayonnait de haine et je sentis la tension monter au sein des métamorphes qui nous entouraient, pris au piège devant ce qui se préparait.

— La meute d'Ophiuchus demande à être reconnue, dit l'homme, sa voix portant sur tout le monde.

Un choc se répandit, remplaçant l'anticipation. Le mot Ophiuchus résonna dans ma tête, déterrant de vieux souvenirs que j'avais à moitié oubliés, des contes populaires que j'avais appris dans mon enfance et délaissés avec l'âge et la maturité. Ophiuchus était la treizième meute perdue du zodiaque. Ils étaient légendaires, connus sous le nom de « porteurs de serpents », et on disait d'eux qu'ils étaient des traîtres vicieux qui n'avaient aucun sens de l'obligation ou de la loyauté. Ils vivaient en dehors de la société normale et n'interagissaient avec personne s'ils pouvaient l'éviter.

Ils étaient aussi censés être un mythe. Je ne me souvenais pas avoir déjà entendu dire que quelqu'un avait vu un membre de la meute d'Ophiuchus de mon vivant. La seule fois où ils avaient été mentionnés, c'était lorsque nous étions enfants. *Sois sage*, nous disaient les adultes, *ou la meute d'Ophiuchus viendra te chercher*. Ils avaient été les croquemitaines de nos enfances, les figures de l'ombre qui étaient devenues moins menaçantes à mesure que j'avais grandi.

Mais ils étaient là maintenant.

La peur que j'avais ressentie étant enfant était viscérale et elle ressurgit lorsque je regardai ces étranges métamorphes, extérieurs à toute meute que je reconnaissais. Et l'alpha qui m'avait coincée dans la forêt ? Il représentait les cauchemars de mon enfance qui prenaient vie.

— Adeptes des Sorcières de la Lune, murmura quelqu'un, et je me souvins de l'autre partie du conte.

La meute d'Ophiuchus faisait autrefois partie des loups du zodiaque, mais elle avait commencé à se reproduire avec les Sorcières de la Lune qui nous avaient maudits toutes ces années auparavant. En conséquence, la meute d'Ophiuchus avait été bannie des loups du zodiaque. Personne n'avait entendu parler d'eux depuis.

Jusqu'à maintenant. Ils se tenaient devant nous en chair et en os, se tenant au coude à coude avec la plus puissante des Sorcières du Soleil. Je me demandai si les histoires étaient vraies et si la magie des Sorcières de la Lune coulait dans leurs veines. Cet alpha pourrait-il affronter la Grande Prêtresse ?

Evanora fut la première à briser le lourd silence, suffisamment fort pour que nous puissions tous l'entendre.

— Tu n'es pas le bienvenu ici, dit-elle en désignant l'alpha.

Cela ne sembla pas avoir l'effet escompté, car il attendit simplement, les épaules en arrière, la regardant dans les yeux.

— Si nous n'étions pas à la Convergence et que les effusions de sang étaient autorisées, je t'aurais déjà abattu moi-même, continua-t-elle.

L'alpha retroussa ses lèvres en une parodie de sourire

avec tous les bons mouvements, mais sans aucune trace d'humour.

— Je ne suis pas là pour me battre, dit-il, et sa posture passa de menaçante à neutre en un clin d'œil.

Je me souvins de la façon gracieuse dont il s'était transformé et avait bougé dans la forêt. C'était un alpha qui avait le contrôle total de son corps, qui commandait chaque muscle.

— Mais il est temps que tu nous autorises à rejoindre les loups du zodiaque, affirma-t-il.

— Jamais, siffla Evanora.

— Je vais en discuter avec les alphas, Sorcière du Soleil, dit l'alpha, son grognement râlant bas dans sa poitrine. On est peut-être sur ton territoire, mais c'est une affaire de loups. Même toi ne pourrais pas retenir la force des treize meutes si on décidait de se révolter.

— Vous ne serez jamais des nôtres, serpents, cria quelqu'un.

Je reconnus la voix et trouvai l'alpha de la meute du Lion debout. Dixon Marsten ressemblait à un guerrier viking d'autrefois avec ses longs cheveux blonds et sa barbe épaisse, et je vis les gens reculer face au mugissement intimidant de sa voix. À côté de lui se tenait son fils, Jordan, les bras croisés sur sa poitrine. Il me lança un regard qui me brûla pratiquement la peau avant de reporter son attention vers les événements qui se déroulaient devant nous.

— Pour une fois, on est d'accord sur quelque chose, dit mon père en se levant également. Partez d'ici, avant qu'on ne change d'avis sur la règle d'absence d'effusion de sang.

C'était une menace vide de sens, mais elle incita le reste des meutes à hocher la tête et à faire du bruit. J'entendis plus d'une raillerie venant de la meute du Cancer avant que cela ne soit repris par d'autres meutes et relayé.

L'alpha Ophiuchus dévisagea Dixon avec une haine tellement bouillonnante qu'elle ressemblait à des vagues de chaleur roulantes.

— Si vous ne nous permettez pas de devenir vos alliés, alors on deviendra vos ennemis.

Sa voix était si profonde que c'était pratiquement un grognement. Les cheveux à l'arrière de ma nuque se hérissèrent en réponse à ce bruit et à la menace qu'il contenait.

— Et vous ne voulez définitivement pas m'avoir comme ennemi, renchérit-il.

Dixon se mit à rire, rejetant sa tête en arrière et laissant libre cours au son retentissant. Il résonna à travers la clairière, sans être rejoint par personne.

— Que peut faire une petite meute de parias contre la puissance des douze meutes du zodiaque ? Vous n'êtes rien. Quittez cet endroit avant qu'on ne vous mette en pièces.

Plusieurs autres alphas hochèrent la tête et quelques-uns ajoutèrent leurs propres railleries. Je n'avais jamais vu autant d'alphas d'accord sur quelque chose. Les seuls qui ne participaient pas étaient les métamorphes du Sagittaire. Ils restaient silencieux, regardant sans participer, certains d'entre eux avec un regard nerveux.

Même si beaucoup semblaient être d'accord, je ne pouvais pas m'empêcher de penser qu'il y avait plus que ce que l'alpha ne disait. J'avais senti la puissance contenue dans la poigne de l'alpha lorsqu'il m'avait clouée au sol de la forêt. Si la moitié de sa meute était aussi forte que lui, nous aurions un combat équitable.

Le positionnement de la mâchoire de l'alpha confirma mon impression. Il avait une lueur malveillante dans les yeux qui me fit grincer des dents. *On devrait l'écouter,* pensai-je. *On n'a pas besoin d'une autre guerre.* Mais personne ne m'écouterait, surtout après l'humiliation publique que mon père m'avait fait subir. Ils se moqueraient de moi, tout comme ils s'étaient moqués de cet alpha manifestement puissant.

— Je vois que vous avez choisi d'être ennemis alors, gronda l'alpha, et sa voix parvint d'une manière ou d'une autre à trancher à travers tout le bruit. Préparez-vous pour la guerre.

Il fit un signe de tête aux membres de sa meute et ils se fondirent à nouveau dans la foule. Quelques autres railleries furent lancées en leur direction et je les regardai jusqu'à ce qu'ils aient quitté la lumière du feu et disparu dans l'obscurité.

Dès qu'ils eurent quitté la clairière, l'ambiance se détendit et les gens se rassirent. Evanora avait l'air secouée, mais affichait à nouveau un air serein sur son visage. Alors que tout le monde se calmait, c'était presque comme si tout cela n'était pas arrivé du tout, comme si j'avais tout simplement imaginé les métamorphes de la meute perdue débarquer à notre cérémonie et perturber les choses. Evanora rappela à l'ordre et les loups autour de moi recommencèrent à écouter attentivement comme si tout était normal. Lorsque je regardai autour de moi, personne ne semblait aussi anxieux que moi et je dus me retenir de pousser un cri. Évidemment qu'ils ne prenaient pas cela au sérieux. Pourquoi le feraient-ils ?

Moi seule semblais être sur les nerfs et j'essayai d'étouffer ce sentiment de malaise en attendant de voir ce qui allait se passer ensuite.

CHAPITRE SIX

EVANORA LEVA les mains et tout le monde se tut, attendant de voir ce qu'elle allait faire.

— Malgré cette fâcheuse interférence, nous allons poursuivre la cérémonie.

Ouah, ils allaient vraiment continuer comme si rien ne s'était passé. Ils devraient sûrement au moins en parler, repousser la cérémonie à un peu plus tard. Mais personne ne semblait partager mon avis, tous désireux de tourner la page sur l'incident et de faire comme s'il n'avait jamais eu lieu.

— Que tous les métamorphes qui ont atteint leur majorité depuis le dernier solstice se déshabillent et s'avancent, poursuivit-elle.

Mon anxiété monta en flèche. Je savais que se mettre à poil faisait partie de la cérémonie, mais cela ne rendait pas les choses plus faciles. Pour un métamorphe, la nudité était un mode de vie. La transformation ne nous permettait pas de garder nos vêtements et il était dit que plus une personne se transformait, plus elle était à l'aise avec la nudité.

Ce serait différent si j'avais accès aux pouvoirs du Cancer pour me protéger. Alors que je me débarrassais à contrecœur de mes vêtements et les déposais près de mon siège, j'eus l'impression que chaque bleu et chaque cicatrice brillaient, me désignant comme faible et paria. *Pas des nôtres*, criaient-ils. Personne ne me prêtait attention, mais je me sentais quand même comme un insecte sous un microscope.

Mira s'avança pour me rejoindre et la panique qui montait dans ma gorge se calma. Elle était là avec moi et nous allions surmonter cette épreuve ensemble. Elle me sourit, me donnant la force qui me manquait.

Une des sorcières, celle que j'avais vue me regarder plus tôt dans la journée avec ses yeux étranges, s'avança et nous fit signe d'approcher. Elle me passa une couverture et je la pris avec reconnaissance, l'enroulant autour de mes épaules. J'étais contente qu'elles nous offrent ce semblant de décence.

Une autre sorcière ramassa une torche d'encens et commença à tourner autour des membres de la meute réunis. L'odeur me chatouilla le nez, lourde et étouffante. Elle fit trois fois le tour de notre groupe, puis recula, se fondant parmi les autres Sorcières du Soleil qui s'avançaient et se regroupaient autour de nous.

Evanora se tenait à l'intérieur du cercle avec nous et elle

observa chacun de nous tour à tour d'un regard pénétrant. J'aurais pu jurer avoir vu du mépris dans ses yeux lorsqu'elle verrouilla son regard avec le mien, mais le feu projetait des ombres étranges sur tout le monde. Elle ne pouvait pas me détester aussi, n'est-ce pas ?

— Cette première transformation va faire mal, dit Evanora d'une voix solennelle. Ce sera la pire et vous devrez la surmonter. Survivez à cela et vous accéderez à votre pouvoir. Ne nous décevez pas.

Tout le monde hocha la tête autour de moi et j'inspirai profondément pour me préparer. Je levai les yeux vers la lune, suppliant Séléné de me donner la force qui me manquait, puis les chants commencèrent. Les Sorcières du Soleil levèrent leurs bras à l'unisson et le sort se répandit sur moi, plus oppressant que la couverture.

Je crus pendant un moment que le pire était passé, mais une douleur aveuglante me traversa d'un coup. Je titubai et entendis quelques respirations aspirées autour de moi. C'était encore supportable. Je respirai à travers, comme on m'avait dit de le faire.

Evanora se joignit aux chants et je ne connus ensuite que de la douleur. Je n'avais jamais ressenti une telle agonie, que ce soit lors des coups que j'avais reçus ou des chutes que j'avais faites. Je m'étais cassé le bras une fois et c'était la pire douleur que j'avais ressentie jusqu'à présent. Ceci était dix fois pire. Ma vision devint rouge à cause de l'intensité de la douleur. Chaque os se brisait simultanément, toutes mes articulations sortaient de leurs logements, avant de se reformer en celles d'un animal. Même mes *cheveux* me faisaient mal en se rétractant dans mon crâne.

Comment quelqu'un peut-il respirer à travers ça ? C'était la seule pensée qui me traversait l'esprit alors que je me battais pour ne pas crier. Je ne pourrais probablement pas, pas avec les changements qui se produisaient dans mon corps. Je n'avais jamais entendu un loup crier, mais j'étais sur le point de tester cette théorie.

Cela ne dura probablement que quelques minutes, mais dans mon esprit, chaque moment d'agonie s'étirait en une éternité. La douleur disparut aussi vite qu'elle m'était tombée dessus, et je regardai alors le monde avec un regard neuf. Je me tenais à quatre pattes, plus bas vers le sol, et tout était plus net que quelques instants auparavant. Je pouvais distinguer la ligne d'arbres lointaine comme si elle était éclairée par la lumière du jour, mais ma vue n'était rien comparée à mon odorat ou mon ouïe. Chacun de ces sens était amplifié à un niveau tellement dément que je me mis à vaciller. Je pouvais *tout* sentir. L'encens m'avait semblé désagréable avant, mais il me submergeait presque maintenant. J'éternuai. Sous cette odeur, il y avait celle du feu, des loups qui m'entouraient. Je pouvais même sentir Mira à côté de moi. Les sons étaient également renforcés et je réalisai que j'avais passé les vingt-deux dernières années à parler beaucoup trop fort. Je pouvais entendre tout le monde dans la foule parler, les chuchotements étouffés portant comme la voix d'Evanora l'avait fait plus tôt.

Je baissai les yeux, essayant de surmonter tout ce que je ressentais. C'était presque trop. Ce que je vis fut cependant suffisant pour me distraire. Mes pattes étaient d'un blanc pur et avec ma vue accrue, c'était presque comme si elles brillaient. *Attends, quoi ?* Je me retournai et regardai mon corps. Blanc. J'étais d'un blanc pur. *Eh bien, c'est une surprise !* J'avais pensé qu'avec mes cheveux roux, je serais l'un des loups de couleur rousse. Je fis remuer ma queue de manière expérimentale et elle me sembla être un membre comme un autre, pas bizarre le moins du monde.

Quelque chose me donna un coup et je me retournai pour regarder la louve à côté de moi. Mira avait gardé sa couleur, un brun foncé rassurant, avec des yeux qui ressemblaient toujours aux siens. Elle sentait la mer, le sel et le sable, ainsi que quelque chose qui *lui* était propre, et je sus alors comment les loups pouvaient se sentir les uns les autres si facilement.

Mira enfonça sa tête dans mon flanc, juste assez fort pour attirer mon attention. J'ouvris la bouche pour rire avant de me rappeler que je ne pouvais pas faire ça en tant que louve. Je lui caressai la tête, essayant de lui transmettre l'affection débordante que je ressentais pour elle. Elle était restée à mes côtés tout ce temps et maintenant que nous avions toutes les deux nos louves, nous étions parées. Peu importe ce que la vie nous réservait, nous serions meilleures et plus fortes.

Mira grogna de façon espiègle et me fit basculer. Je la laissai faire, me délectant de ma capacité à répondre si facilement aux attaques joueuses. Mon corps de louve était plus fort que mon corps humain ne pourrait jamais espérer l'être et pour une fois, j'avais l'impression de pouvoir rivaliser avec les loups de sang pur.

Nous nous chamaillâmes pendant quelques instants de plus avant de nous calmer et je pris le temps de regarder autour de moi le reste des métamorphes. La jubilation était palpable et je ne pus m'empêcher de m'y laisser prendre. J'avais l'impression qu'une partie de moi avait été endormie pendant toute ma vie et qu'elle venait d'être réveillée. Bien sûr, j'avais entendu cela de la part de tous ceux qui étaient passés par la Convergence, mais j'avais pensé qu'ils exagéraient.

Je savais maintenant que ce n'était pas le cas. Je ne m'étais jamais sentie aussi bien, autant en phase avec moi-même. Avec mon sang à moitié humain, je n'étais pas sûre de ce que cela donnerait quand je me transformerais, mais il n'y avait aucune différence entre moi et les autres loups. Je fus même tentée de hurler à la lune.

Les sorcières se remirent à chanter et je sentis le changement arriver dans mes os. C'était une sensation étrange, comme si j'étais tirée par une corde juste derrière mon nombril. Je me débattis pour conserver ma forme de louve avec un doux gémissement. Je voulais rester un peu plus longtemps dans cette sensation d'*appartenance*.

Cela ne fit aucune différence. Peu importe à quel point je le voulais, je ne pus retenir ma louve lorsque le sort fut lancé par les Sorcières du Soleil. C'était tout aussi douloureux de redevenir humaine que de se transformer. Tout brûlait : mes muscles, mes os, ma peau. Je savais que chaque transformation deviendrait plus facile, mais je vomis presque lorsque je repris ma forme humaine face à l'intensité de la douleur qui parcourait chaque centimètre de mon corps.

— Toutes mes excuses, dit Evanora. Nous aimerions avoir plus de temps pour vous permettre d'explorer vos corps de loup, mais la nuit avance et nous devons passer au rituel d'accouplement.

Je pris quelques profondes respirations, essayant de me réconcilier avec ma forme humaine. C'était étrange de constater à quel point elle semblait étrangère maintenant. J'avais passé peut-être dix minutes dans mon corps de louve, mais mon corps humain ne me semblait plus vraiment être le mien à présent. Je me baissai pour attraper la couverture qui était tombée de moi pendant que je m'étais transformée et l'enroulai à nouveau autour de mes épaules nues.

— Vous pouvez retourner auprès de vos meutes et vous habiller, dit Evanora en ouvrant grand les bras.

Elle avait un air serein sur le visage et je laissai échapper un soupir. J'avais réussi à surmonter la moitié de la nuit. Au moins, je savais maintenant que je pouvais me transformer et que ma forme de louve était tout aussi forte que celle d'un métamorphe de sang pur. Il n'y avait rien qui me caractérisait comme demi-humaine quand j'étais une louve. Dieu merci.

Mais le nœud d'anxiété dans mon estomac ne s'était pas atténué. Le prochain rituel était celui qui déterminerait mon sort.

Je m'habillai lentement en essayant de reprendre mon souffle. Les deux transformations forcées m'avaient vraiment épuisée et après ma randonnée, mon corps était prêt à se reposer. Quelque chose sous l'épuisement profond se sentait différent. Je fléchis mes doigts, testant la force en moi. Il faudrait que j'essaie de ramasser quelque chose ou d'aller courir pour en être sûre, mais j'étais presque certaine d'être plus forte.

Alors que mon regard remontait le long de mon bras, je réalisai autre chose : mes bleus s'estompaient rapidement. Alors qu'ils étaient vivement marqués auparavant, ils n'étaient désormais plus que des traces. J'inclinai mon bras pour que la lumière l'éclaire mieux, juste pour être sûre. *Ouaip*. Ils disparurent complètement sous mes yeux. Les dernières courbatures et douleurs dues à la raclée que m'avaient infligée Brad et ses amis hier avaient également disparu. Je m'étirai, me délectant de la sensation que mon corps me procurait. Je me sentais *maintenant* à ma place et même les mots cruels de mon père ne pourraient pas me convaincre du contraire. J'étais une métamorphe et j'avais ma louve pour le prouver.

— Ayla !

Mira était à nouveau à côté de moi, sautant sur place. Elle s'était aussi habillée et avait la même lueur dans les yeux que sa louve.

— Tu te rends compte ? On s'est transformées !

Elle se lança dans un récit détaillé de ce qui s'était passé et je soufflai un peu. Du Mira tout craché.

— Je n'avais presque pas besoin d'être là, lui dis-je alors qu'elle terminait en narrant comment nous nous étions retransformées en forme humaine.

Je m'assurai de garder un ton léger. Mira roula des yeux vers moi.

Wesley s'approcha de nous en trottinant, souriant comme un imbécile.

— Mira te refait le topo ? demanda-t-il, et je ne manquai pas la façon dont Mira rougit.

Il m'adressa un sourire compatissant avant que son visage ne s'adoucisse et qu'il me serre fort dans ses bras.

— Ta louve est magnifique, Ayla.

— Merci, laissai-je échapper avec un rire soulagé alors qu'une partie de la tension me quittait. Je ne m'attendais pas à ce qu'elle soit blanche.

— C'est une couleur rare, mais considérée comme chanceuse par la meute du Cancer, dit Wesley.

— J'aurais bien besoin de toute la chance que je peux avoir pour la prochaine étape.

Je jetai un regard en arrière vers mon père et Jackie, mais leurs visages étaient durs et ils ne me firent même pas un petit signe de tête. Mon cœur s'effondra devant leur manque de considération. Je ne savais pas à quoi je m'attendais, mais ils pourraient être un tout petit peu fiers de moi, non ? Et pourquoi est-ce que ça faisait encore aussi mal que mes parents me montrent pour la centième fois qu'ils s'en foutaient ?

Wesley posa une main sur mon épaule.

— Peu importe ce qui se passe avec le rituel d'accouplement, tu seras toujours ma sœur, Ayla. Je t'aimerai toujours.

Je clignai des yeux pour empêcher mes larmes de couler et lui donnai une bourrade dans le bras.

— Je t'aime aussi. Mais tu ne peux pas être aussi senti-
mental avec moi en ce moment. Tu veux que je pleure
devant tout le monde ?

Mes émotions étaient encore vives et il me fallut
quelques respirations pour ne pas m'effondrer devant tout le
monde.

Wesley s'apprêta à répondre, mais la voix d'Evanora
retentit à nouveau avant qu'il ne puisse le faire.

— Tous les métamorphes non accouplés, veuillez vous
rendre au cercle pour le rituel d'accouplement.

Je m'éloignai du reste de la meute du Cancer et Mira et
Wesley me suivirent, ainsi que tous les autres métamorphes
qui n'avaient pas encore trouvé leur partenaire. La plupart
étaient jeunes comme nous, mais il y en avait quelques-uns
qui étaient beaucoup plus âgés.

Les rangs étaient doublés avec les métamorphes non
accouplés du cercle. Une tête blonde attira mon attention et
je reculai. Jordan, le fils de l'alpha Lion, était parmi les non
accouplés. Il était peu probable que le destin m'offre un
partenaire aussi puissant, surtout qu'il venait d'une meute
rivale, mais j'envoyai quand même une autre prière à la
déesse de la lune. *Pas lui, n'importe qui sauf lui.*

Mon esprit divagua à nouveau vers l'alpha de la meute
perdue et la façon dont mon corps avait répondu à celui-ci.
Non. C'était encore plus impossible que Jordan.

Wesley nous quitta pour rejoindre les autres mâles après
m'avoir serré une nouvelle fois l'épaule et m'avoir souri.
Nous nous tenions debout, mâles et femelles face-à-face, et

Mira serra fort ma main, avant de la lâcher et de s'éloigner. Je me demandai si son cœur battait aussi fort que le mien.

Je la regardai et elle me sourit aussi. Elle semblait presque aussi tendue que Wesley. *Croisons les doigts*, me dit-elle à voix basse, l'air si innocente à cet instant que je fus de tout cœur avec elle.

Croisons les doigts, en effet. Je me redressai et me préparai à rencontrer mon partenaire.

CHAPITRE SEPT

EVANORA APPELA le nom d'une femelle métamorphe pour qu'elle s'avance et je regardai en retenant mon souffle les Sorcières du Soleil lancer le sort d'accouplement. Elles se tenaient autour de la femelle métamorphe en chantant des mots que je ne reconnaissais pas. Quelque chose comme de la poussière d'or sembla flotter du ciel sur la métamorphe, puis les Sorcières du Soleil se retirèrent et se turent. Il ne se passa rien au début, mais la femelle métamorphe croisa ensuite le regard d'un mâle d'une autre meute. Je les regardai s'avancer l'un vers l'autre avec des mouvements saccadés, comme s'ils ne contrôlaient pas complètement leur corps. Ils se rencontrèrent à mi-chemin, se regardant intensément l'un l'autre avec des expressions affamées. Personne n'osa essayer de les distraire et je doutai qu'ils puissent le faire de toute façon. Ils n'avaient d'yeux que l'un pour l'autre.

Deux alphas entrèrent dans le cercle pour rejoindre le

couple de métamorphes. L'alpha Capricorne posa sa main sur l'épaule de la femelle métamorphe avec un signe de tête, tandis que l'alpha Verseau rejoignit le mâle. Les deux alphas échangèrent quelques mots, trop bas pour que quiconque en dehors du petit groupe de personnes puisse les entendre, puis les deux alphas se retirèrent pour permettre à Evanora de nouer un ruban autour des mains des deux métamorphes accouplés. Les Sorcières du Soleil levèrent les bras et recommencèrent à chanter. Une lumière vive entoura le couple et quelque chose dans l'air changea, comme une énergie circulant autour de nous que nous ne pouvions pas voir. Je haletai lorsque la marque de la meute du Capricorne se mit à scintiller sur le bras de la femelle métamorphe, s'estompa et se reforma en symbole du Verseau. Je n'en avais jamais vu une changer comme ça, mais c'était logique. Puisque son partenaire était un Verseau, elle serait aussi un Verseau maintenant. Elle gagnerait tous les pouvoirs de leur meute et perdrait les siens. Seules les femmes Vierge restaient avec leur meute pour toujours, leurs partenaires mâles les rejoignant à la place.

Quand j'étais petite, j'avais un jour demandé à mon père pourquoi les dieux avaient fait en sorte que nous soyons si nombreux à changer de meute de cette façon. Il avait répondu que cela favorisait la paix entre les différentes meutes puisque les métamorphes avaient des liens familiaux dans leur nouvelle et leur ancienne meute, et que cela empêchait aussi la consanguinité. Puis il m'avait dit de ne pas remettre en question les dieux et m'avait donné une claque sur la tête. C'est à ce moment-là que j'appris à arrêter de poser des questions.

Les métamorphes nouvellement accouplés sortirent du cercle pour rejoindre la meute du Verseau, qui se sépara pour les laisser passer tout en tapant dans le dos du métamorphe mâle ou en saluant leur nouveau membre féminin. Evanora les observa pendant quelques instants avec un léger sourire sur le visage avant d'appeler la femelle métamorphe suivante.

J'avais le pressentiment que je serais la dernière, une intuition dans mes tripes qui n'avait pas vraiment de sens logique, mais que je ressentais tout de même. Quelque chose de désagréable m'envahit alors que je regardais Evanora accomplir à nouveau le rituel. Ce serait bien ma chance de ne jamais avoir de partenaire et par conséquent de ne jamais échapper à ma vie actuelle ou d'acquérir les pouvoirs d'une autre meute.

Les métamorphes s'accouplèrent au fur et à mesure qu'Evanora les faisait avancer et lançait le sort sur eux. Certains trouvèrent même des partenaires au sein de leur propre meute, tandis que d'autres ne trouvèrent pas de partenaire du tout et devraient réessayer au prochain solstice. Je me sentis moins désarmée en sachant que même si je ne trouvais pas mon partenaire ce soir, je ne serais pas la seule. J'espérais juste ne pas avoir à passer chaque Convergence debout dans le cercle, à retenir mon souffle et à attendre qu'un partenaire soit choisi, pour être déçue encore et encore. Ce serait humiliant et j'aurais encore plus l'impression d'être une paria.

Mon esprit dériva de nouveau vers la meute d'Ophiuchus pendant que j'attendais. Tout le monde avait apparemment oublié l'altercation, ne se sentant pas menacé le moins du monde par le mystérieux alpha ou les autres métamorphes, mais je n'étais toujours pas convaincue. J'avais regardé l'alpha de la meute perdue dans les yeux et j'y avais vu plus de détermination et de force que dans la plupart des autres alphas réunis ici. Si une seule personne voulait bien m'écouter, je lui dirais qu'elle ne prenait pas cette menace assez au sérieux. Mais personne ne le ferait. Même Wesley se contenterait de m'ébouriffer les cheveux et de me dire que je suis paranoïaque.

Je repoussai cette pensée avec un soupir et mon esprit se reporta vers la cérémonie d'accouplement, me demandant comment les Ophiuchus obtenaient des partenaires. Leur alpha avait-il déjà une partenaire ? Ou n'avaient-ils pas de partenaires du tout puisqu'ils avaient été exclus des loups du zodiaque ?

Mira laissa échapper un bruit qui ressemblait suspicieusement à un couinement à côté de moi et je ramenai mon esprit au présent, me réprimandant mentalement. Je devrais me concentrer sur la cérémonie d'accouplement et non penser à la meute d'Ophiuchus. Ou à son alpha sombre et dangereux.

Mira me regarda avec des yeux écarquillés et je lui rendis ce que j'espérais être un sourire rassurant. Elle s'avança dans le cercle des sorcières et le sort fut lancé une fois de plus. Je retins mon souffle alors que la poussière d'or se déposait sur ses épaules et semblait être absorbée par son corps. Puis Mira regarda autour d'elle, cherchant quelqu'un. Un beau métamorphe Poissons musclé aux cheveux couleur sable s'avança avec une expression rêveuse et Mira se dirigea en titubant vers lui, un sourire radieux sur le visage. Il était exactement ce qu'elle espérait et je ne pus m'empêcher de sourire moi aussi lorsqu'ils se prirent la main.

Mon père rejoignit l'alpha Poissons au centre, remettant officiellement Mira à sa nouvelle meute. Même si elle allait terriblement me manquer, je devais admettre que Mira avait eu de la chance. La meute des Poissons était alliée à celle du Cancer et elle vivait sur la côte de l'Alaska. Son élément serait toujours l'eau, ce qui, je le savais, comptait beaucoup pour elle. Elle était tellement liée à l'océan que vivre dans un endroit enclavé aurait été une torture pour elle.

Mira et son nouveau partenaire quittèrent le centre du cercle et elle me lança un regard en rejoignant la meute des Poissons. Je lui adressai un sourire sincèrement heureux et levai un pouce dans sa direction. Elle fit de même avec une expression plus douce sur son visage, comme si elle s'était inquiétée de ce que je pensais de son nouveau partenaire. Je voulais simplement la voir heureuse et la crainte qui me rongeait l'estomac s'évanouit face à son bonheur. De l'espoir la remplaça, me donnant le vertige. Peut-être trouverais-je aussi mon partenaire idéal ce soir.

Plusieurs autres métamorphes furent accouplés avant que ce ne soit mon tour. Mon intuition avait été bonne. J'étais la dernière femelle métamorphe restante à ne pas avoir été accouplée.

— Ayla Beros, entonna Evanora, son regard perçant se posant sur moi.

Je m'avançai pour rejoindre les Sorcières du Soleil et les mâles non accouplés, dont mon frère. Wesley ne serait apparemment pas non plus accouplé ce soir, bien qu'il n'eut pas l'air contrarié par cette situation. Il me fit un grand sourire rassurant, mais en jetant un coup d'œil aux autres mâles, je ne pus m'empêcher de rechigner. Il n'en restait que quelques-uns, dont Jordan, l'héritier alpha Lion. Une vague instantanée de nausée me traversa lorsque nos regards se croisèrent. *N'importe qui sauf lui*, priai-je les Dieux. Bien qu'à ce stade, même ce connard de Lion serait mieux que de ne pas avoir de partenaire et de devoir retourner dans cette maison avec mes parents. Je me contenterais même du grand métamorphe maigrichon Scorpion qui avait l'air de ne pas encore avoir atteint sa taille définitive.

Evanora me conduisit jusqu'au centre, mais au lieu de lancer le sort tout de suite, quelque chose de cruel brilla dans ses yeux.

— Tu as de la chance qu'une bâtarde au sang-mêlé comme toi soit capable de se transformer tout court, sans parler d'espérer trouver un partenaire.

Je la dévisageai, choquée et déçue qu'elle soit aussi grossière et haineuse, mais à quoi d'autre pouvais-je m'attendre à ce stade ? Je levai le menton et rencontrai son regard.

— Je suppose qu'on verra ce que les dieux ont prévu pour moi.

— Les dieux ? dit-elle en rejetant sa tête en arrière et en

riant. Même eux ne pourront pas te sauver de ce qui t'attend.

Alors que je me demandais ce que ces *conneries* signifiaient, elle commença à psalmodier le sort, les autres sorcières se joignant à elle un instant plus tard. Mon estomac se noua lorsque la poussière d'or tomba sur moi et fondit sur ma peau, la magie tirant sur quelque chose de profond en moi. Pendant une seconde, rien ne se passa et je pensai que cela n'avait pas marché et que je rentrerais chez moi sans partenaire en fin de compte. Puis mes tripes se tordirent, comme si on m'arrachait quelque chose, et je fus remplie d'un *besoin* irrésistible. Il me poussa vers l'avant tandis que mon esprit était complètement vide, à l'exception de l'attraction irrésistible vers mon partenaire.

Je titubai vers les mâles, mes yeux se verrouillant sur Jordan. *Non*, pensai-je, une panique montant dans ma gorge. Je me retournai pour regarder Evanora, mais son visage restait froid et impassible. Comment était-ce possible ? Je savais que les dieux choisissaient les partenaires, mais pourquoi m'auraient-ils jumelée avec un partenaire aussi incompatible ? Ils savaient que les meutes du Lion et du Cancer se détestaient. Était-ce une sorte de punition pour moi ?

J'enfonçai mes talons dans le sol, essayant d'éviter la traction, mais mes pieds continuaient à me faire avancer malgré tout. Je ne pouvais pas résister à l'envie d'aller vers mon partenaire, même si mon esprit me criait que ce n'était pas du tout ce que je voulais.

Jordan s'avança également à pas hésitants vers moi, avec

la même expression choquée et horrifiée sur son visage que sur le mien. Il rompit le contact visuel avec moi, jetant un coup d'œil à son père avec une grimace, comme s'il souffrait physiquement de ce qui se passait. Il tentait autant que moi de résister à l'attraction, mais l'appel était trop fort. Nous mîmes plus de temps à nous rejoindre que n'importe quelle autre paire accouplée, luttant tous deux à chaque pas. Même avec la résistance, nous nous retrouvâmes face à face en quelques instants. À quelques centimètres seulement l'un de l'autre, respirant tous les deux avec difficulté, les yeux rivés l'un sur l'autre.

C'est alors que l'attraction se transforma en désir. En faim. En *besoin*. Je devais soudainement avoir ce mâle ou chaque atome à l'intérieur de mon corps serait déchiré. Il était mien et j'étais sienne, et rien ne pourrait jamais nous séparer à partir de ce jour.

Le reste du monde se volatilisa. Tout ce que je pouvais voir, c'était à quel point Jordan était magnifique, tout en muscles et en nuances dorées, et j'avais une envie folle de l'embrasser. Ou de le plaquer au sol et d'arracher ses vêtements avec mes nouvelles griffes.

Je n'étais pas la seule à être affectée. Alors que Jordan m'observait, je vis ses pupilles se dilater et ses yeux se posèrent sur ma bouche et s'y attardèrent comme s'il pensait aussi à m'embrasser. Alors que nous faisions chacun un pas de plus, j'eus l'impression que quelque chose s'était mis en place, quelque chose qui m'avait manqué. *Avec un Lion ?* me cria mon cerveau, mais je repoussai cette idée. Le rituel d'accouplement nous avait liés malgré l'animosité entre nos meutes. Si les dieux voulaient que nous soyons ensemble, comment pouvions-nous refuser ?

Mon père s'avança et je réalisai qu'il *souriait* quand je réussis à arracher mon regard de Jordan. Je l'avais déjà vu sourire, bien sûr, mais c'était toujours dirigé vers Jackie ou Wesley, jamais vers moi. Mais maintenant, il me lançait ce même regard, presque comme s'il était fier de moi.

De l'espoir envahit ma poitrine, un sentiment étrange et nouveau que je ne reconnus presque pas, et à ce moment-là, je vis un chemin différent se profiler devant moi. Je pourrais combler le fossé entre la meute du Cancer et la meute du Lion, mettant enfin un terme à la haine qui durait depuis des années et qui nous poussait à nous chamailler inutilement. C'était mon destin.

Mon père fit un pas en avant pour se tenir juste à côté de moi, tandis que Dixon, l'alpha Lion, prit sa place à côté de Jordan. Dixon avait l'air à cran, comme s'il s'attendait toujours à ce que mon père tente quelque chose ici à la Convergence. Je sentis que j'avais beaucoup de travail en perspective.

— Je te donne ma fille, Ayla, déclara mon père en faisant un signe de tête à Dixon.

Ma fille. Je ne pensais pas l'avoir déjà entendu prononcer ces mots sans que ce soit une insulte.

— La meute du Cancer te l'offre et coupe tous les liens de la meute avec elle. Elle est l'une des vôtres maintenant, continua-t-il.

Dixon ne dit rien et je vis un muscle se contracter dans sa mâchoire. Il soutint le regard de mon père pendant un long moment avant de se tourner vers son fils. Evanora apporta le ruban et je tendis le bras pour qu'elle puisse l'enrouler autour de nos mains. Jordan respirait péniblement, regardant le sol et n'importe quoi sauf moi. Lorsqu'il leva les yeux, ce fut vers son père, qui secoua la tête d'un léger mouvement.

Ce fut mon premier indice que quelque chose n'allait pas.

Jordan retira sa main, brisant le ruban qui nous liait. Il fit un pas en arrière et mon instinct fut de suivre, de faire un pas en avant pour remplacer celui qu'il avait mis entre nous, mais je me retins par la seule force de ma volonté. Cette fois, lorsque Jordan croisa mon regard, ce n'était plus de la luxure qui s'y trouvait, mais de la colère. Et pire encore, de la haine.

— Une louve du Cancer au sang-mêlé n'est pas à la hauteur du fils de l'alpha Lion, grogna Jordan d'une voix basse et intense. Je te rejette en tant que partenaire.

Il me poussa loin de lui, *avec force*. Je m'effondrai à genoux, alors que le lien qui nous unissait se rompit comme une feuille de papier que l'on déchire en deux. Une douleur traversa ma vision alors que ses mots s'enfonçaient dans mon esprit. L'agonie était en quelque sorte pire que la transformation forcée ne l'avait été, comme si quelqu'un pénétrait ma poitrine et m'arrachait le cœur. Je laissai échapper un sifflement, incapable de crier, incapable de faire autre chose que de sentir la douleur me traverser. Je n'aurais pas pu me tenir debout, même si je l'avais voulu.

Un halètement parcourut le public, les métamorphes assemblés se transmettant la nouvelle. J'entendis le mot *rejetée* lancé plusieurs fois et cela me frappa comme un coup de poing dans la poitrine, expulsant tout l'air. Rejeter un partenaire était presque inédit. Cela allait à l'encontre de tout ce qu'on nous avait appris pendant toute notre vie. C'était comme cracher au visage des dieux et défier leurs plans. Et pire, cela signifiait que les deux métamorphes resteraient non accouplés pour toujours. Incapables de rejoindre une autre meute. Incapables de trouver l'amour. Incapables d'avoir des enfants.

C'était le destin que Jordan voulait pour nous.

Mon père s'avança en dévisageant Jordan.

— Tu *vas* prendre Ayla pour partenaire, dit-il, redevenant l'alpha autoritaire par excellence.

Lorsque Dixon s'interposa entre lui et Jordan, un faible grognement traversa les deux alphas. Mon père rompit le contact visuel avec Dixon en premier, se tournant vers Evanora.

— Forcez-le à accepter ma fille !

Je grimaçai en entendant le ton. Personne ne parlait aux Sorcières du Soleil comme ça. Mais la plupart de mon attention était portée sur Jordan. Je croisai son regard, essayant de le supplier avec mes yeux de *me prendre*, de m'accepter. Son visage était cruel, inflexible et il refusait ne serait-ce que de me regarder. Il avait pris sa décision. Il ne voulait pas de moi, tout comme tous les autres qui étaient censés m'aimer.

— Ce n'est pas de mon ressort, entendis-je Evanora répondre d'une voix résignée.

Non. Ça ne pouvait pas être la fin de tout ça, si ? Nous étions *accouplés*, choisis par les dieux pour être ensemble. Je n'avais pas voulu de lui non plus au début, mais cela n'avait pas d'importance au final. Nous étions destinés à être ensemble. Je l'avais ressenti. Pas lui ?

— Mon fils mérite mieux qu'une bâtarde à moitié humaine, dit Dixon d'un ton si condescendant qu'il envoya presque une autre vague de douleur physique à travers moi. On ne veut pas d'elle dans notre meute.

Il n'y aurait pas vraiment de changement dans mon destin. Tout le monde me détesterait toujours à cause de mon ascendance mi-humaine et je n'aurais jamais une meute que j'appellerais mon foyer.

— Ton fils est un imbécile qui devrait prendre ce qu'il peut avoir, grogna mon père. Ayla est mieux que *rien* et c'est ce qu'il aura si tu ne les laisses pas s'accoupler.

L'alpha Lion rugit en réponse.

— Tu oses insulter mon fils ?

— Calmez-vous, dit Evanora, son ton autoritaire tranchant dans la nuit.

Mais personne ne l'écoutait.

Un mouvement autour de moi me fit lever les yeux. Des membres de la meute du Cancer s'étaient regroupés derrière nous, certains sous forme humaine et d'autres sous forme de loup, pour soutenir notre alpha. La tension changeait, grondait et devenait encore plus dangereuse. Je vis Wesley s'éloigner du groupe de mâles non accouplés restants et prendre sa place à côté de notre père, bien qu'il semblait peiné par ce qui se passait. Jackie les rejoignit également, se tenant fièrement en tant que femelle alpha de notre meute. Les loups de la meute du Lion réagirent, firent front sur deux côtés du cercle, tandis que des grognements résonnaient dans l'air.

Lorsque les deux alphas se mirent à hurler, quelques membres des autres meutes commencèrent à reculer, fuyant le conflit. Mira me regarda avec des yeux écarquillés et sombres, mais son partenaire l'entraîna au loin avant qu'elle ne puisse ouvrir la bouche pour dire quoi que ce soit, leurs mains étant toujours liées par le ruban. Elle jeta un regard impuissant par-dessus son épaule avant de disparaître dans les bois avec le reste de la meute des Poissons.

— C'était la dernière fois que tu m'insultais, dit Dixon.

Il rejeta alors sa tête en arrière et déchaîna son rugissement de Lion, le pouvoir zodiacal de sa meute. Le son était horrible, envoyant une véritable terreur le long de ma colonne vertébrale, et tout le monde autour de nous s'enfuit ou se recroquevilla de peur. Je couvris mes oreilles et eus l'impression que mes yeux allaient sortir de leurs orbites, mon corps étant incapable de bouger alors que le rugissement résonnait en moi.

Même mon père fut obligé de se figer, ce qui donna à Dixon juste assez de temps pour se transformer en un loup roux géant et bondir en avant. Il grogna et arracha la gorge de mon père avec ses crocs. Du sang gicla, atterrissant sur moi, et je laissai échapper le cri que je retenais depuis bien trop longtemps. Tout se passa si vite que mon père n'eut même pas le temps de se transformer ou d'utiliser son armure de crabe.

Dixon déchiqueta ensuite mon père sous mes yeux.

CHAPITRE HUIT

JE N'ENTENDAIS que des cris. C'était la seule chose que je pouvais faire alors que je regardais, impuissante et horrifiée, la meute du Lion converger vers le corps de mon père et le mettre en pièces.

Mais je n'étais pas la seule à crier. Alors que je reculais en essayant de m'éloigner le plus possible du sang et des entrailles, Jackie se rua en avant, hurlant et grognant devant la mort de son partenaire. Mais c'était trop tard. Mon père était décédé et elle était la suivante. Je détournai le regard alors que les Lions s'en prirent à elle, ma terreur se transformant rapidement en un besoin désespéré de m'échapper et de survivre. Le rugissement de l'alpha Lion finit par se dissiper, ou peut-être était-ce le choc du rejet, mais je pouvais enfin bouger à nouveau.

Alors que je me débattais pour me relever, le monde autour de moi se transforma en chaos. Tout le monde courait, criait et se déplaçait. Les Sorcières du Soleil avaient décampé et les meutes du Lion et du Cancer se battaient au milieu de la clairière où nous venions d'avoir le rituel d'accouplement. Je ne comprenais pas comment les choses avaient dégénéré aussi vite ni comment j'étais passée de l'obtention d'un partenaire à l'orphelinat en quelques secondes. Tout ce que je savais, c'est que je devais trouver Wesley et foutre le camp d'ici.

Des membres des meutes du Bélier, du Scorpion et du Taureau rejoignirent la mêlée, massacrant les membres de la meute du Cancer tout autour de moi sous le commandement des Lions. Où étaient nos alliés du Cancer ? Ils nous avaient abandonnés à la seconde où ils avaient senti les problèmes, montrant à quel point les meutes se souciaient peu de la loyauté ou de l'honneur. Maintenant, ma meute, non, mon ancienne meute, était en infériorité numérique et ses membres se faisaient éliminer un par un. Même si je n'aimais vraiment personne de la meute du Cancer, à part mon frère, cela ne voulait pas dire que je voulais les voir *morts*.

Je criai le nom de Wesley, essayant de le trouver dans la bataille. Je ne parvenais pas à le voir parmi les métamorphes de la meute du Cancer qui tombaient à gauche et à droite. J'esquivai de justesse un loup Bélier qui utilisait sa force sur une métamorphe qui me babysittait quand j'étais petite. La louve Cancer tomba au sol en gémissant pitoyablement. Je m'arrêtai devant elle, essayant de voir si je pouvais l'aider d'une manière ou d'une autre, et ses yeux sombres se levèrent vers moi. Ils me suppliaient, bien que je ne fusse pas sûre s'ils me disaient de l'aider ou de m'enfuir.

Le métamorphe Bélier pointa son regard vers moi en

grognant et je m'éclipsai rapidement alors qu'un autre le rejoignait. Ils se déchaînèrent sur la louve que j'avais essayé d'aider et tout ce que je pouvais faire était de me retourner et de courir avant qu'ils ne m'attrapent aussi. Je trébuchai sur un loup mort et faillis tomber, mais je réussis à rester sur mes pieds alors que des larmes coulaient sur mon visage. D'autres loups essayaient de s'enfuir aussi, mais les Lions les abattaient tous. Ils ne voulaient qu'aucun métamorphe du Cancer ne s'échappe du massacre.

La meute d'Ophiuchus n'avait même pas eu besoin de déclencher une guerre. Nous l'avions fait tout seuls.

Où étaient les Sorcières du Soleil pendant tout cela ? La Convergence était censée être un territoire neutre et les combats n'étaient pas autorisés, mais elles ne nous protégeaient pas et ne faisaient rien pour essayer d'arrêter cette folie. *Elles* nous avaient trahis, tout autant que les autres meutes.

— Wesley ! criai-je, en essayant de dresser mon cou au-dessus des bagarreurs.

Je scannai la foule à la recherche de son visage familier, priant et espérant qu'il avait réussi à échapper à la violence initiale. Je ne l'avais pas vu se faire battre, mais cela ne voulait rien dire. Tout s'était passé si vite que j'aurais pu le manquer.

Puis je l'aperçus.

— Wesley ! criai-je de nouveau en fonçant vers lui.

Je n'avais aucune idée de la façon dont j'avais réussi à traverser autant de métamorphes frénétiques sans avoir une égratignure sur moi, mais je parvins à le rejoindre. Il avait l'air complètement affolé, du sang répandu sur la moitié de son visage, le sang de notre père. Ses mains s'étaient transformées en griffes, mais sinon, il était toujours sous forme humaine, aboyant des ordres aux métamorphes du Cancer qui se battaient autour de lui.

— Ayla ! laissa-t-il échapper dans un soupir de soulagement, même si son visage restait sombre. Tu dois partir d'ici !

— Je ne vais pas te quitter, dis-je en rassemblant le peu de force dont je disposais encore. Tu es tout ce qu'il me reste.

Alors que je prononçais ces mots, un mouvement se produit au coin de mon œil, attirant mon attention sur des métamorphes qui s'approchaient. Des loups Scorpion, extrêmement mortels avec les griffes et les queues empoisonnées caractéristiques de leur meute. Je n'aurais aucune chance contre eux sans l'armure du Cancer.

Wesley me poussa derrière lui alors que les Scorpions se déplaçaient pour nous encercler.

— Vas-y ! Je serai juste derrière toi !

Je trébuchai en arrière, puis me retournai et courus, évitant de justesse l'entaille des griffes empoisonnées d'un Scorpion. Je pensais que Wesley était sur mes talons, mais lorsque je jetai un coup d'œil derrière moi, je le vis combattre les métamorphes, les tenant à distance pour que je puisse m'échapper. Ma poitrine se serra et un cri rauque s'échappa de moi alors qu'une demi-douzaine de métamorphes Scorpion convergeaient sur lui en même temps, l'ensevelissant sous une mer de fourrure et de crocs. Je poussai un autre cri brisé alors qu'il succombait sous leurs coups, grognant tout du long.

— Non !

J'essayai de me précipiter en avant pour le sauver, même si cela signifiait probablement ma mort aussi.

Une douleur explosa soudain au niveau de mon flanc et je tombai à genoux, basculant et atterrissant durement dans la terre. Je repris mon souffle et levai les yeux pour découvrir Jordan debout au-dessus de moi, un rictus sur le visage. Il m'avait donné un coup de poing directement dans l'estomac, utilisant sa force de métamorphe et mon propre élan pour aggraver la situation.

— Je ne peux pas te tuer, dit-il en me regardant d'un air narquois. Mais je vais vraiment prendre plaisir à te faire souffrir.

— Quoi ? réussis-je à haleter, alors que ma tête tournait.

Il me regarda avec dégoût et je remarquai que ses mains étaient ensanglantées.

— Le lien. Peu importe à quel point je te méprise, il est toujours là. Les partenaires ne peuvent pas s'entretuer.

— Mais tu m'as rejetée.

J'avais pensé qu'il avait brisé le lien d'accouplement entre nous, mais en levant les yeux vers lui, je réalisai qu'il l'avait seulement déchiré. Le fait d'être à nouveau près de lui renforça la connexion et l'attraction que je ressentais pour lui revint. Tout en moi voulait se lever et le rapprocher de moi, et mes membres tremblaient réellement en essayant de résister à cette pulsion. C'était une putain de torture et je détestais le fait de le désirer encore *autant*. Il m'avait clairement fait comprendre que ce n'était pas réciproque et je ne serais jamais avec lui après ce que les Lions avaient fait.

— Vous avez tué ma meute !

— Ce n'est plus ta meute, dit Jordan d'une voix cruelle alors qu'il réussit à placer un coup.

— Pourquoi ? demandai-je, en faisant un geste vers le chaos qui nous entourait. Pourquoi faire ça ? Juste parce que je suis ta partenaire ?

Il leva le menton.

— On avait déjà prévu d'abattre la meute du Cancer à la fin de la Convergence. Notre lien d'accouplement a juste accéléré le déroulement des événements.

Une rage se mit à bouillir en moi, sachant que tout cela avait été planifié depuis le début. Je tentai de me lever pour défendre mon ancienne meute, mais Jordan ne tarda pas à me faire tomber à nouveau avec sa force massive.

Il appuya son genou sur ma poitrine, me plaquant au sol. Son visage était complètement psychotique alors qu'il se pencha vers moi et me murmura à l'oreille :

— Je vais te faire souffrir pour avoir ne serait-ce que pensé que tu pouvais être assez bien pour moi. Pour avoir cru que je prendrais un jour une bâtarde à moitié humaine pour partenaire.

Son poids était lourd sur ma poitrine et les mots coupèrent le peu de souffle qui restait dans mes poumons. Même si je le détestais plus que je n'avais détesté quiconque auparavant, y compris toutes les brutes de ma meute, le putain de lien d'accouplement fredonnait toujours en moi sur un air de *mien, mien, mien*.

J'essayai de le repousser, mais il se leva d'un mouvement fluide et me donna un coup de pied dans les côtes assez fort pour que je voie des étoiles. Je n'étais pas étrangère aux passages à tabac de ce genre, mais j'avais l'impression que toutes les autres personnes s'étaient retenues jusqu'à présent, faisant preuve de modération et adoucissant leurs coups.

Mais pas mon partenaire. Il voulait que je souffre.

Je repris mon souffle en essayant de m'éloigner de lui. Je pouvais à peine voir, les yeux brouillés par les larmes alors que je me mis à ramper vers les bois. La forêt était tout près et elle me donna le dernier élan de force dont mon corps épuisé avait besoin pour avancer.

— Tu crois vraiment que tu peux t'échapper ? demanda Jordan, alors que son pied me frappa à nouveau.

J'entendis le craquement de mes os, si fort qu'il semblait résonner dans la clairière, et je laissai échapper un cri rauque. J'avais l'impression que mon genou était en feu. Je ne savais pas ce qu'il lui avait fait exactement, mais je suspectais qu'il ne supporterait pas mon poids. Pas très long-temps en tout cas.

La douleur libéra ma tête de toute attraction envers Jordan et me donna le courage dont j'avais besoin pour lui asséner un coup de pied avec ma jambe valide, le prenant complètement par surprise. Ce n'était pas assez fort pour le mettre au sol, mais cela le déséquilibra suffisamment pour me donner une fraction de seconde supplémentaire. C'était tout ce dont j'avais besoin.

Alimentée par l'adrénaline, je me relevai, une douleur

traversant ma jambe blessée. Elle me soutenait à peine et je serrai les dents à travers l'agonie. Je n'allais pas laisser ce connard gagner.

— Putain, ne me touche pas, dis-je d'une voix basse et déterminée.

Jordan eut presque l'air surpris par mes paroles, comme s'il s'attendait à ce que je me recroqueville devant lui. Il était exactement comme les autres brutes, mais je finissais toujours par me relever.

Je me transformai avec un certain effort en ma forme de louve. Je ne savais pas trop comment le faire toute seule, mais je laissai mon instinct prendre le dessus et il me dit que je serais mieux sur quatre pattes que sur deux. Une fois que la fourrure blanche me recouvrit, je m'en pris à Jordan, mais au lieu de rester pour me battre comme chaque cellule de mon corps me criait de le faire, je tournai la queue et courus. Enfin, je m'enfuis en boitant, pour être plus précise. Je ne pouvais pas l'affronter, pas blessée comme ça, surtout avec le lien d'accouplement qui rendait tout si difficile. Ce qui signifiait que je devais m'échapper.

Je me précipitai vers la forêt, espérant qu'elle me fournirait un certain abri et un peu de sécurité. Je l'avais traversée en randonnée plus tôt et j'étais convaincue de la connaître mieux que Jordan. Il m'était plus facile d'ignorer mon genou blessé à quatre pattes et une fois que je succombai à mon instinct animal, je me mis à trottiner à une allure décente. Je pouvais sentir le pouvoir de guérison qui essayait de réparer ma jambe, mais j'étais tellement épuisée que je savais qu'il ne pourrait pas faire grand-chose avant que je me sois reposée. J'étais à bout de force.

J'atteignis la protection de la forêt, mais pas assez rapidement. Jordan était juste derrière moi, me suivant de près. Il n'était pas blessé et il me rattraperait facilement. Quelque chose dans mes tripes me disait qu'il ne me laisserait pas m'échapper cette fois. Je l'avais pris de court et il ne ferait pas deux fois la même erreur.

Je jetai un coup d'œil autour de moi, mes yeux de louve saisissant des détails plus nets que mes yeux humains. La lune était haute, jetant suffisamment de lumière pour que toute la forêt soit pratiquement illuminée pour mes sens accrus. J'entendais le bruissement du vent dans les arbres et le bruit lointain de la cascade. Je devais me cacher quelque part, mais *où* ?

Je me dirigeai plus profondément dans la forêt, décidée à trouver l'endroit idéal. Mon nez de louve sentit quelque chose qui ressemblait à un vieux feu. Je suivis l'odeur et trouvai une grotte. J'étais sur le point de me diriger à l'intérieur quand je réalisai que Jordan serait également capable de le sentir, et probablement moi aussi par la même occasion. Merde. Je n'avais nulle part où me cacher.

Je devais continuer à courir.

Je m'enfonçai plus profondément dans la forêt sous l'emprise de la panique circulant dans mes veines, sans penser à autre chose qu'à m'échapper. Derrière moi, les cris, les grognements et les gémissements de la clairière s'estompèrent, et je me demandai si quelqu'un de mon ancienne meute était encore en vie.

Je jetai un coup d'œil par-dessus mon épaule alors que je bondissais sur une série de rochers, manquant presque un pas avec ma jambe blessée. Pendant un instant, je crus que j'avais enfin échappé à Jordan, mais un grand loup roux fit irruption dans les broussailles avec un grognement et bondit dans les airs derrière moi.

J'accélérai le rythme, essayant de le distancer, mais il était plus rapide, plus fort et avait l'avantage. Il me percuta sur le côté, me faisant basculer des rochers et atterrir sur le sol de la forêt. Je tombai sur le dos, ma respiration se coupant dans un énorme *souffle*. J'étais tellement abasourdie que je ne pus bouger pendant quelques instants alors que Jordan bondissait vers moi, ses crocs acérés prêts à se refermer sur mon cou.

Il était bien plus imposant que moi sous sa forme de loup, mais je roulai hors du chemin au dernier moment, défiant ces puissantes mâchoires. Il était peut-être fort, mais j'étais rapide, même blessée. Et j'avais déjà eu beaucoup de pratique à échapper aux brutes.

Il ouvrit à nouveau sa gueule lorsqu'il se retourna sur moi et utilisa son rugissement de Lion pour me faire reculer. C'était comme si mes membres défiaient mon cerveau, me faisant m'accroupir, ma tête se baissant en signe de soumission tandis que je gémissais. Dans mon esprit, je me battais de toutes mes forces pour rester debout et le combattre, mais mon corps refusait de m'écouter.

Jordan reprit sa forme humaine et son corps nu et musclé brillait sous la lumière de la lune.

— Tu n'arrives même pas à t'enfuir sous ta forme de

louve, dit-il en me surplombant. C'est pitoyable. C'est pour ça qu'on ne se reproduit pas avec les humains. Tu es le plus grand échec de la meute du Cancer et crois-moi, la liste est longue.

Mes membres se libérèrent, me permettant de me tenir une fois de plus sur quatre pattes et de me débarrasser d'une partie de son contrôle. J'étais en mode panique totale, le cœur battant la chamade avec le besoin de fuir, mais il me foutait aussi vraiment en rogne avec sa façon si prononcée de parler des sang-mêlé que j'aurais pu m'étouffer avec. Ce n'était pas de ma faute si j'étais née à moitié humaine. Tout ce que j'avais toujours voulu, c'était une vie meilleure, et il m'avait enlevé cette chance.

Alors que je fis un pas en arrière dans une parcelle éclairée par la lune, cette obscurité enfermée en moi s'éveilla, se lovant avec ma haine pour mon partenaire et toute la meute du Lion pour ce qu'ils avaient fait. Jordan s'avança vers moi, ses mains se transformant en griffes alors qu'il se préparait à m'attaquer à nouveau, mais je n'allais pas lui laisser la satisfaction. Un éclair de puissance froide et sombre éclata en moi, dissipant la douleur et l'épuisement, me remplissant à ras bord avant de se répandre dans la forêt.

Puis le monde *bascula*. Je clignai des yeux et me retrouvai à six mètres de Jordan, qui me tournait maintenant le dos. Mes pattes d'un blanc pur semblèrent briller sous une autre parcelle de lumière lunaire tandis que je jetai un coup d'œil autour de moi, me demandant comment j'étais arrivée ici. M'étais-je évanouie ? Mes blessures étaient-elles si graves que ça ?

Jordan avait l'air tout aussi confus, faisant pivoter sa tête alors qu'il me cherchait. Puis il m'aperçut et son visage changea, devenant à nouveau meurtrier. Il reprit sa forme de loup et bondit vers moi à une vitesse que je ne pouvais pas espérer égaler.

Une panique m'envahit à nouveau et je levai les yeux vers la lune, priant la déesse de m'aider. De l'énergie jaillit de moi juste au moment où Jordan se jetait sur moi, puis je me tenais ailleurs, la lune éclairant toujours ma fourrure blanche.

Était-ce possible ? D'une manière ou d'une autre, je sautais entre les parcelles éclairées par la lune sans bouger un seul muscle. Je ne sus pas comment ni pourquoi, mais lorsque je regardai à nouveau la lune pour me guider, la magie m'emporta à nouveau, me transportant au plus profond de la forêt, loin de Jordan. Je ne sentis bientôt plus mon partenaire et je réalisai que je l'avais finalement semé pour la première fois depuis qu'il m'avait attaquée dans la clairière.

L'étrange pouvoir disparut d'un coup, aussi rapidement qu'il m'était tombé dessus. La force supplémentaire qu'il m'avait procurée me fit vaciller sur mes pieds, presque sur le point de m'effondrer. Je n'osai pas reprendre ma forme humaine.

Je regardai autour de moi, mais je ne reconnaissais pas cette partie de la forêt. Je n'avais aucune idée de l'endroit où aller, mais je savais que je ne pouvais pas non plus rester là. Jordan continuerait à me chercher.

Je boitais, exerçant toujours le moins de pression

possible sur mon genou blessé. Les os se broyant à mesure que je marchais, des bruits affreux qui me mettaient les dents à vif. J'étais presque prête à m'effondrer et à m'arrêter pour la nuit, là, au milieu de la forêt, avec mon ennemi toujours à mes trousses, quand une faible odeur attira mon attention. Même si je ne l'avais sentie qu'une fois sous forme de louve, elle m'était aussi familière que la mienne. *Mira*. Une chance que mes nouveaux sens de louve étaient là. Je ne l'aurais jamais détectée avec mon nez humain.

Mira était avec la meute des Poissons et bien qu'ils se soient enfuis avant le début du massacre, ils seraient toujours alliés à la meute du Cancer. Espérons-le. Aller vers eux était une meilleure alternative que de rester ici à prier que Jordan ne me rattrape pas. Ma décision prise, je m'élançai en direction de l'odeur avec une détermination implacable pour seul moteur.

CHAPITRE NEUF

JE COURUS dans la forêt aussi vite que je pouvais le faire sans que l'adrénaline ne m'assiste. Je savais que Jordan était toujours dans les parages, me pourchassant et suivant mon odeur, mais il n'était pas une menace aussi présente qu'il y a seulement quelques minutes. J'avais réussi je ne sais comment à lui échapper en utilisant un pouvoir que je ne comprenais pas, mais je n'étais pas encore en sécurité.

L'odeur de Mira me conduisit à une petite clairière où plusieurs véhicules étaient garés. Les métamorphes Poissons couraient dans tous les sens, se criant des ordres laconiques et rassemblant rapidement leurs affaires dans leurs voitures.

Ils devaient vraiment être paranoïaques pour se garer aussi loin. Bien qu'après ce dont j'avais été témoin ce soir, peut-être pas. Ou bien étaient-ils au courant de l'attaque imminente depuis le début ? Ils avaient assurément disparu à la seconde où le conflit avait commencé, mais j'avais du mal à croire qu'ils se retourneraient contre la meute du Cancer.

L'air était épais et tendu et je jurais pouvoir sentir de la peur en m'approchant. Je repris ma forme humaine dès que j'eus pénétré dans la clairière. Ma louve m'avait donné un peu plus de force et mes jambes lâchèrent à l'instant où je me retransformai entièrement. J'étais complètement nue, mes vêtements ayant été abandonnés lorsque je m'étais transformée, et couverte de sang, le mien et celui des autres. Ma vision se troubla et je n'entendis que le sang battre dans mes oreilles pendant quelques instants alors que je luttais contre la douleur.

Lorsque je repris mes esprits, à peine consciente, Mira me tenait dans ses bras.

— Ayla ? répéta-t-elle encore et encore comme si je m'étais évanouie.

J'essayai de lui sourire, mais le mieux que je réussis à faire fut un tressaillement peu convaincant de mes lèvres, puis je fus écrasée contre la poitrine de Mira dans un câlin serré. Je gémis lorsque le mouvement heurta mon genou blessé, regardant par-dessus l'épaule de Mira. Le nouveau partenaire de Mira accourut et m'apporta une couverture, que j'acceptai volontiers pour couvrir mon corps nu, et je vis l'alpha des Poissons s'approcher également. Je sentis une vague de soulagement m'envahir. J'étais parmi des alliés, me rappelai-je. Ils m'aideraient.

— Qu'est-ce qu'il s'est passé ? me demanda Mira en se reculant pour mieux m'examiner.

Ses yeux étaient écarquillés, son visage cendré alors qu'elle remarqua l'angle bizarre de ma jambe.

— Tu vas bien ?

Je secouai la tête, incapable de trouver les mots pour exprimer à quel point je n'allais pas bien. Maintenant que j'avais trouvé une parcelle de sécurité, des larmes remplirent mes yeux à la pensée de tout ce que j'avais vu. Mon père. Ma meute. Mon *frère*. Tous morts.

— Qu'est-ce qu'il s'est passé après notre départ ? demanda Mira de façon plus insistante cette fois-ci. J'ai vu Jordan te rejeter et ensuite les alphas se sont disputés, puis l'alpha des Poissons a dit qu'on ferait mieux de partir au cas où il y aurait des problèmes. J'ai entendu des cris pendant qu'on s'enfuyait et j'ai eu peur...

Ses mots se tarirent comme si elle ne pouvait pas dire le reste à voix haute.

Je m'essuyai les yeux et levai le regard vers elle.

— Tout ce que tu craignais est vrai. Les Lions ont massacré notre meute. Y compris toute ma famille.

Mira haleta, son visage pâle.

— Tous ? Même Wesley ?

Je repassai dans ma tête les derniers moments où je l'avais vu vivant, assailli par des métamorphes Scorpion. Il n'y avait aucune chance qu'il ait pu survivre à cela.

— Mort, murmurai-je, du chagrin m'inondant à ce souvenir.

La lèvre de Mira trembla.

— Mes parents ?

Ma poitrine se serra. J'avais oublié qu'ils étaient là aussi.

— Je ne les ai pas vus. Je suis désolée.

Elle se couvrit la bouche avec des mains tremblantes alors que des larmes coulaient sur son visage.

— Non, non, non. Ils ne peuvent pas être...

Nous nous serrâmes l'une contre l'autre, pleurant pour tous ceux que nous avions perdus, mais je glapis quand elle me pressa trop fort. Elle se retira, essuya ses yeux et me regarda.

— Tu es blessée.

— Jordan. Il m'a attaquée, mais j'ai réussi à m'échapper.

Je ramenai ma jambe vers ma poitrine, grimaçant au son affreux de craquement qu'elle émit.

— Je suis assez amochée, mais je survivrai. J'ai juste besoin de m'éloigner des Lions, ajoutai-je.

— Tu peux venir avec nous, déclara Mira.

Elle leva les yeux vers son nouveau partenaire, qui se frottait la nuque comme s'il ne savait pas trop quoi faire dans cette situation. Elle se tourna ensuite vers l'alpha des Poissons qui nous regardait.

— Elle peut, n'est-ce pas ?

Le visage de l'alpha des Poissons se plissa en un froncement de sourcils et il croisa les bras sur sa poitrine en me regardant.

— Je ne peux pas t'aider, dit-il.

Les mots ne pénétrèrent pas tout de suite dans mon cerveau en proie au chagrin et je me contentai de le fixer, incapable de croire ce qu'il venait de dire.

— On part immédiatement, mais tu ne peux pas venir avec nous, ajouta-t-il.

— S'il te plaît, implora Mira en nous regardant alternativement, l'alpha et moi. Tu ne vois pas qu'elle a besoin de notre aide ?

— Elle n'est pas notre problème. On ne peut pas se permettre d'être en guerre avec les Lions, répondit-il en secouant la tête.

— Mais tu étais allié avec les Cancers, bafouillai-je. Tu étais ami avec mon père !

— Et d'après ce que j'ai entendu, lui *et* son héritier sont morts, dit-il d'un air sinistre. Je vais pleurer leur perte et prier les Dieux pour ton âme, mais je ne peux pas mettre la sécurité de ma meute en jeu pour toi.

C'était un coup de poing dans les tripes. Il ne pouvait sûrement pas me rejeter. Il avait toujours semblé gentil, chaque fois qu'il était venu nous rendre visite. Gentil et raisonnable, contrairement à mon père.

— Non, chuchotai-je si bas que ma voix sortit à peine. S'il te plaît, tu ne comprends pas, je n'ai nulle part où aller.

— Ce n'est pas notre problème.

Ses mots étaient durs, mais je pouvais voir dans les yeux de l'alpha que c'était une épreuve pour lui. Il tint cependant bon, ne voulant pas faiblir, et continua.

— On est probablement déjà les prochains sur la liste des cibles des Lions et t'avoir avec nous les rendra encore plus désireux de nous anéantir. On ne peut pas encaisser les pertes comme ta meute l'a fait. La meute des Poissons est plus de deux fois moins grande que ne l'est la meute du Cancer.

Il grimaça, puis se rectifia :

— Qu'elle ne l'était.

Mira m'attrapa fermement et me serra contre elle comme si elle pouvait me garder physiquement avec elle.

— Non ! On ne peut pas simplement la laisser ici.

Son nouveau partenaire la saisit et la tira à l'écart.

— Viens. On doit partir avant que les Lions ne nous trouvent. Tu ne lui dois plus ton allégeance.

Mira tendit la main vers moi en sanglotant alors qu'il nous séparait. Je fis de même pour la rejoindre, des larmes coulant également sur mon visage. Il la poussa dans une voiture avant même que nous ayons pu nous frôler et je retombai par terre, tremblante.

L'alpha des Poissons baissa les yeux vers moi, le visage dur.

— Je suis désolé, mais je dois faire passer mon peuple en premier.

Il se retourna et monta dans sa Jeep, et le reste des métamorphes montèrent aussi dans leurs voitures. Puis ils partirent, me laissant dans la poussière. Les seules personnes qui pouvaient m'aider étaient parties comme si je ne comptais pas du tout. Comme si toutes les années de soutien de la part de la meute du Cancer ne signifiaient plus rien. Ils avaient tourné le dos et s'étaient enfuis à la seconde où leur loyauté avait été remise en question.

Me laissant là. Seule. Nue.

Sans meute.

Je jetai un coup d'œil à mon bras, à l'endroit où j'aurais dû avoir un symbole de la meute du Lion. Cet endroit demeurait vierge, montrant à tous les métamorphes que j'étais une paria. Je n'étais plus une Cancer et les Lions ne voulaient pas de moi non plus. Personne ne voulait m'accueillir, pas même les plus proches alliés de la meute du Cancer. Où allais-je aller ?

Le désespoir me poussa à me lever. Je devais m'éloigner de cet endroit avant que Jordan ne me trouve. Je devais au moins sortir de cette forêt et ensuite j'élaborerais mon prochain plan. Je n'avais rien avec moi, à part une couverture et la détermination pure et simple de ne pas être une victime. Toutes mes affaires étaient au camp de la meute du Cancer et je n'allais certainement pas y aller. Première étape : trouver des vêtements et des chaussures.

Je me dirigeai lentement dans la direction où les voitures des Poissons étaient allées, une douleur me traversant à chaque pas. Les suivre me ramènerait à la civilisation, où je pourrais peut-être trouver quelqu'un qui accepterait de m'aider. Pour faire quoi, je ne savais pas, mais j'avais beaucoup de marche à faire et beaucoup de temps pour y réfléchir.

Tout me faisait mal et je devais avancer tellement lentement que je savais que cela me prendrait beaucoup plus d'heures qu'en temps normal. Je boitais, incapable de mettre trop de poids sur ma jambe blessée. Mon pouvoir de guérison en tant que métamorphe m'aiderait à un moment donné, mais je devais me reposer pour en arriver là. Ce n'était pas une option. J'essayai même de me retransformer en louve, mais cela ne fonctionna pas. J'étais probablement trop épuisée.

Chaque pas me rapprochait de l'effondrement et je réalisai que je n'avais rien mangé ni bu depuis l'après-midi.

Comme en signe de protestation, mon estomac gargouilla. Mes côtes palpitaient en même temps. J'étais presque sûre que Jordan en avait fissuré certaines quand il m'avait frappée. Chaque pas ne faisait qu'apporter plus de douleur à cette zone.

— Qu'est-ce que j'ai fait dans ma vie passée pour énerver les dieux à ce point ? grommelai-je pour moi-même. Tout ce que je veux, c'est que quelqu'un ait vraiment *envie* de moi. Est-ce trop demander ? Un endroit où je pourrais avoir ma place, avec des gens qui se soucient de moi. Un endroit où je ne vivrais pas dans la peur de la haine ou de la prochaine raclée que je pourrais recevoir. Un partenaire vraiment sexy n'aurait pas été de trop non plus.

En fait, non. J'avais eu un partenaire sexy, mais il s'était avéré être un connard. Merci, mais non merci.

Jordan. Les sentiments contradictoires que j'éprouvais pour lui se réveillèrent en moi, me donnant la nausée. J'avais envie de lui arracher la gorge, mais le lien d'accouplement me donnait aussi envie d'arracher ses vêtements et de me jeter sur son corps nu. Est-ce que ce serait comme ça pour le reste de ma vie ? Ou le désir ardent finirait-il par s'estomper si je m'éloignais suffisamment de lui ?

Mon esprit se tourna à la place vers l'alpha de la meute d'Ophiuchus une fois de plus, comme il le faisait souvent depuis qu'il était apparu lors de ma randonnée. Il était sexy, plus sexy que Jordan en fait. Et dangereux aussi. Je me demandais qui gagnerait dans un combat, lui ou Jordan ? Je les avais vus tous les deux à poil, et ils étaient tous les deux sacrément impressionnants...

Je secouai la tête. J'étais au milieu d'une forêt abandonnée, en train de me parler à moi-même, en comparant les qualités physiques de deux mâles métamorphes que j'espérais ne jamais revoir. C'était vraiment la fin pour moi. Un rire délirant bouillonnait dans ma gorge, menaçant de s'échapper. J'étais probablement à quelques heures d'être brutalement assassinée par la meute du Lion, et pourtant j'étais là, à fantasmer sur un mâle qui n'était pas mon partenaire. Je ne connaissais même pas son nom et je ne le reverrais sans doute jamais. Merde, je dois être en état de choc ou un truc du genre. Ce serait un miracle si je parvenais à m'en sortir avec ma santé mentale intacte.

Je continuai à marcher en boitant, essayant de ne pas m'effondrer, et j'entrai dans une zone plus épaisse de broussailles. Une brindille craqua derrière moi et je me figeai, mon cœur battant la chamade tandis que je regardais autour de moi, les yeux écarquillés. Trois loups sombres surgirent de la forêt, apparemment sortis de nulle part. Je levai les mains, essayant de montrer que je n'étais pas une ennemie, mais ils bondirent tous les trois sur moi en même temps, me renversant. Ils m'encerclèrent, grognant et aboyant pour s'assurer que je n'essaierais pas de m'enfuir.

Je me couvris la tête avec mes mains, me crispant en prévision des coups. Ils devaient faire partie de la meute du Lion, ou peut-être un de leurs alliés, me traquant sur l'ordre de Jordan. Ils me battraient probablement jusqu'à ce que je ne puisse plus bouger, puis me livreraient à Jordan pour qu'il fasse ce qu'il veut, comme un cadeau bien emballé. *Voilà ta partenaire, détruis-la.*

Mais aucun coup ne vint. Les loups me menaçaient et m'entouraient, mais ne me touchaient pas. Je baissai lentement mes mains, jetant un coup d'œil vers eux. À quoi jouaient-ils ?

L'alpha de la meute perdue surgit alors de la forêt sous forme humaine, tandis que les autres loups s'écartèrent pour lui. Il était si léger sur ses pieds que je ne l'avais pas entendu arriver. Comme avant, il ne portait pas de chemise, seulement un jean. Mon souffle s'arrêta lorsqu'il s'approcha de moi, presque comme s'il avait été invoqué par mes pensées à son égard, tandis que les autres loups m'encerclaient pour que je n'ose pas tenter de m'échapper.

Comme un ange sombre sorti tout droit d'un de mes fantasmes, il se tenait directement au-dessus de moi, ses yeux froids et indéchiffrables.

— Tu viens avec nous.

L'un des loups enfonça ses crocs dans mon bras avant même que je puisse ouvrir la bouche. Je commençai à crier, mais l'épuisement m'envahit, si rapidement qu'il fut impossible de lutter. Je me débattis pour ne pas sombrer, mais rien ne put empêcher l'appel du sommeil.

Je ne pus que fixer l'alpha sombre avec défiance alors que mon corps céda et que tout devint noir.

CHAPITRE DIX

JE REVINS LENTEMENT À MOI, l'esprit si confus que je ne me rendis pas vraiment compte que je me réveillais jusqu'à ce que je cligne des yeux. Je levai la tête et jetai un coup d'œil à mon corps. J'étais allongée sur une sorte de lit de camp, couverte de draps fins, et je ne ressentais aucune douleur. Je tentai d'inspirer profondément, à titre expérimental. Rien, pas même un élancement.

Je soulevai mon genou, le pliant et le tendant. Le bruit de craquement avait disparu, tout comme la douleur. Combien de temps étais-je restée dans les vapes pour que mon corps guérisse tout seul ? Des blessures aussi graves devaient avoir pris des jours à se résorber. Peut-être étais-je avec la meute de la Vierge ? Ils avaient des capacités de guérison et n'étaient pas alliés avec la meute du Lion.

Je rejetai les draps au loin, prenant note des vêtements trop grands dans lesquels on m'avait changée. Mieux valait ça qu'être à poil, au moins. Ils ne m'avaient cependant pas donné de chaussures. Je regardai autour de moi et remarquai pour la première fois que je n'étais pas dans une chambre ou une infirmerie. Des barres de fer formaient une cage autour de moi, enfoncées dans le sol et boulonnées au plafond. Il y avait des petites toilettes dans ma cellule, plus le lit de camp, et rien d'autre. Pendant un instant, je ne ressentis que de la confusion. La meute du Lion avait-elle réussi à m'attraper en fin de compte ? Pourquoi avais-je été soignée s'ils prévoyaient de me torturer ?

Puis mes derniers instants de conscience me revinrent en mémoire. Des yeux froids et indéchiffrables me regardant. Je regardai mon bras, m'attendant à voir une morsure, mais celle-ci avait également guéri.

Merde. J'avais été enlevée par la meute d'Ophiuchus. Les croque-mitaines des métamorphes, nos pires cauchemars d'enfants, maintenant de retour pour se venger. Je ne pus m'empêcher d'imaginer toutes les tortures qu'ils allaient me faire subir, et encore, si j'avais de la chance. Cela pourrait être pire que de la torture. Ce que la meute du Lion m'aurait fait sembla soudain bien pâle en comparaison à ce qui m'attendait sûrement. J'étais passée directement d'un supplice à un autre. Peut-être aurait-il été préférable que je me retrouve seule dans les bois.

— Tu aimes vraiment te parler à toi-même, dit une voix masculine profonde et graveleuse.

Je sursautai, réalisant que j'avais dit tout cela à voix haute… et que je n'étais pas seule. Je me retournai vers la voix en retenant mon souffle.

L'alpha de la meute perdue sortit de l'ombre, les bras

croisés sur sa poitrine. Son beau visage était sévère et, pour une fois, il portait une chemise. *Dommage*, chuchota mon cerveau. Je repoussai cette pensée loin derrière. Ce n'était pas le moment, et certainement pas l'endroit, pour penser à la quantité de sa peau que j'aimerais voir exposée.

— Je ne m'attendais pas à ce que quelqu'un m'espionne dans l'ombre comme un pervers, laissai-je échapper avant de fermer ma bouche.

Ferme-la, me dis-je fermement. Mira m'avait toujours prévenue que ma grande gueule entraînerait ma mort, et je ne souhaitais vraiment pas que cela se produise ici et maintenant.

— Tu te parlais aussi à toi-même quand on t'a trouvée, murmura-t-il en décroisant ses bras. Comment tu t'appelles, petite louve ?

Je levai le menton. Nous pouvions être deux à jouer à ce jeu, et s'il prévoyait de me torturer à mort, je voulais au moins connaître son nom avant.

— Et toi ?

Il me lança un regard dur, ses sourcils sombres se fronçant.

— Explique-moi comment tu as fait pour t'échapper après l'attaque de la meute du Lion. Tu n'as aucune des capacités de la meute du Cancer et pourtant, tu es l'une des seules survivantes. Peut-être même la seule. Comment ?

J'ouvris la bouche, mais me ravisai. Je n'allais pas commencer à répondre à ses questions sans avoir d'abord obtenu des réponses à certaines des miennes.

— Pourquoi tu m'as kidnappée ? demandai-je. Tu prévois de me torturer lentement ?

Il posa ses grandes mains sur les barreaux de ma cellule, ses doigts s'enroulant autour d'eux. Les muscles de ses avant-bras se gonflèrent alors qu'il serrait fort, montrant son tatouage de serpent.

— Je ne pense pas que tu comprennes comment se déroulent les interrogatoires, petite louve. Soit tu as été frappée sur la tête de trop nombreuses fois, soit tu es toujours aussi stupide.

Il se redressa, son visage toujours dur et sans émotion.

— Tu vas répondre à mes questions si tu veux rester en vie, ajouta-t-il.

— Tu me laisseras partir si je réponds à toutes tes questions ? demandai-je. Ou tu comptes me garder ici pour toujours et venir m'interroger chaque fois que tu as besoin d'informations sur les douze meutes ? Je ne suis pas un ordinateur et je ne suis définitivement pas disposée à te répondre.

— Tu ne peux pas t'empêcher d'ouvrir ta grande gueule, hein ?

La menace était claire dans sa voix et je me tendis, attendant qu'il entre dans ma cage et me fasse du mal. Au lieu de cela, il grogna et jeta quelque chose dans ma cellule.

Je tressaillis lorsque l'objet percuta le sol, prête à affronter la menace qu'il représentait, mais il rebondit. C'était une bouteille d'eau, ce qui était la toute dernière chose que je m'attendais à ce qu'il lance.

— Peut-être qu'un peu de temps seule avec tes pensées te déliera la langue, dit-il.

J'éclatai presque de rire. Ce ne serait pas le cas.

— La bouteille d'eau à elle seule est probablement suffisante pour que tu répondes à toutes mes questions. Peut-être que je te nourrirai aussi si tu es assez coopérative, renchérit-il.

Mon estomac gargouilla à nouveau. Depuis combien de temps n'avais-je pas mangé ? Répondre à quelques questions me sembla soudain être une bonne idée. Qu'est-ce que ça pouvait faire s'il connaissait mon nom ? Il savait déjà que je faisais initialement partie de la meute du Cancer, et ce n'était pas comme s'il restait beaucoup de membres de cette meute. Il pourrait probablement trouver mon nom tout seul s'il essayait. Ce n'était pas comme s'il existait beaucoup de bâtardes à moitié humaines, après tout. J'hésitai tout de même, toutes les choses qu'on m'avait racontées dans mon enfance sur la meute d'Ophiuchus résonnant dans mon cerveau.

J'étais sur le point de lui dire mon nom lorsque l'alpha se retourna avec un soupir. Puis cet enfoiré éteignit les lumières et verrouilla la porte derrière lui, me laissant dans une obscurité presque totale.

Je descendis du lit de camp et me laissai tomber par terre devant la bouteille d'eau. Le bouchon claqua lorsque je le décachetai et je laissai échapper un souffle de soulagement. Cela ne m'étonnerait pas qu'ils essaient de glisser quelque chose dans ma boisson pour me faire délirer. Ce serait un moyen infaillible de s'assurer qu'ils obtiennent des réponses de ma part. Je pris une longue gorgée. Je ne savais pas depuis combien de temps je n'avais pas bu d'eau, mais j'avais soif. Je ne pensais pas avoir déjà goûté une meilleure eau.

Je m'arrêtai, bien que j'aurais pu facilement tout ingurgiter. Je devais me rationner. Qui sait combien de temps il se passerait avant qu'ils ne me donnent autre chose. En fait, ils me priveraient probablement de toute autre eau pour me faire parler. Que voulaient-ils de moi ? Me laisseraient-ils un jour sortir d'ici ?

Attends. Le pouvoir que j'avais utilisé pour m'éloigner de Jordan. Je pourrais peut-être l'utiliser pour m'échapper.

Un petit coin éclairé par le clair de lune provenant de la petite fenêtre sur un côté de ma cellule. La fenêtre était plus haute que ma tête et juste assez grande pour laisser entrer un tout petit peu de lumière et rien de plus. Il n'y avait donc aucune chance que je puisse m'échapper par là. Je m'en approchai, me hissant sur la pointe des pieds pour voir dehors tout en essayant d'utiliser cet étrange pouvoir.

Je retins mon souffle et tendis la main vers l'obscurité, le clair de lune, ou quoi que ce soit que j'avais utilisé pour me téléporter auparavant. Rien ne se produisit. Je fermai les yeux plus serrés et espérai et priai que lorsque je les ouvrirais, je serais loin de la cellule et dehors dans une autre parcelle éclairée par la lune.

Pas de chance. Mes épaules s'affaissèrent et je me dirigeai à nouveau vers le lit de camp. Peut-être que la parcelle de clair de lune n'était pas assez grande, ou peut-être que je m'y prenais mal. Je frappai les pieds du lit de camp pendant un moment, essayant de trouver un autre plan. Les barres de fer qui m'entouraient étaient enfoncées dans le sol en ciment et fixées au plafond. Il n'y avait aucune chance que je puisse en détacher une, même avec l'aide de ma nouvelle force. Cette cellule avait été faite pour contenir un métamorphe. Il n'y avait absolument aucun moyen de sortir.

J'étais bel et bien piégée dans la pire situation que j'avais connue jusqu'à présent, et il n'y avait rien que je pouvais faire pour m'en échapper. Il ne me restait plus qu'à rester assise ici et attendre que l'alpha de la meute perdue revienne et m'interroge à nouveau. Ou peut-être avaient-ils une autre utilité pour moi. Quoi qu'il en soit, cela sentait mauvais et je n'avais pas envie de rester dans le coin assez longtemps pour en savoir plus.

À MA GRANDE SURPRISE, je parvins à m'endormir, même en sachant que j'étais entourée de métamorphes particulièrement dangereux. Cette fois, je me réveillai en sursaut, ma vessie me criant dessus. Je me précipitai vers les toilettes et me soulageai, et ce n'est que lorsque j'eus terminé que je pensai à m'assurer que j'étais seule.

Seule, à l'exception d'un sac de nourriture. Je ne savais pas comment j'avais pu dormir pendant que quelqu'un était entré et l'avait poussé à travers les barreaux, mais il était là. Et puis, les dernières vingt-quatre heures avaient été très éprouvantes. Ou cela faisait-il plus longtemps ? Quarante-huit heures ? Je n'avais aucun moyen de le savoir.

Je m'approchai du sac avec circonspection. Il était ordinaire, sans aucune indication de sa provenance, mais l'odeur qui en émanait me mettait l'eau à la bouche. Je l'ouvris et plaçai la nourriture emballée dans du papier contre mon nez, la respirant. Je me fichais que ce soit froid, l'odeur était paradisiaque. Je déchirai le papier et trouvai un sandwich de petit-déjeuner avec des saucisses, des œufs et du fromage. Il y avait aussi des pommes de terre rissolées dans le sac.

Mon estomac gargouilla et je gémis avant d'attaquer. Cela ne me traversa même pas l'esprit que je n'avais aucun moyen de savoir s'ils l'avaient empoissonné jusqu'à ce que j'en aie avalé la moitié. Je m'arrêtai en plein milieu de ma mastication et reniflai à nouveau la nourriture. Rien ne laissait penser qu'il y avait quelque chose d'inhabituel, même avec mes nouveaux sens accrus. De plus, s'ils avaient voulu me tuer, ils l'auraient déjà fait.

Je finis de manger et trouvai une bouteille d'eau posée à côté du sac. Je laissai échapper un rire, incapable de m'en empêcher. J'étais là, retenue captive par les pires des pires, et ils n'avaient rien fait de plus menaçant que d'envoyer leur alpha grogner contre moi et me poser quelques questions. Merde, ils m'avaient nourrie et ne m'avaient pas encore battue. C'était déjà deux niveaux au-dessus de ma vie dans la meute du Cancer.

C'était drôle de voir comment les choses apparaissaient avec un peu de perspective.

La porte s'ouvrit et la lumière du jour entra. Je savais que c'était le jour grâce à la petite fenêtre, mais je me rendis soudain compte que j'avais dormi toute la nuit et probablement une bonne partie de la matinée.

L'alpha de la meute perdue entra dans la petite pièce et ferma la porte derrière lui. Je ne pus m'empêcher de remarquer la façon dont il se déplaçait avec à la fois grâce et puissance, réussissant en quelque sorte à dominer la pièce sans même dire un mot. Son corps impressionnant semblait également remplir l'espace, même en portant des vêtements qui cachaient tous ces muscles que j'avais vus dans les bois.

Il m'observa pendant quelques instants.

— Tu as bien meilleure mine que quand on t'a trouvée.

— Eh bien, j'étais pratiquement au bord de la mort, répondis-je. Tu ne peux pas t'attendre à ce que quelqu'un ait bonne mine après avoir fui un massacre.

Il traversa la pièce sans répondre et traîna une chaise depuis un coin. Il prit place à l'extérieur de la porte de ma cellule, chaise à l'envers.

— Je vais aller droit au but, dit-il après avoir passé ses jambes par-dessus la chaise et appuyé ses avant-bras contre la barre métallique en haut du dossier. Je m'appelle Kaden Shaw et je suis l'alpha de la meute d'Ophiuchus.

Sa voix était grave et sexy et je me surpris à me pencher en avant, captivée par les mots.

— J'ai besoin que tu me dises ce qui s'est passé à la Convergence. Comment tu as fait pour t'échapper, conti-nua-t-il.

Je tournai la tête vers lui.

— Pourquoi ce cercle de partage soudain ?

— J'espère que si je partage des informations, tu seras assez intelligente pour me rendre la pareille, dit Kaden. Je ne peux pas te laisser sortir tant que je ne sais pas si je peux te faire confiance.

— Alors tu envisages *vraiment* de me laisser sortir ? demandai-je pleine d'espoir.

— *Si* tu te montres digne de confiance. Ça reste à voir.

Je soupirai, me disant que personne d'autre ne m'avait montré ce niveau de gentillesse.

— Et tu promets de ne pas me torturer ?

Kaden pencha la tête sur le côté, copiant mon mouvement.

— Est-ce que j'ai l'air d'être sur le point de te torturer ?

Non. Non, il se prélassait contre la chaise, les jambes écartées, les mains négligemment jetées sur le dossier. Il était à l'opposé d'une personne s'apprêtant à torturer quelqu'un. Et sexy à souhait. Je ne pouvais pas détacher mes yeux de ses longues jambes ou de ses bras musclés.

— Comment tu es au courant de ce qui s'est passé à la Convergence ? demandai-je. Je croyais que vous étiez tous partis.

— On observait depuis la forêt et on a tout vu. Y compris le fait que tu es maintenant accouplée au futur alpha de la meute du Lion.

C'était une gifle en plein visage. J'avais presque réussi à l'oublier. Je reculai d'un coup, aspirant un souffle.

— Mon partenaire m'a rejetée.

Je n'eus aucun moyen de dissimuler l'émotion dans mes paroles.

— Et vu qu'il a aidé à tuer toute ma famille et ma meute, je ne veux pas de lui non plus, continuai-je.

Ce n'était pas complètement vrai. Le lien d'accouplement ne s'était pas encore totalement dissipé et je sentais l'attraction vers lui, même si elle n'était plus aussi forte maintenant. J'essayai de repousser le sentiment de nostalgie. Jordan ne voulait pas de moi et je ne voulais pas de lui non plus. Sauf qu'à chaque fois que je pensais à Jordan, je me perdais dans le fouillis de mes émotions. Mes instincts primaires me poussaient à le vouloir, mais je n'arrivais pas à accepter les choses qu'il avait faites à moi ou à ma famille.

— Comment tu as fait pour t'échapper ? demanda Kaden.

— Je ne sais pas, répondis-je.

Kaden se leva d'un seul mouvement souple, repoussant la chaise d'un coup de pied dans un élan de force.

— Je t'ai dit de ne pas me mentir, grogna-t-il, et la tension dans l'air s'aiguisa. Je pourrais te tuer tout aussi facilement que te libérer.

Ah. Les voilà, les menaces familières. Il n'était pas différent des autres membres de la meute du Cancer, après tout.

— Je vais te le dire, mais je veux d'abord avoir mes propres réponses.

Il croisa les bras et leva les sourcils.

— Des réponses à propos de quoi ?

— On est où ? Qu'est-il arrivé à mes blessures ? Comment tu as fait pour m'assommer ? Et qui m'a habillée ?

Il sourit.

— Je ne peux pas répondre à la plupart de ces questions. Pas encore. Mais je peux dire que... c'est moi qui t'ai habillée.

Mes yeux s'écarquillèrent à ce moment-là et mes joues se mirent à chauffer en imaginant ses grandes mains sur tout mon corps nu. Je tripotai l'énorme chemise.

— Tu aurais pu me trouver des vêtements à ma taille.

Il fit un geste vers moi, ses yeux se resserrant.

— À ton tour. Dis-moi comment tu t'es échappée avant que mon dernier brin de patience ne se volatilise.

— Je ne sais vraiment pas, dis-je en tendant mes mains. J'ai fait un pas dans le clair de lune et soudain, je me suis retrouvée à quelques mètres de là. Ça s'est reproduit plusieurs fois avant que je ne réalise que je me *déplaçais* d'une parcelle de clair de lune à une autre. Je n'ai aucune idée de comment j'ai fait, et quand j'ai essayé d'utiliser à nouveau ce pouvoir, je n'ai pas réussi.

Kaden se rassit sur sa chaise, l'air presque intrigué. Il resta silencieux quelques instants de plus et je crus qu'il allait vouloir m'en demander plus à ce sujet, mais ses yeux se déplacèrent alors de haut en bas le long de mon corps, comme s'il me jaugeait.

— Tu n'as pas de marque de meute. Je n'en ai pas vu non plus sur toi lors de notre première rencontre. Pourquoi ?

Je baissai la tête. *Et c'était parti pour les questions amusantes, apparemment.*

— J'ai toujours été une paria dans ma meute parce que je suis à moitié humaine. Je n'ai jamais eu de marque de meute.

— Tu n'es pas la fille de l'alpha ? demanda Kaden.

Je levai les yeux vers lui et lui offris un sourire en demi-teinte qui ne contenait aucun humour.

— On pourrait penser que ça aiderait, mais ça n'a fait qu'empirer les choses. Je suis le résultat de sa liaison avec une humaine. Elle m'a abandonnée avec la meute, et même mon père n'a pas pu me repousser. Il m'a élevée, mais pas comme sa propre fille. Le pire traitement venait de lui et de ma belle-mère.

Je pris une inspiration, pensant à nouveau à Wesley.

— Le seul qui ne m'ait jamais montré de l'amour était mon frère, Wesley. Et maintenant ils sont tous morts et ça n'a plus d'importance, continuai-je.

Je clignai des yeux pour chasser des larmes à la pensée de mon frère, détournant mon visage de Kaden. Je ne voulais pas qu'il me voie comme ça. Toute faiblesse, aussi justifiée soit-elle, pourrait être utilisée contre moi à l'avenir. Je pris une inspiration tremblante et continuai.

— J'avais espéré que lorsque j'aurais vingt-deux ans et que je viendrais à la Convergence, je trouverais un partenaire dans une autre meute. Un qui me traiterait mieux.

Je laissai échapper un rire amer avant de poursuivre.

— Tu as vu ce que ça a donné.

Kaden resta silencieux un moment de plus, la tension étant toujours épaisse dans l'air.

— Est-ce que tu te sens liée à la meute du Lion ou à ton partenaire ? demanda-t-il, à la place du million d'autres choses qu'il aurait pu dire. Tu veux retourner auprès d'eux ?

Je tournai la tête pour le dévisager.

— Putain, non. Je veux qu'ils meurent tous pour ce qu'ils m'ont fait subir.

J'hésitai ensuite. Je pourrais mentir, mais quel était l'intérêt ?

— Mais oui, je ressens toujours le lien d'accouplement avec Jordan, même si j'aimerais que ce ne soit pas le cas, continuai-je.

Kaden sourit, mais ce n'était pas un sourire chaleureux.

— J'ai une bonne et une mauvaise nouvelle pour toi. Laquelle tu veux entendre en premier ?

— Je m'en fiche, répondis-je. Ce ne sont que des nouvelles.

— La bonne nouvelle d'abord, alors. Tu es devenue utile pour moi, donc je ne te tuerai pas. Pour l'instant.

La menace sous-entendue m'aurait peut-être fait peur il y a un jour à peine. À présent, je me contentai de le fixer d'un regard vide.

— Et la mauvaise nouvelle ?

— Tu vas utiliser ton lien avec ton partenaire pour tendre un piège aux Lions. Tu vas être notre appât.

Je ris, le son s'échappant de moi.

— Tu peux aller te faire foutre avec ce plan. Je ne serai l'appât de personne.

La lèvre de Kaden se releva en un grondement. Il bougea si vite que je ne le vis pas se lever de la chaise. Elle s'écrasa sur le sol derrière lui, et je sursautai, malgré ma bravade.

— Tu es en vie parce que je le permets. Tu suivras mes ordres si tu veux que ça reste ainsi.

Ses mains se resserrèrent autour des barreaux, les muscles épais de ses avant-bras se contractant. La voix de

Kaden devint si grave qu'elle était pratiquement un grognement.

— Et si jamais tu me manques encore de respect, je t'arracherai la gorge avec mes dents.

La menace était très, très réelle. Je venais de voir un alpha le faire à mon père, seulement quelques heures plus tôt. Quelque chose de froid parcourut mes veines. Même s'ils me traitaient bien, ils n'étaient pas pour autant mes amis. Je gardai un visage impassible, ne lui permettant pas de voir ma peur. Il pouvait probablement la sentir, mais je levai quand même le menton et rencontrai ses yeux.

Kaden s'éloigna des barreaux et se dirigea vers la porte.

— Je pensais que tu voudrais te venger de la meute du Lion pour ce qu'ils t'ont fait.

Il s'arrêta et jeta un coup d'œil en arrière par-dessus son épaule.

— Je peux te donner ça. Personne d'autre n'aura le courage de s'opposer à eux. Réfléchis-y. C'est la seule offre que tu recevras de ma part, ajouta-t-il.

Sur ce, il se retourna et me laissa avec rien d'autre que mes pensées et la moitié d'une bouteille d'eau pour me tenir compagnie, tandis que ses derniers mots résonnaient dans mon crâne.

CHAPITRE ONZE

UNE AUTRE JOURNÉE PASSA, des repas étant discrètement laissés à l'intérieur de ma cellule comme par un visiteur invisible. Mais en me levant le lendemain matin, je remarquai autre chose. La personne qui avait déposé la nourriture m'avait aussi laissé des vêtements de rechange. Je les attrapai avant de jeter un coup d'œil autour de moi. Je ne pouvais pas m'empêcher d'avoir l'impression d'être observée, comme si le regard lourd de Kaden était constamment sur moi. C'était une notion ridicule et les métamorphes acceptaient la nudité comme un mode de vie, mais j'hésitai quand même à me déshabiller au milieu de ma cellule.

Arrête d'être pathétique, me dis-je avant d'enfiler les vêtements trop grands. S'il regardait, ce ne serait pas quelque chose qu'il n'avait pas déjà vu. Et bien que je ne voulus pas l'admettre, peut-être, juste peut-être, qu'une petite partie de moi aimait en fait l'idée qu'il regarde.

On m'avait donné un t-shirt bleu pâle avec un personnage de dessin animé dessus et un pantalon de survêtement noir, et cette fois, il était à ma taille. Une offre de paix de Kaden, peut-être ?

J'étais contente d'avoir les vêtements, mais ce dont j'avais vraiment besoin, c'était d'une douche. Je puais et grimaçai lorsque je levai une main pour la passer dans mes cheveux. Il y avait encore du sang dedans. Ça pouvait être le mien, ou celui de mon père, ou celui de quelqu'un d'autre. Je ne savais pas, et je m'en fichais.

Je m'assis de nouveau sur mon lit de camp et dévorai la nourriture composée cette fois d'un hamburger avec des frites et d'une pomme. Une fois que j'eus terminé, je n'avais rien d'autre à faire que de penser et de faire les cent pas, et je n'allais pas donner à l'invisible Kaden qui me surveillait, la satisfaction de montrer ma nervosité. Je pouvais imaginer pourquoi les gens devenaient fous après de longues périodes de capture. J'étais presque à bout et je n'étais là que depuis peut-être deux jours si je me fiais au nombre de repas.

Je détournai mon esprit de cela. Il valait mieux que je ne me morfonde pas, sinon je me retrouverais à sombrer dans quelque chose de mauvais. Je devais rester concentrée et heureusement, Kaden m'avait donné exactement de quoi méditer.

L'idée de me venger de la meute du Lion m'intriguait. La perspective de faire disparaître le rictus suffisant sur le visage de Jordan me traversa l'esprit plusieurs fois avant que je ne revienne à la réalité. Ils méritaient de payer pour ce qu'ils avaient fait à ma meute et à ma famille. Ma gorge se noua au souvenir de Wesley en train de se faire démolir. Je réduirais toute la meute du Lion en cendres pour sa mort.

La partie désagréable était le fait de servir d'appât. Je n'en avais pas envie, pas plus que je n'avais envie de retourner dans la meute du Cancer, ou du moins ce qu'il en restait. Mais quelle alternative avais-je ? La meute d'Ophiuchus était terrifiante et à en juger par ce que j'avais vu de Kaden, il était dangereux et imprévisible. Mais c'était peut-être exactement ce dont j'avais besoin en ce moment.

Je n'avais pas de meute à laquelle m'identifier, plus maintenant. Personne ne voulait me prendre en charge et m'abriter. Je n'avais nulle part où aller. La meute d'Ophiuchus était peut-être la seule à pouvoir me protéger des Lions, et s'ils m'offraient une revanche sur ceux qui avaient tué mon frère et m'avaient volé mon avenir, je la saisirais.

Mais pourquoi Kaden voulait-il éliminer les Lions ? La meute d'Ophiuchus était venue à la Convergence et avait demandé à faire à nouveau partie des loups du zodiaque, mais avait été éconduite. L'alpha Lion s'était comporté comme un con à ce sujet, mais tout comme beaucoup d'autres alphas. Y avait-il une autre raison pour laquelle Kaden voulait se venger des Lions en particulier ?

La porte s'ouvrit à nouveau avant que je puisse y réfléchir davantage. Cette fois, Kaden n'était pas seul. Deux grands métamorphes mâles musclés apparurent de chaque côté de lui, me fixant d'un regard vide. Je les regardai tous les trois, mon pouls s'accélérant. *Merde, merde, merde,* pensai-je, mais je gardai ma voix posée.

— C'est maintenant que commence la torture ? demandai-je. Je ne me suis pas décidée assez vite à ton goût ?

Kaden me lança un regard perçant, puis fit signe aux deux autres métamorphes de rester en arrière. Il s'approcha de ma cellule et j'essayai de rester parfaitement immobile. Il était passé du rôle d'ami à celui de menacer de me tuer en un instant, et il était impossible de le cerner. Je ne le connaissais pas assez bien, mais j'avais l'impression qu'il continuerait à me surprendre même si je l'avais connu toute ma vie.

— Tu as réfléchi à ce dont on a discuté la dernière fois ? demanda-t-il.

— Tu veux vraiment m'aider à me venger ?

J'avais plusieurs remarques insolentes en stock, mais je voulais une réponse franche de sa part.

— Oui.

Il me regarda droit dans les yeux. J'essayai de trouver une quelconque ruse dans ces profonds yeux bleus, mais ils étaient un mystère.

— Qu'est-ce que tu as à y gagner ? demandai-je.

— J'ai un compte à régler avec les Lions personnelle-ment. Mais il n'y a pas qu'eux.

Un sourire maléfique traversa ses lèvres.

— Je veux voir toutes les meutes du zodiaque mortes ou vaincues. Les Lions ont éliminé la meute du Cancer pour nous, mais il nous reste encore onze meutes à liquider, pour-suivit-il.

Ces mots me firent froid dans le dos. Les douze meutes,

anéanties ? Qu'est-ce qu'il pouvait bien avoir contre chaque meute ?

— Pourquoi ?

— Il est temps que la meute d'Ophiuchus soit reconnue. J'ai essayé de la jouer sympa avec les autres meutes, de leur donner une chance de nous laisser revenir dans le rang. Ils nous ont rejetés comme des chiots non désirés.

Il se redressa, ses yeux devenant sombres, avant de continuer.

— La treizième meute en a fini d'être des parias. On va désormais régner et tous ceux qui ne se prosterneront pas devant moi en tant qu'alpha périront.

D'une certaine façon, je comprenais. J'avais été une paria toute ma vie, rejetée par ceux qui étaient censés m'aider et me protéger. Je ne ressentais aucun remords pour la perte de la meute du Cancer, sauf pour quelques personnes comme les parents de Mira qui avaient toujours été gentils avec moi. Une fois que le choc initial de la mort de mon père et de Jackie sous mes yeux s'était dissipé, je n'avais ressenti aucune tristesse, seulement une étrange perte de ce qui aurait pu être. Seule la mort de Wesley m'avait vraiment dévastée.

Penser à mon frère fit ressurgir ma haine pour la meute du Lion et la profonde douleur causée par la perte dans des proportions égales. Je fus presque terrassée par l'intensité. Je n'avais pas eu le temps de faire correctement mon deuil et je ne savais pas quand je le ferais. Je devais d'abord être en sécurité et cela n'allait pas arriver dans une cellule.

Quant aux autres meutes ? Ils avaient soit pris le parti

des Lions, soit fui comme des lâches, laissant la meute du Cancer à son sort. Même la meute des Poissons ne m'avait pas aidée, après des années de camaraderie avec la meute du Cancer. Peut-être qu'ils *devraient* tous être réduits en cendres. Il y avait manifestement quelque chose qui n'allait pas dans les meutes du zodiaque, quelque chose qui suppurait de l'intérieur, et il était peut-être temps de procéder à une refonte complète.

Je m'assurerais que Mira soit saine et sauve, mais tous les autres pouvaient aller en enfer, en ce qui me concernait.

— Je peux entendre ton cœur s'emballer d'ici, dit Kaden. Tu as pris une décision ? J'espère que c'est la bonne.

Il s'appuya contre les barreaux de la cellule avec désinvolture, mais il y avait de la menace dans sa voix.

— Tu peux soit te joindre à nous pour éliminer les autres meutes, soit je te renvoie chez les Lions dans un paquet cadeau. Tu peux être leur problème, pas le nôtre. Je n'ai pas le temps de te torturer, de toute façon, ajouta-t-il.

Je repoussai ses mots cruels et le dévisageai avec défiance.

— Tant que tu m'aides à me venger de la meute du Lion pour avoir tué mon frère, je suis partante. Je me contrefous des autres.

— Bien, gronda Kaden, le mot ressemblant plus à un grognement qu'à autre chose. Mets ça.

Il me lança des chaussures et je les enfilai rapidement sur mes pieds sales. Il ouvrit ensuite la porte de la cellule et fit un pas en arrière. Juste comme ça. Je clignai des yeux vers lui, craignant qu'il n'essaie de me frapper dans le ventre dès que je sortirais. Kaden émit un bruit de frustration, faisant un signe de la tête pour que je sorte.

Je sortis de la cellule, me préparant à une attaque. Elle ne vint pas. Je levai les yeux vers Kaden. Son visage ne révélait toujours rien. Les deux autres métamorphes ne bougèrent pas non plus.

Je m'immobilisai dans l'embrasure de la porte, plissant les yeux à la lumière du soleil. Cela faisait une éternité que je n'avais pas regardé le soleil et je dus placer ma main devant mes yeux, bloquant la plupart de la lumière pendant plusieurs instants avant de pouvoir faire ne serait-ce que quelques pas trébuchants en avant. Il me manquait encore la plupart de mes forces, apparemment. Tout ce qui s'était passé la nuit de la Convergence avait été guéri, mais mon corps avait besoin de plus de temps pour s'en remettre. Mon âme, quant à elle, pourrait ne jamais s'en remettre.

J'observai mon environnement alors que mes yeux s'ajustaient. Les sons d'une petite ville me parvinrent, remplaçant la sensation écrasante d'être à nouveau dehors. Je pouvais voir quelques magasins et ce qui devait être la version de la rue principale de la ville, ainsi que des maisons rustiques en petites rangées soignées, entourées de grands arbres de tous les côtés. Cela avait l'air pittoresque, comme quelque chose qu'on pourrait trouver sur une carte postale décrivant une ville forestière que des couples visitaient pour des week-ends romantiques. J'avais du mal à croire que, de tous les endroits, la meute la plus redoutée vivait *ici*.

Ce qui était le plus surprenant, c'était l'odeur de la forêt tout autour de moi. Je pris une profonde inspiration, remarquant à quel point l'air était pur. Je fermai les yeux, m'imprégnant du soleil d'été et de l'air frais.

Lorsque je les rouvris, Kaden me regardait d'un air presque suffisant.

— Bienvenue sur les terres de la meute d'Ophiuchus.

KADEN et les deux autres métamorphes que j'avais presque oubliés me menèrent jusqu'à une grande maison en bordure de la ville qui ressemblait à un chalet au milieu de la forêt. Tout était en bois sombre et en pierre naturelle, très masculin, mais également accueillant et chaleureux. Le genre d'endroit où on voudrait rester pendant une tempête de neige, assis au coin du feu avec une tasse de chocolat chaud. La lisière de la forêt se faufilait sur les bords de la maison, comme si elle essayait de l'aspirer subtilement pour la faire disparaître à jamais.

Kaden vint se placer à côté de moi alors que je levais les yeux vers la maison, et je me crispai. Il avait dit qu'il ne me tuerait pas, mais cela ne voulait pas dire que nous étions amis, et je ne lui faisais définitivement pas entièrement confiance.

Soit il ne le remarqua pas, soit il choisit d'ignorer ma réaction.

— C'est là que tu logeras pour l'instant.

— Pour l'instant ? demandai-je.

— Jusqu'à ce que tu m'aies prouvé ton utilité ou que je décide de me débarrasser de toi.

— Évidemment, répondis-je en résistant à l'envie de lever les yeux au ciel.

— Tu auras une colocataire étant donné que l'espace est toujours un problème pour la meute, mais elle a à peu près ton âge. Essaie de t'entendre avec elle.

Je hochai la tête et me mordis la langue avant de répondre avec insolence. Pas besoin de le contrarier et de le pousser à m'arracher la gorge. Il n'y avait plus de barreaux l'empêchant de se jeter sur moi maintenant.

— Le garde-manger est bien approvisionné et tu es libre d'aller partout en ville. Clayton ou Jack devront t'accompagner, bien sûr, dit-il en désignant d'un geste de la tête les deux mâles qui se tenaient derrière nous. N'essaie pas de quitter la ville.

— Je ne suis pas aussi stupide que ça, ne puis-je m'empêcher de rétorquer.

Avant que Kaden ne puisse me grogner quelque chose, je demandai rapidement :

— On est où ? Au Canada ou aux États-Unis ?

— Tu n'auras pas cette information pour le moment, dit Kaden, et je combattis la vague de frustration qui m'envahit. Tu devras devenir un membre à part entière de la meute pour le savoir.

Mon esprit se mit à bourdonner. *Attends, quoi ?*

— Tu es sérieux ? demandai-je en le regardant, essayant de trouver le moindre soupçon de plaisanterie sur son visage bien trop beau. C'est possible ? Je croyais que le seul moyen de rejoindre une meute était d'y naître ou d'être accouplé à quelqu'un qui en fait partie.

— La meute d'Ophiuchus a déjà accueilli d'autres personnes rejetées, dit Kaden. On est la meute des parias, après tout. La plupart d'entre nous savent ce que c'est que d'être rejeté et indésirable.

Je savais certainement ce que *cela* faisait. De l'espoir commença à naître en moi. Je ne pus m'en empêcher. Était-ce la réponse à ma prière silencieuse à la déesse de la lune ? Je détournai le regard alors que nous continuions à nous rapprocher de la maison jusqu'à ce que nous nous trouvions juste à côté des marches du porche. Cette meute perdue pourrait-elle me fournir le foyer que j'avais cherché toute ma vie ? Un endroit où je me sentirais acceptée et non pas rejetée parce que j'étais différente ?

— Comment est-ce que je peux devenir membre ?

— Si tu veux faire partie de cette meute, tu vas devoir suivre mes ordres et faire tes preuves. La loyauté se gagne, elle ne se donne pas, dit-il en croisant les bras. Ton entraînement commence demain et tu prouveras chaque jour ton utilité à la meute en nettoyant un bâtiment que je t'assignerai.

Il esquissa un sourire comme si cela lui procurait de la joie.

— À partir de maintenant, tu seras la femme de ménage de la meute, ajouta-t-il.

Et juste comme ça, je redevins la paria, au plus bas de l'échelle, une position qui ne m'était que trop familière. Ils n'étaient pas différents des autres meutes, et putain, j'en avais tellement marre d'être traitée comme de la merde.

Je le dévisageai.

— Alors ça ne te suffit pas que je risque ma vie pour toi en tant qu'appât ? Maintenant je dois aussi faire ton sale boulot ?

Une colère enflamma ses yeux alors qu'il s'avança vers moi avec une menace claire. Je trébuchai en arrière jusqu'à ce que je heurte le mur derrière moi, mon souffle me quittant d'un coup. Il appuya ses mains de chaque côté du mur à côté de ma tête, me piégeant efficacement pour que je ne puisse pas m'échapper en me glissant sous ses bras, et se pencha de près. *Très* près.

Son corps était chaud et dur et à quelques centimètres seulement du mien. Je n'arrivais désormais plus à reprendre mon souffle pour une tout autre raison. Malgré son affreuse personnalité, je ne pus empêcher la montée de désir qui me traversa, surtout lorsque je respirai son odeur. Cela déchaîna ma louve intérieure, et bien qu'il me terrifiait, j'avais aussi envie de lui. Même en dépit de la culpabilité qui me déchirait de l'intérieur, me rappelant qu'il n'était pas mon partenaire, que j'appartenais à quelqu'un d'autre. Même si ce quelqu'un d'autre ne voulait rien avoir à faire avec moi.

— Laisse-moi clarifier une chose, dit Kaden à mon oreille, ses lèvres si proches que je pouvais sentir l'air chaud pendant qu'il parlait. Je suis l'alpha. C'est ma meute. Ma famille.

Je frissonnai en réponse à la possessivité dans sa voix. Qu'est-ce que ça ferait d'avoir un alpha qui se soucierait autant de moi ? Ou un partenaire, d'ailleurs ?

— Je te donne une chance, poursuivit-il. Si tu prouves ta loyauté, tu ne seras jamais maltraitée ou abusée, seulement accueillie comme faisant partie de la famille. Mais si tu fais quelque chose, *n'importe quoi*, pour trahir ou blesser ma meute de quelque manière que ce soit...

Il s'interrompit et inspira profondément. Il sentait probablement ma peur et mon désir, mélangés ensemble.

— Tu ne vivras pas assez longtemps pour le regretter, menaça-t-il.

— Encore des menaces, dis-je, incapable de m'en empêcher.

Le fait d'être si proche de lui me faisait me sentir téméraire.

— Mais est-ce que tu les mettrais vraiment à exécution ? Ou est-ce que ton aboiement est pire que ta morsure ? ajoutai-je.

Il saisit mon menton dans sa main, me forçant à le regarder dans les yeux.

— Tu le découvriras bien assez tôt si tu continues à me défier.

Alors que nous nous fixions l'un l'autre, la chaleur entre nous devint indéniable. Ma poitrine se souleva et s'abaissa lorsque je regardai ces yeux bleus durs, puis mon regard se posa sur sa bouche. Était-ce mal que je veuille secrètement savoir comment était sa morsure ? Je me léchai les lèvres, une réaction instinctive, et ses doigts se resserrèrent sur mon menton en réponse. Je crus pendant une seconde qu'il allait se pencher, soit pour me mordre les lèvres, soit pour m'embrasser fort, et je fus surprise de constater à quel point j'en avais envie. Je retins ma respiration, restant complètement immobile alors que j'attendais qu'il se décide à bouger. Je dus faire un petit bruit, car ses yeux quittèrent mes lèvres, et lorsqu'il croisa à nouveau mon regard, son visage devint à nouveau dur. Il me lâcha et fit un pas en arrière, croisant les bras en attendant ma réponse.

Je me redressai et essayai de réguler ma respiration.

— Bien, je serai ta femme de ménage. Autre chose ?

— Rentre juste à l'intérieur, grogna-t-il.

Puis il se détourna et s'enfonça dans la forêt sans un autre mot.

CHAPITRE DOUZE

J'OBSERVAI les arbres engloutir Kaden et me retrouvai ensuite seule avec mes deux gardes du corps qui s'évertuaient à regarder tout sauf moi.

— Il est toujours comme ça ? demandai-je en essayant de diffuser l'étrange tension qui flottait encore dans l'air.

Je pensais qu'ils allaient tous les deux m'ignorer, mais le plus petit se fendit d'un sourire.

— Plus ou moins, répondit-il.

— Ferme-la, Jack, grogna le plus grand en donnant un léger coup sur l'épaule du plus petit mâle.

— Il en fait toujours des tonnes, dit une voix féminine, et je me retournai vers la maison, surprise par le son.

Seule une autre métamorphe aurait pu se déplacer aussi discrètement. Une jeune femme aux cheveux bruns mi-longs se tenait sur le porche avec un sourire enjoué.

— Ne le laisse pas trop t'effrayer, continua-t-elle. Une

fois que tu auras appris à le connaître, tu verras que Kaden est un grand tendre.

— Bizarrement, je trouve ça difficile à croire, marmonnai-je.

Son sourire s'agrandit.

— Je m'appelle Stella.

— Ayla, répondis-je. Comment tu connais Kaden ?

— Oh, c'est mon frère.

Son frère ? L'idée que Kaden puisse avoir une sœur capable de sourire et de plaisanter semblait impossible. Il était logique de penser qu'il avait hérité de cette attitude aussi désagréable. En la regardant une fois de plus, je pus voir la ressemblance. Si Kaden souriait davantage, il serait probablement son portrait craché.

Stella fit un signe de tête vers la maison.

— Entre à l'intérieur.

Elle ouvrit la porte et me fit signe d'entrer. Je m'arrêtai dans l'entrée, admirant le bois sombre et le plafond voûté, ainsi que les immenses fenêtres qui laissaient entrer une quantité exceptionnelle de lumière naturelle. La maison était immense, mais elle était tout de même douillette et ressemblait à un chalet de ski de luxe tiré d'un des livres de photographie que Wesley m'avait offerts. La forêt était visible de tous les côtés, donnant l'impression que la maison faisait partie de la nature plutôt que de servir d'abri contre elle.

Stella me fit visiter rapidement la grande cuisine qui avait été récemment rénovée, avec des placards en chêne foncé côtoyant des appareils électroménagers en acier inoxydable. Le salon attenant était immense, avec des fauteuils rembourrés et un grand canapé en cuir entourant une énorme cheminée à bois. Une porte coulissante donnait sur une énorme terrasse avec des meubles d'extérieur, un coin feu et un grill. Je sentis un pincement dans ma poitrine. C'était une maison pour une *famille*.

— On va être colocataires, dit Stella en me souriant.

— Tu vis ici toute seule ? demandai-je, me rappelant ce que Kaden avait dit à propos de *l'espace limité de la meute*.

Stella rit.

— Non. C'est la maison de Kaden. On vit ici ensemble.

Et merde. Juste quand je pensais que j'allais pouvoir m'éloigner de lui, je découvrais que j'allais vivre dans sa putain de maison. Je me mis à m'imaginer me réveiller pour le trouver en train de bouder dans la cuisine, me grognant dessus pendant que j'essaie de prendre mon café du matin. *Achevez-moi.*

J'ouvris la bouche pour dire quelque chose, pour protester ou demander s'il y avait un autre endroit où je pouvais rester, mais Stella me coupa la parole avant que je puisse dire quoi que ce soit.

— Je vais te montrer ta chambre.

Elle me fit signe de la suivre dans les escaliers jusqu'au deuxième étage, qui comptait au moins cinq chambres. Elle fit un geste vers la première porte.

— Celle-ci est la mienne. On partage une salle de bain, mais tu auras ton propre espace.

Stella ouvrit la deuxième porte et se recula pour me laisser entrer. La chambre était propre et mignonne, mais simple. Il n'y avait aucune touche personnelle, juste un grand lit dans un coin, une armoire en bois brut dans un autre coin et un bureau vide placé sous la fenêtre qui donnait sur la forêt où Kaden avait disparu.

— C'était l'une de nos chambres d'amis, mais c'est la tienne maintenant, dit Stella. N'hésite pas à faire comme chez toi.

Je fis courir mes doigts sur le bois sombre du bureau, sentant quelque chose se resserrer dans ma gorge. Pour la première fois depuis des jours, je me sentais... en sécurité. Ici, parmi la meute que j'avais toujours supposé être composée de monstres.

— C'est parfait. Merci, répondis-je.

Elle hocha la tête et me laissa seule dans la pièce. Je réalisai après son départ que je n'avais aucun moyen de me sentir chez moi. Je n'avais rien à déballer. Toutes mes affaires avaient été abandonnées pendant l'attaque. Même les vêtements que j'avais portés à la Convergence avaient disparu, déchirés et délaissés lorsque je m'étais transformée.

Mon téléphone. Je tapotai mes poches inutilement. Évidemment, il n'était pas là. Je l'avais perdu quelque part quand je m'étais enfuie de Jordan et il était probablement brisé dans la forêt au fin fond du Montana. Ou pire, dans les mains des Lions. Je frissonnai en imaginant Jordan en train de fouiller dans mon téléphone, regardant les photos que j'avais prises et les SMS que j'avais envoyés. Je fus soudain terriblement contente que mon appareil photo ait été détruit avant que je ne quitte la maison. Cela m'aurait détruite si je l'avais aussi perdu à la Convergence.

J'ouvris la porte de la petite armoire, mais elle était vide. Je n'avais pas d'autres vêtements que ceux que je portais, et pas de brosse à dents ni de shampooing non plus. Je fis une grimace et me dirigeai vers la salle de bain pour voir s'il y avait quelque chose dedans que je pourrais utiliser.

La salle de bain était moderne, décorée dans des tons sable doux, et sentait le jasmin. Une serviette était enroulée sur le comptoir avec du shampooing, de l'après-shampooing et un pain de savon neuf posés à côté. Ils n'avaient rien d'extraordinaire, mais je soupirai de soulagement en les voyant. Je pouvais maintenant enlever le sang de mes cheveux et ne plus puer comme un animal de basse-cour.

J'entrai dans la douche avec empressement, restant longtemps sous le jet d'eau chaude et laissant celle-ci passer du rouge au rose, jusqu'à être limpide. Je pris mon temps, me délectant de la sensation de me nettoyer tout en laissant mes pensées se vider béatement. Lorsque je sortis, je me sentais tellement mieux et moi-même à nouveau.

Je n'avais toujours pas de vêtements de rechange, mais ceux qui m'avaient été fournis étaient relativement propres. Je les remis et descendis pour inspecter les lieux. Je marchai lentement dans les escaliers, essayant d'écouter s'il y avait du mouvement. Quelqu'un faisait du bruit dans la cuisine et j'espérais que c'était Stella et pas Kaden.

Lorsque j'entrai dans la cuisine, Stella se retourna, un sandwich sur une assiette et un sourire sur le visage.

— Pour toi, dit-elle en me le tendant.

Je levai des yeux écarquillés vers elle.

— Merci.

J'essayai d'être polie en ne me jetant pas sur le sandwich, mais je ne pus m'en empêcher après la première bouchée. Je l'engloutis comme si je n'avais pas mangé depuis des jours. Stella me regarda, un léger sourire sur le visage. Je me figeai en pleine bouchée et baissai la tête.

— C'est super bon.

Même si ce n'était qu'un sandwich jambon-fromage, c'était délicieux.

— On va avoir besoin de plus de nourriture, dit Stella, son sourire se transformant en un rictus.

Elle se retourna et fouilla dans un placard, sortant un paquet de chips.

— Tu dois être affamée. Tiens, prends ça aussi. Et assieds-toi, tu vas mettre des miettes par terre.

Stella me fit signe de m'asseoir à l'îlot de cuisine, et je m'enfonçai sur le tabouret avec gratitude tout en dévorant les chips. Elle ne me connaissait même pas, mais elle était quand même si gentille avec moi. Je repérai la marque de la meute d'Ophiuchus sur le haut de son bras lorsqu'elle se tourna et je me demandai si tout ce qu'on m'avait dit sur eux était un mensonge. Kaden était certainement digne de leur dangereuse réputation, mais sa sœur était une tout autre histoire.

— Je dois aller au magasin, dit Stella, et je levai la tête vers elle. Tu devrais venir avec moi. Je pourrai te faire visiter la ville et tu pourras acheter tout ce dont tu as besoin.

Je secouai la tête.

— Je n'ai pas d'argent.

Elle balaya mes inquiétudes d'un revers de la main.

— Kaden paiera pour tout ce dont tu as besoin.

Je m'étouffai presque avec une de mes chips.

— Je ne veux pas de sa charité, répondis-je.

— Il est l'alpha et il prend soin de nous, dit-elle comme si c'était une simple évidence. Ça inclut une visiteuse comme toi.

— Une visiteuse ? ricanai-je. Plutôt une captive.

Elle haussa légèrement les épaules.

— Kaden veut juste s'assurer qu'on peut te faire confiance. Il n'est pas si terrible que ça. Tu verras.

Elle avait vécu une vie complètement différente de la mienne, réalisai-je soudain. Je n'avais jamais vu quelqu'un avoir l'air aussi satisfait de son alpha. Je souhaitai, et pas pour la première fois, être née sous une autre étoile. J'avais eu cette pensée si souvent quand j'étais petite que c'était pratiquement un mantra à l'arrière de ma tête. J'avais passé vingt-deux ans à désirer une meute comme celle-ci, au point de croire que ce n'était pas possible. Mais Kaden, malgré son côté grognon à mon égard, prenait manifestement bien soin de sa meute. Je me rendais maintenant compte que même mon père avait été un alpha médiocre. Je savais que de nombreux membres de la meute du Cancer avaient été mécontents de sa façon de diriger, mais ils n'avaient jamais pu faire quoi que ce soit. Wesley avait été notre seul espoir pour l'avenir de la meute, mais il était mort.

Une pointe de tristesse me traversa à la pensée de Wesley et de ce qui aurait pu être. Des larmes menacèrent de remplir mes yeux, mais je les repoussai, gardant mes émotions sous contrôle. Je ferais mon deuil plus tard quand je serais seule. Et un jour, j'aurais ma revanche.

Stella remarqua l'expression de mon visage.

— Qu'est-ce qui ne va pas ?

— Rien. Allons-y, dis-je en secouant la tête.

Stella me conduisit à l'extérieur. Je constatai que les deux mâles dont Kaden avait dit qu'ils étaient mes gardes n'avaient pas bougé de l'endroit où nous les avions laissés sur le porche. Stella remarqua que je les regardais, malgré mes tentatives d'être subtile.

— Clayton est le bêta de la meute, dit-elle en désignant le plus grand des deux. Jack et lui sont des amis de Kaden.

Des amis ? Difficile de croire qu'il en avait. Et pourquoi aurait-il demandé à ses amis de monter la garde alors qu'il avait clairement une piètre estime de moi ? Ils avaient sûrement mieux à faire.

Je n'eus pas le temps de m'attarder sur le sujet. Nous marchâmes jusqu'à la ville et je me retrouvai occupée à regarder autour de moi et à tout absorber. Les bâtiments étaient bien entretenus, les maisons récemment peintes et les boutiques accueillantes. Cela ressemblait à une ville historique bien conservée et ma main mourrait d'envie de prendre mon appareil photo. Je n'aimais pas autant l'architecture que la nature, mais il y avait des exceptions.

— Voici Coronis, dit Stella, debout au milieu du chemin sur la rue principale, avant d'écarter les bras comme si elle me la présentait.

Je ne pus m'empêcher de sourire et de secouer la tête. Kaden et elle étaient vraiment comme le jour et la nuit. Elle avait offert l'information d'elle-même, alors que Kaden l'avait retenue et était devenu grincheux avec moi lorsque j'avais demandé quoi que ce soit.

— Quoi ? demanda Stella.

— Rien, dis-je en secouant la tête. Continue.

Elle me désigna divers bâtiments au fur et à mesure que nous passions devant eux. Tout était centré autour d'une grande zone herbeuse avec quelques bâtiments communautaires d'un côté, dont l'école, et les magasins de l'autre. Je remarquai que toutes les personnes que nous croisions étaient des métamorphes portant la marque d'Ophiuchus quelque part sur eux. J'avais encore du mal à croire que j'étais vraiment là, parmi la meute perdue.

— Il faut que tu essaies les pâtisseries de la boulangerie, dit Stella en souriant tout en montrant le café. Elles sont divines. Bien que ce dont tu as vraiment besoin, ce sont de nouvelles fringues. Suis-moi.

STELLA NOUS MENA au seul magasin de vêtements pour femmes de la ville. Il n'était pas grand, mais il avait une sélection assez décente et j'hésitai devant les portants. Je me sentais submergée par toutes les différentes sélections disponibles.

— Quelque chose ne va pas ? demanda Stella. Ne t'inquiète pas pour les prix. Comme je l'ai dit, Kaden s'en chargera.

— Ce n'est pas ça, dis-je en baissant la tête, me sentant comme une conne. Chez moi, je n'avais que de vieux vêtements ou tout ce que je pouvais trouver dans une friperie. Mon père... Il ne me laissait pas acheter de nouvelles choses.

J'essayai de ne pas laisser d'amertume dans ma voix, mais je savais que j'échouais. J'avais refoulé tellement de choses au cours des vingt-deux dernières années.

Le visage de Stella s'adoucit et elle hocha la tête.

— Je peux t'aider si tu veux.

J'acquiesçai, soulagée.

— Ce serait génial.

Stella frappa des mains en souriant.

— Ça va être amusant. Voyons voir. Tu as des cheveux magnifiques. On devrait exploiter la couleur, la faire vraiment ressortir.

Je grimaçai. Mes cheveux m'avaient toujours caractérisée comme étant *différente, inférieure*. Je ne pouvais pas imaginer vouloir attirer l'attention dessus, mais je n'étais plus dans la meute du Cancer, après tout. Je suivis Stella alors qu'elle faisait le tour des portants, me lançant des vêtements jusqu'à ce que nous arrivions à une cabine d'essayage.

— Entre, dit-elle. N'hésite pas à éliminer tout ce qui ne te plaît pas.

Je lui souris et fis un pas à l'intérieur. Elle m'avait donné beaucoup trop de vêtements. Que ferais-je avec plus de chemises que de jours de la semaine ? Mais en essayant chacune d'elles, je découvris que Stella avait un œil impeccable pour les couleurs. Les vêtements qu'elle avait choisis pour moi faisaient ressortir mes yeux et mes cheveux d'une manière qui me plaisait vraiment. Ils rendaient aussi d'une certaine façon mes courbes désirables, au lieu de me donner l'impression que je devais les cacher. C'était comme si je me voyais vraiment dans le miroir pour la première fois de ma vie.

Je regardai alors la vaste quantité de vêtements. Je n'aurais jamais besoin de toutes ces fringues, mais Stella ne me laissa rien remettre en place.

— C'est une bonne garde-robe de base, dit-elle. Tu auras

éventuellement besoin de plus, mais ça fera l'affaire pour l'instant.

Plus ?

— Je croyais qu'on passait la plupart de notre temps à poil.

Stella sourit en me regardant.

— Ça ne veut pas dire qu'on ne peut pas être sexy le reste du temps.

Elle s'assura également que j'aie des culottes, des soutiens-gorge et des chaussettes, puis tendit sa carte de crédit à l'employée. Je mis de côté toute culpabilité que je ressentais. C'était l'argent de Kaden et je devrais lui faire acheter tout ce magasin pour m'avoir enfermée et s'être comporté comme un con.

Je tendis la main pour ramasser les sacs, mais Stella me repoussa. Elle tourna la tête vers Clayton et Jack, qui nous avaient suivis dans le magasin. Ils échangèrent un regard, mais s'avancèrent quand même.

— Rendez-vous utiles, dit Stella en poussant les sacs vers eux.

J'ouvris la bouche pour protester, mais me ravisai en voyant les grimaces sur leurs visages.

Je cachai un sourire. L'échange me rappela la façon dont Mira interagissait avec la meute du Cancer. Stella ressemblait beaucoup à Mira, du moins pour ce qui était de son caractère. Physiquement, elles ne se ressemblaient pas du tout, mais quelque chose me faisait me sentir à l'aise avec Stella.

Penser à Mira fit naître un sentiment de solitude. Je me

demandai s'il y avait un moyen de lui faire savoir que j'étais en sécurité et que je n'avais pas été brutalement assassinée par Jordan ou les Lions. Elle devait être morte d'inquiétude, même si elle était en train de s'adapter à sa nouvelle vie dans la meute des Poissons. J'imaginai sa réaction si je lui disais que j'avais été recueillie par la meute perdue. Elle ne le croirait jamais.

— Ayla ? dit Stella.

Je jetai un coup d'œil vers elle et le regard qu'elle arborait me dit que ce n'était pas la première fois qu'elle essayait d'attirer mon attention.

— Désolée.

— Ce n'est pas grave. Tu avais l'air d'être à des millions de kilomètres. Tu pensais à quoi ?

— Juste à quelqu'un que je connais, répondis-je. Une amie de la meute des Poissons. La dernière fois qu'elle m'a vue, j'étais à moitié morte à la Convergence et je suis sûre qu'elle est folle d'inquiétude pour moi. Tu penses que je pourrais lui envoyer un message ?

— Non, désolée.

Le visage de Stella était en quelque sorte à la fois compatissant et inébranlable.

— On ne peut pas te laisser contacter quelqu'un en dehors de la meute. Pour notre propre sécurité, tu comprends, continua-t-elle.

Merde. Je me doutais que ce serait le cas, mais je devais essayer.

— Donc je suppose qu'un nouveau téléphone est aussi hors de question ? demandai-je

— Tu pourras en avoir un quand tu auras rejoint la meute. En attendant, on ne peut pas prendre ce risque.

De retour à l'extérieur, un petit paquet en mouvement courut devant mes pieds et je sautai automatiquement hors du chemin. Je haletai ensuite lorsque plusieurs petits loups passèrent en courant et se culbutèrent les uns sur les autres dans l'herbe, grognant et se mordant mutuellement de façon joueuse. Des louveteaux ? Comment était-ce possible ?

— Les garçons ! dit Stella, presque sévèrement, comme si c'était tout à fait banal de voir de jeunes loups courir partout. Ce sont certains de mes élèves, ajouta-t-elle en remarquant mon regard et en l'interprétant complètement de travers. Je suis la prof de maternelle de Coronis.

Je n'arrivais pas à décoller ma mâchoire du sol pendant que je les regardais jouer.

— Ce n'est pas ça. Comment ça se fait qu'ils aient eu leurs loups si tôt ? Je n'avais jamais vu de louveteaux méta-morphes avant.

— Oh, c'est vrai. J'avais oublié que tu avais grandi chez les loups du zodiaque, dit Stella en me regardant d'un air légèrement apitoyé. On n'a pas besoin de la Convergence pour obtenir nos formes de loup. Ou nos partenaires, d'ailleurs.

— Comment vous les obtenez ?

— Ça se fait naturellement, dit-elle en haussant les épaules.

Comme si c'était aussi simple que ça, comme si je n'avais pas espéré et prié pour que ça arrive depuis que je savais ce qu'avoir un loup signifiait.

— La plupart d'entre nous se transforment pour la première fois quand on est tout petit, ajouta-t-elle.

— C'est incroyable. Vous devez avoir des années d'entraînement...

Je m'interrompis.

— Et les partenaires ? Comment vous faites pour en trouver un sans le sort des Sorcières du Soleil ?

— Une fois adultes, on peut sentir si quelqu'un est notre partenaire quand il est à proximité, à condition qu'on soit tous les deux transformés. C'est ce qu'on m'a dit, en tout cas. Je n'ai pas encore de partenaire.

Je n'arrivais pas à y croire. Je m'étais demandé comment la meute d'Ophiuchus trouvait ses partenaires, mais je n'avais jamais imaginé que tout était si... simple. Qu'est-ce qui les rendait si différents du reste des loups du zodiaque pour qu'ils n'aient pas besoin de l'aide des Sorcières du Soleil ?

Ce train de pensées me conduisit à d'autres questions.

— Et la malédiction de la Lune ?

— La quoi ? demanda Stella.

Je crus pendant un instant qu'elle se foutait de moi et je regardai son visage, essayant de trouver un soupçon d'humour ou une indication qu'elle n'était pas sincère. Je ne vis qu'une vague confusion.

— La malédiction qui rend les métamorphes fous à la pleine lune ? demandai-je lentement. Les Sorcières du Soleil doivent nous bénir à la naissance pour s'assurer que ça n'arrivera pas.

Sa confusion se transforma en un froncement de sourcils complet.

— Ça ressemble à une sorte de conte de fées. Qui t'a raconté ce genre de choses ?

— C'est ce qu'on nous apprend toute notre vie, répondis-je d'une voix un peu tremblante. Les Sorcières du Soleil nous bénissent quand on est bébés, puis elles débloquent nos loups et nous aident à trouver nos partenaires quand on a vingt-deux ans.

Stella haussa les épaules.

— Je suis désolée. Je ne sais rien de tout ça. Peut-être que tout ça s'est passé après que notre meute a été expulsée des loups du zodiaque.

Je hochai la tête, me demandant si ce n'était que ça. Ou peut-être que cela avait quelque chose à voir avec les rumeurs que j'avais entendues selon lesquelles la meute d'Ophiuchus s'était accouplée avec les Sorcières de la Lune il y a longtemps. Je jetai un coup d'œil à Stella, essayant de déceler un signe physique indiquant qu'elle était plus qu'une simple métamorphe, mais je ne vis rien d'inhabituel. Sans son symbole de meute d'Ophiuchus, elle aurait pu être dans n'importe laquelle des douze meutes du zodiaque.

Sans m'en rendre compte, nous nous étions arrêtées devant l'épicerie, comme si mes pieds avaient simplement suivi là où Stella m'avait conduite. J'avais été tellement absorbée par mes pensées qu'elle aurait pu me conduire au bord d'une falaise en pleine forêt sans que je m'en aperçoive. Tout ce que j'avais connu pendant toute ma vie était lentement en train d'être déraciné sous mes yeux. La meute perdue me traitait plus gentiment que ne l'avait fait ma propre meute de naissance, et apparemment, ils avaient accès à leurs pouvoirs de loup et à leurs partenaires sans l'aide des Sorcières du Soleil. Dans quel genre de monde alternatif vivais-je ?

— Voilà l'épicerie, dit Stella.

Soit elle n'était pas consciente de mon trouble soudain, soit elle faisait de son mieux pour le contrer.

— Je vais nous acheter à manger et je sais que tu as besoin de produits de toilette. N'hésite pas à prendre tout ce que tu veux et retrouve-moi à la caisse, ajouta-t-elle.

Elle me fit signe de me diriger vers le rayon « soins personnels » et fila avec un caddie.

Les gardes restèrent avec moi pendant que je choisissais ce dont j'avais besoin et je les observai du coin de l'œil. Même lorsque Stella était à proximité, ils ne semblaient jamais s'éloigner. En fait, le seul moment où ils n'étaient pas à portée de vue semblait être à l'intérieur de la maison de Kaden et Stella. Que croyaient-ils que j'allais essayer de faire ? M'enfuir ? Lorsque je jetai à nouveau un coup d'œil vers eux, le plus petit, Jack, me fixait intensément. Je me retournai et pris un tube de dentifrice au hasard.

Je retrouvai Stella à la caisse et elle me tendit des sachets de compresses froides.

— Tiens, tu en auras besoin pour demain.

Je pris les sachets et les regardai attentivement. C'était le genre que l'on met au congélateur et que l'on utilise sur les blessures.

— Pour quoi faire ?

— Tu vas commencer ton entraînement demain, dit Stella. Crois-moi, tu en auras besoin pour tous tes muscles endoloris. Même la guérison des métamorphes ne t'aidera pas.

— C'est vrai, Kaden a mentionné un entraînement...

Stella paya nos articles en adressant un sourire chaleureux à la caissière, puis se retourna vers moi.

— Ça fait partie de tes épreuves pour voir si tu peux rejoindre la meute. Tu auras à la fois un entraînement au combat et un entraînement de louve.

Mon cœur s'accéléra à l'idée d'être à nouveau sous forme de louve. Cette fois, je ne serais pas en danger de mort et je pourrais savourer la force qu'elle me donne et apprendre à utiliser mes nouveaux pouvoirs. Et l'entraînement au combat ? Je n'avais jamais été autorisée à y participer avec ma meute. Mon père ne voulait pas que je sache comment me défendre.

— Ça a l'air... amusant.

Stella ricana.

— Redis-moi ça demain quand tu auras fini.

Nous retournâmes dehors avec nos courses et mes deux gardes nous suivirent, assez près pour que ce soit juste un peu gênant. Je baissai la voix, même si je savais qu'ils m'entendraient toujours.

— Pourquoi ton frère m'a assigné ces gardes ? Je ne vais pas m'enfuir. Même si je le voulais, je n'ai nulle part où aller. Je ne sais même pas dans quelle partie du pays on se trouve, ni dans *quel* pays, d'ailleurs. Est-ce qu'ils attendent juste que je dérape et fasse une erreur pour pouvoir me tuer ?

— Bien sûr que non. Kaden ne t'aurait pas laissée sortir de cette cellule s'il voulait te tuer, dit-elle avec un sourire. Kaden veut juste s'assurer que tu ne représentes pas une menace pour la meute. Il s'est fait avoir trop de fois dans sa vie pour faire confiance facilement.

— Je peux comprendre ça, marmonnai-je alors que nous continuâmes à marcher. Mais il m'a capturée et amenée ici contre ma volonté pour vivre avec une meute dont je ne savais même pas qu'elle était réelle il y a quelques jours. Puis il m'a dit que je ne pouvais pas partir et a mis des gardes pour surveiller tous mes mouvements. J'ai du mal à ne pas me sentir comme une prisonnière.

— Je ne sais pas quelles horreurs tu as entendues sur notre meute, dit Stella. Mais elles sont toutes fausses. Kaden *veut* te faire confiance. Il t'a amenée ici, oui, mais il t'a aussi guérie. Il espère que tu réussiras les tests et que tu rejoindras notre meute. C'est pour ça qu'il m'a demandé de veiller sur toi et de t'aider avec tout ce dont tu as besoin.

Je fronçai les sourcils alors que nous retournâmes à la maison. Les paroles de Stella semblaient en contradiction avec la façon dont Kaden avait agi envers moi. Mais là encore, cette meute ne ressemblait en rien à ce à quoi je m'attendais. Toutes mes suppositions étaient remises en question aujourd'hui. L'alpha sexy avait peut-être plus à offrir que ce que j'avais pensé au départ.

CHAPITRE QUATORZE

KADEN ME RÉVEILLA aux premières lueurs de l'aube en frappant durement à la porte.

— C'est l'heure de se lever, petite louve.

Le temps que je sorte du lit et que j'ouvre ma porte, il n'était nulle part en vue. J'avais du mal à croire que je vivais dans la même maison que lui, car je ne l'avais pas encore vu. Pas quand j'étais revenue avec Stella avec nos courses et que j'avais aidé à les ranger, ni quand elle et moi avions dîné ensemble ce soir-là.

Mais cela changea assez vite. Je descendis à la cuisine après m'être préparée et il se tenait au comptoir, les bras croisés comme s'il attendait que j'arrive. Ses cheveux noirs étaient un peu ébouriffés par le sommeil et le bouton du haut de sa chemise était ouvert, montrant un minuscule aperçu de tous ces muscles durs en dessous. J'essayai de ne pas laisser mes yeux s'attarder trop longtemps, même s'ils voulaient vraiment s'attarder.

— Bonjour, dis-je, principalement pour voir la grimace sur son visage s'accentuer.

— Mange un bout et ensuite tu pourras commencer à nettoyer, dit-il. Tu vas commencer par ma maison. Toutes les pièces sauf ma chambre et ma salle de bain. N'entre pas dans celles-là. Compris ?

— Haut et fort, répondis-je en faisant de mon mieux pour ne pas laisser transparaître le sarcasme dans ma voix.

Mais je ne dus pas faire un très bon travail parce que son froncement de sourcils devint limite meurtrier. Je me mordis la langue pour m'empêcher de dire autre chose de stupide.

— Les produits de nettoyage sont sous l'évier, lança-t-il par-dessus son épaule en partant.

Je soupirai en regardant la maison. Elle n'était pas crasseuse, donc au moins ça ne prendrait pas beaucoup de temps, mais elle était quand même beaucoup plus grande que toutes les maisons que j'avais nettoyées auparavant. C'était mon devoir de nettoyer la maison de mon père, et Jackie s'assurait toujours de me laisser des choses à faire. *Au cas où tu t'ennuierais*, disait-elle en me lançant du linge déplié. Au moins ici, Kaden m'ignorerait sans doute et je n'imaginais pas Stella être aussi mesquine.

Je commençai par la cuisine après avoir pris un petit-déjeuner léger et fis lentement le tour de la maison. Malgré ma rancœur d'être la femme de ménage de la meute, je m'efforçai de tout nettoyer à fond. Stella descendit à un moment donné, prit un muffin aux myrtilles et du café, puis se rendit à son travail de prof de maternelle. J'étais toujours sidérée que les enfants d'ici aient tous leurs loups si jeunes. Je parie que cela rendait son travail beaucoup plus difficile, mais probablement plus amusant aussi.

Je m'arrêtai devant la chambre de Kaden en dernier. Sa porte était la seule que je n'avais pas vue ouverte et je n'avais pas l'intention d'enfreindre ses règles. Il aurait sans doute senti que j'étais entrée dès qu'il aurait mis le pied à l'intérieur. Mais je ne pouvais pas m'empêcher d'être curieuse et de me demander à quoi ressemblait l'intérieur de sa chambre.

Au lieu de cela, je retournai en bas. Il m'avait fallu toute la matinée pour nettoyer cet endroit et je mourais de faim. Je déjeunai rapidement en pensant aux paroles que Stella m'avait adressées au dîner. *Tu commenceras ton entraînement demain après-midi. Rends-toi dans la clairière derrière la maison.*

Mon humeur remonta lorsque je sortis, respirant l'air chaud de l'été. J'allais pouvoir me transformer aujourd'hui et c'est ce que j'attendais le plus. Même si j'allais devoir supporter les grognements et les regards noirs de Kaden. Au moins, il était agréable à regarder.

Il y avait un petit chemin qui menait du jardin à la forêt et je le suivis en espérant être dans la bonne direction. Je fus instantanément entourée par les couleurs et les odeurs de ces bois, tellement plus perceptibles maintenant que j'avais mes sens de louve. J'avais hâte de bondir à travers ces feuilles et sous les arbres à quatre pattes.

Je finis par trouver la clairière, un immense espace ouvert suffisamment grand pour que des dizaines de métamorphes puissent se déplacer sans se gêner les uns les autres. Je fus surprise de la trouver déserte, hormis Kaden qui se tenait au centre, le visage incliné vers le soleil comme s'il essayait d'attraper l'odeur de quelque chose. La lumière traversait ses traits et mon cœur se serra à cette vue, me remplissant de quelque chose qui ressemblait beaucoup à du désir.

Il se retourna lorsque je m'approchai et je trébuchai presque lorsqu'il me fixa de ses yeux intenses. Sa présence masculine semblait remplir toute cette clairière, et même s'il était intimidant à souhait, je continuai à marcher vers lui sans baisser les yeux.

— Où sont les autres ? demandai-je.

— Je superviserai personnellement ton entraînement, dit Kaden. J'ai besoin de savoir ce que tu sais faire. Comment tu te bats et comment tu te comporteras dans une situation où tu affronteras un véritable ennemi.

Je haussai un sourcil en réponse. Je ne savais pas si je devais me sentir honorée ou terrifiée d'avoir toute son attention sur moi pendant ces séances.

— Et moi qui pensais que tu ne voulais rien avoir à faire avec moi.

Il se renfrogna, mais choisit d'ignorer mon commentaire.

— On t'a appris à te battre ?

— Non, mon père ne voulait pas que j'apprenne à le faire. Mais j'ai participé à de nombreux combats et j'ai toujours survécu.

— Le dernier combat auquel tu as participé se serait terminé assez différemment si on ne t'avait pas secourue.

— Ça ressemblait beaucoup plus à un enlèvement qu'à un sauvetage, dis-je en ricanant.

Son ton devint dur.

— Tu aurais préféré que je te laisse au milieu des bois pour que les Lions te trouvent ?

Il fit un geste devant nous lorsque je lui lançai un regard acéré.

— Tu vas commencer par des étirements. Je vais te montrer comment faire, continua-t-il.

Il s'assit par terre et me fit signe de le suivre. Il me fit ensuite faire une série d'étirements simples et mes membres brûlèrent en se réveillant. Cela me permit de me débarrasser de toutes les courbatures restantes dues au nettoyage de la matinée. Je regardai les muscles toniques de ses bras bouger alors qu'il serrait un genou contre sa poitrine et détournai rapidement le regard. *Concentre-toi.*

— Tu feras ça tous les jours, dit-il tandis que nous finissions.

Je hochai la tête en regardant toujours le sol.

— Je peux faire ça.

— Même si on ne s'entraîne pas, ajouta-t-il. Tu dois être assez agile pour te battre à tout moment et ces exercices t'aideront à rester souple.

Assez facile. Ce n'était pas des exercices que je n'avais pas déjà faits et il n'exécutait pas des poiriers déments ou quoi que ce soit de ce genre. Jusqu'à présent, il semblait que l'entraînement allait être gérable. J'évitai cependant de me montrer arrogante au point de prétendre que ce serait un jeu d'enfant. Je devais encore voir si je pouvais me battre. Mais cette partie, ce petit bout, je le maîtrisais. C'était comme un petit succès après tout ce que j'avais enduré depuis la Convergence.

Kaden se dressa de toute sa hauteur, me faisant lever les yeux vers lui.

— Maintenant, attaque-moi.

Je m'attendis à ce qu'il prenne une sorte de position de combat, mais il se contenta de rester debout, les mains relâchées sur les côtés. Il avait l'air détendu à tous points de vue, mais je savais qu'il attendait simplement que je passe à l'action.

Je me levai et l'observai pendant quelques instants, essayant de réfléchir comme le ferait une guerrière. Le mieux serait d'essayer de le prendre par surprise. J'étais plus petite et plus faible que lui et il avait prouvé à maintes reprises qu'il était en mesure de m'immobiliser sans problème. Je reculai de quelques pas et essayai de décrypter son expression. Ses yeux ne laissaient rien transparaître.

— On n'a pas toute la journée, grogna-t-il.

Je m'élançai vers lui, les poings levés de manière protectrice devant moi, et fonçai vers son côté, essayant de passer sous sa garde. Il se mit en position de combat au moment où je passai à l'action. Il s'écarta du chemin comme s'il avait deviné exactement ce que je faisais. Mon poing percuta l'air et je perdis l'équilibre. Il saisit mon bras tendu et me tira, me projetant juste devant lui et m'envoyant au sol. Je frappai la terre avec un souffle et me laissai tomber. Putain, il se déplaçait tellement vite.

— C'était nul, dit-il, l'air presque ennuyé. Essayer de

passer mes défenses. C'était flagrant que tu allais faire ça, mais au moins tu n'as pas été assez stupide pour essayer de m'attaquer de front. Lève-toi et recommence.

Je me remis sur pied, essayant toujours de m'orienter. Cette fois, Kaden ne me laissa pas l'attaquer par surprise. Il m'attrapa simplement et me poussa en arrière. Je trébuchai, mais ne tombai pas. Une petite vague de fierté me traversa. Je n'étais pas parfaite, mais je n'étais pas terrible non plus. Je pouvais le faire.

— Encore, dit-il.

Plus on se battait, plus je réalisais à quel point je ne savais absolument *rien*. Il se contentait de s'écarter du chemin et laissait mon élan me transporter plusieurs fois devant lui, ou de bloquer mes attaques et de les utiliser contre moi.

— Comment tu fais pour être aussi rapide ? haletai-je, alors que nous nous tournions autour.

— Tu es une métamorphe, Ayla. Utilise tes réflexes de louve.

Il s'élança vers moi et je fis un bond en arrière. Ce n'était pas le mouvement fluide et défiant les lois de la physique qu'il aurait utilisé, mais j'étais parvenue à l'esquiver. Nous nous tournâmes encore un peu autour et j'inspirai profondément, essayant de me concentrer sur mes sens. Cela n'aida pas. Je voyais bien qu'il se déplaçait rapidement, puis ralentissait un peu pour que je puisse essayer de suivre ses mouvements en m'approchant, mais je n'arrivais pas à lui porter un coup. Ma frustration grandissait alors qu'il ne cessait de m'échapper.

— J'ai compris, dis-je en trébuchant sur son pied bien placé. Est-ce que tu peux m'apprendre quelque chose maintenant ?

Je levai les yeux vers lui alors qu'il m'offrait sa main. Je tendis le bras pour la prendre, mais je m'interrompis.

— Tu vas juste l'utiliser pour me retourner dans ton dos ou un truc du genre, n'est-ce pas ?

— Peut-être. Je ne me fierais pas à ma propre parole.

Une légère pointe d'amusement parcourut ses lèvres.

Je regardai sa main et me relevai de mon propre chef. J'avais du mal à me concentrer sur ma colère quand il roulait ses épaules, ses muscles ondulant. *Si tu n'arrêtes pas de te focaliser sur ses muscles, tu n'apprendras rien du tout*, me dis-je sévèrement.

— Je vais te montrer quelques mouvements de base, dit Kaden. Ça te donnera un point de départ pour commencer, de quoi progresser au cours des prochains jours.

Il passa en revue quelques mouvements avec moi pendant l'heure suivante. Ça ne me semblait pas naturel d'essayer de bouger mes pieds en même temps que mes poings. Je trébuchai deux fois dans le vide. À chaque fois, le visage de Kaden avait l'air de dire *sérieusement* ? Je ne pus empêcher le rougissement qui se répandit sur mes joues. Je n'avais jamais été particulièrement maladroite, mais il y avait quelque chose dans le fait d'entraîner mon corps à faire quelque chose de différent qui me donnait l'impression de n'avoir jamais vraiment utilisé mes membres auparavant.

— Tu donnes l'impression que c'est tellement facile, dis-je lorsque je fis une pause pour reprendre mon souffle.

— Je t'ai appris les mouvements correctement, répondit Kaden. Ton timing n'est juste pas bon et tu dois travailler sur le placement de ton corps. C'est désordonné. Tu es trop préoccupée par le fait de penser à ce que tu devrais faire et tu ne laisses pas ton corps agir.

Il marqua une pause et je soupirai de nouveau.

— Fais une roulade avant, comme si tu venais de donner un coup de poing à quelqu'un, puis sors de sous son attaque retour, ajouta-t-il.

Il me démontra le mouvement, le faisant paraître aussi facile que de respirer.

Je hochai la tête et plantai mes pieds fermement au sol, tenant mes mains en l'air dans la position défensive qu'il m'avait enseignée.

— Je commence comme ça, pas vrai ?

— Plus large, dit Kaden.

Je soupirai et j'élargis ma posture. Cela ne me sembla *pas naturel*, et même lorsque je me baissai et me lançai vers l'avant comme il me l'avait appris, je sentis que je n'avais pas d'équilibre.

Je ne me plantai pas complètement en plongeant la tête la première vers le sol. Je mis mes mains devant moi à temps et je roulai sur le côté, utilisant mon élan pour ne *pas* me fracasser le visage. C'était beaucoup plus difficile à faire que je ne le pensais. Surtout vu la facilité avec laquelle Kaden l'avait fait paraître. J'avais l'impression que le sol et moi allions très bien nous connaître d'ici la fin de l'entraînement. Lorsque je jetai un coup d'œil à Kaden, il avait les bras croisés sur sa poitrine, et je le regardai laisser échapper une profonde expiration.

— On a beaucoup de choses à travailler, dit-il en secouant la tête.

Je le regardai ensuite faire une démonstration de la façon de tomber correctement sans se blesser. Puis, il se remit à me pousser et à me faire trébucher. Mon corps réagit comme si c'était naturel, et ça l'était. J'avais appris au fil des ans que pour survivre à un combat, je devais être capable de prendre une raclée et de trouver un moyen de m'échapper. C'était comme ça que j'avais survécu aussi longtemps.

Je levai plusieurs fois les yeux pour voir Kaden hocher la tête, comme s'il était presque impressionné. Venant de lui, c'était pratiquement des éloges dithyrambiques.

— On a fini ? demandai-je en haletant alors que je regardais le ciel après avoir effectué une roulade de plus.

— Une dernière chose, dit-il. Les prises. Tu es faible, plus faible que la plupart des métamorphes, et si quelqu'un te prend dans une prise, tu devras être capable de te libérer. Sinon, tu n'auras aucune chance.

Génial, pensai-je en me soulevant à nouveau du sol.

— On va commencer par des prises simples, comme celle-là.

Il me fit tourner sur moi-même et je n'eus même pas le temps d'ouvrir la bouche pour lui demander ce qu'il faisait qu'il m'avait déjà emprisonnée dans sa prise, coinçant mes bras contre mes côtés. Mon cerveau court-circuita lorsque son corps se pressa contre le mien, sa large poitrine dure contre mon dos. Son souffle agita les petits cheveux de ma nuque, presque comme s'il se penchait pour embrasser la courbe de peau exposée.

Je ne me rendis même pas compte qu'il parlait pendant plusieurs instants, ses mots me parvenant comme s'ils s'enfonçaient dans la mélasse.

— Utilise tes bras, pousse les miens vers le haut, et laisse-toi tomber au sol.

Quoi ? J'avais du mal à me souvenir de ce que j'étais en train de faire, et encore moins de la raison pour laquelle je devrais le vouloir loin de moi.

— Libère-toi.

Il resserra ses bras autour de moi, ses poings appuyant sur mon ventre, proche de la douleur.

Je pris une grande inspiration. La douleur me fit sortir de mes pensées tordues et je me débattis dans sa poigne. Ses instructions s'enregistrèrent dans mon cerveau un moment plus tard et je levai les jambes, me laissant tomber, et essayai de pousser mes bras vers le haut.

Il me lâcha et je tombai par terre. *C'est quoi ce bordel ?* pensai-je, et je m'éloignai en rampant. Comment étais-je censée apprendre à me libérer de prises pareilles quand je ne pouvais même pas *réfléchir* ? Pourquoi avait-il cet effet sur moi ?

À mon horreur grandissante, ce n'était pas la seule prise que nous allions pratiquer. Kaden enfonça le talon de sa botte dans mon dos.

— Debout, dit-il, et je me remis à nouveau debout. C'était facile. Voyons si tu peux te libérer de celle-là.

Nous passâmes en revue diverses prises, chacune

d'entre elles pressant son corps plus près que de raison contre le mien. Elles ne me prirent pas au dépourvu comme la première l'avait fait, mais je fus tout de même troublée par la façon dont mon corps lui répondait. Il ne montrait aucun signe d'être aussi essoufflé ou en sueur que moi, et alors que je luttais contre ses prises, je m'attendais à moitié à ce qu'il renonce tout simplement à moi.

Il ne l'avait pas encore fait, mais j'étais pathétiquement faible face aux prises et j'avais juste l'impression de subir une énième défaite. Il était clair que j'avais beaucoup de travail devant moi et je m'attendais à ce qu'il me confie à un autre entraîneur. Lorsque je me dégageai tant bien que mal d'une autre prise et que Kaden soupira, je m'attendis à ce qu'il prononce exactement ces mots. Au lieu de cela, il se contenta de dire :

— Ça suffit. Retrouve-moi ici demain après le déjeuner et on continuera.

— Quoi ? demandai-je. Tu n'en as pas encore marre de mon incompétence ?

— Tu as un long chemin à parcourir, mais tu n'es pas un cas complètement désespéré, dit Kaden avant de se diriger vers la maison sans un mot de plus.

Un grand éloge, en effet ! Je laissai échapper une longue expiration alors que tout mon corps me faisait mal et je fus contente que Stella m'ait donné ces sachets de compresses froides. J'avais le sentiment que j'allais en avoir besoin ce soir.

CHAPITRE QUINZE

JE MARCHAI PÉNIBLEMENT jusqu'à l'orée de la forêt, surprise de trouver Kaden en train d'attendre devant la maison avec Stella. Je m'étais imaginé qu'il se fondrait dans la forêt elle-même et réapparaîtrait lorsqu'il serait prêt à me lancer un regard noir ou à me menacer à nouveau, mais il me fit simplement un signe de tête comme s'il ne venait pas de passer les deux dernières heures à me regarder lutter pour le combattre.

— Stella va prendre en charge ton entraînement de louve, dit-il. Elle est l'une des meilleures chasseuses et traqueuses naturelles sous sa forme de louve que ma meute n'ait jamais produite.

À la façon dont Stella sautillait sur place comme une gamine excitée, je soupçonnais qu'elle avait pratiquement forcé Kaden à la laisser être ma professeure. Si leur relation était semblable à celle que j'entretenais avec Wesley, alors Stella avait probablement Kaden à sa botte. Je commençai à sourire avant que le chagrin ne me frappe à nouveau. Savoir que Wesley était mort était ce qui me faisait le plus souffrir. Je passais la plupart de mon temps à essayer d'éviter d'y penser, car cela me faisait suffisamment mal pour que je doive m'arrêter et reprendre mon souffle.

Je fermai brièvement les yeux, essayant de respirer en dépit de la douleur dans ma poitrine. L'un des moyens les plus faciles de surmonter la tristesse était de la transformer en colère. J'enfonçai toute ma peine et ma douleur dans la perspective de me venger des Lions qui me l'avaient arraché.

Je ne repoussais plus mes larmes quand je rouvris les yeux. J'étais calme, posée et je croisai le regard de Stella et de Kaden sans problème. Kaden me fit un signe de tête et s'en alla sans me dire au revoir. À ce stade, je n'étais même pas offensée. De toute évidence, c'était juste la façon dont Kaden se comportait. Personne d'autre ne semblait avoir de problème avec ça.

— Viens, dit Stella en me faisant signe d'aller dans une autre partie de la forêt derrière leur maison.

Je la suivis à travers les arbres en regardant autour de moi. Je ne savais toujours pas où j'étais, et même Stella, dans sa bonté accrue, refusait de me le dire. J'avais renoncé à deviner et j'étais résolu à attendre qu'ils me fassent suffisamment confiance pour me le dire. Ce n'était pas comme si j'avais besoin de rentrer chez moi ou quoi que ce soit. Ma maison n'existait probablement plus.

Stella s'arrêta dans un coin de forêt qui ressemblait aux autres, avec des arbres tout autour de nous.

— C'est là que les louveteaux viennent pour apprendre

à être des loups et à chasser en meute. Mais on sera seules aujourd'hui.

— Parce que tu ne me fais pas confiance ? demandai-je sèchement.

— Non, parce qu'ils sont à l'école, dit Stella en me jetant un regard bizarre. Je sais que Kaden est un peu brut de décoffrage, mais on fait de notre mieux pour que tu te sentes la bienvenue.

J'acquiesçai et baissai la tête, me sentant légèrement honteuse. Stella n'avait été que gentille avec moi, et même Kaden n'avait pas menacé de me tuer depuis quelques heures. Bien que cela puisse changer à tout moment.

— Je vais rester sous forme humaine pendant que tu te transformes, dit Stella. On n'est pas encore membres de la même meute, donc je ne pourrai pas communiquer avec toi sous forme de louve. Maintenant, enlève tes vêtements.

J'hésitai une brève seconde avant de me déshabiller. Ce n'était pas si mal d'être entourée d'une seule personne, mais je détournai tout de même mon corps de sa vue. Peut-être qu'un jour, je pourrais simplement arracher mes vêtements et les laisser en tas, mais aujourd'hui n'était pas ce jour.

— Tu veux que je me transforme maintenant ? demandai-je à Stella.

Elle hocha la tête et je fermai les yeux, me préparant à la douleur. Ce ne fut pas si terrible que ça cette fois, mais cela sembla durer une éternité, chaque os se remodelant assez lentement pour que j'aie l'impression d'être déchirée au niveau de jointures. Finalement, après ce qui me sembla être de longues minutes, je pris ma forme de louve et balançai ma queue blanche d'avant en arrière de manière expérimentale.

Stella rayonna en me regardant.

— Ouah, regarde ta magnifique fourrure ! C'est tellement rare de voir une couleur blanche aussi pure. Je peux dire que tu ne t'es transformée que quelques fois. Ne t'inquiète pas, ça deviendra de plus en plus facile et rapide au fur et à mesure. Mais ce ne sera jamais aussi rapide que pour un alpha. Ils sont les seuls à pouvoir le faire instantanément.

J'avais vu à quelle vitesse les alphas pouvaient se transformer, y compris Kaden, et j'enviais la facilité avec laquelle ils le faisaient. Malgré tout, ma forme de louve était plutôt incroyable. En fait, c'était à peu près la meilleure chose au monde, surtout quand je ne fuyais pas pour sauver ma vie. Je m'accroupis et passai à l'action, sprintant autour des arbres. Je me faufilai entre eux aussi facilement que si je m'étais entraînée pour cela pendant des années, mon corps de louve réagissant beaucoup plus vite que mon corps humain ne l'aurait fait. La maladresse que j'avais ressentie avec Kaden avait disparu. Le rire de Stella me suivit alors que je tournais autour d'elle et que je plongeais dans l'herbe en me roulant. Mon corps bougeait si facilement, si rapidement. C'était incroyable.

— Tu es comme un louveteau de trois ans, dit Stella, toujours en riant.

Je levai les yeux vers elle et souris du mieux que je pouvais, toujours sur le dos dans l'herbe. Elle secoua la tête et me laissa me rouler pendant quelques minutes de plus avant de me rappeler à elle.

— Il est temps de commencer l'entraînement, dit-elle, et je lui adressai un signe de tête. On va tester tes sens de louve.

Elle sortit de son sac quelques objets de leur maison et les agita devant moi.

— Je vais les cacher et tu vas devoir les retrouver grâce à ton odorat. Maintenant, ferme les yeux.

J'inclinai la tête en signe de reconnaissance et fermai les yeux. J'entendis Stella s'éloigner et concentrai mes oreilles sur d'autres choses. Ce n'était pas difficile, car il y avait tellement de choses à écouter tout autour de moi, renforcées par l'ouïe de ma louve au point que cela devenait presque écrasant. Je ne pouvais pas m'imaginer être dans une ville sous forme de louve.

Le vent chuchotait dans les arbres, secouant les feuilles. J'entendais de petits animaux sautiller dans les branches et sur le sol, et de plus gros animaux avancer d'un pas lourd plus loin. Ils avaient dû nous sentir et s'enfuir, mais les oiseaux et les écureuils ne se souciaient pas de nous alors que nous traversions leur forêt. Je tendis les oreilles vers l'arrière, pour essayer de voir si je pouvais entendre quelque chose en provenance de la ville. Je détectai avec joie quelques voix et le bruit des voitures.

Les pas légers de Stella résonnèrent près de moi.

— Tu peux ouvrir les yeux maintenant, dit-elle, et je la regardai en clignant des yeux.

Elle avait une main sur sa hanche et me souriait.

— J'ai caché dix objets de la maison. Essaie de tous les trouver, ajouta-t-elle.

Je levai mon museau en l'air. La concentration que j'avais eue sur les sons de la forêt s'évanouit maintenant que j'utilisais à nouveau activement mon nez et mes yeux. Je captai une odeur familière, quelque chose comme du pain, et la suivis. Mon nez me guida à travers les broussailles dans la direction où j'avais entendu Stella se diriger quand elle m'avait quittée. J'essayais de me concentrer uniquement sur l'odeur familière, mais je me laissais sans cesse distraire. Je pouvais sentir d'autres animaux et plantes, et lorsque le vent tourna, je perdis la bonne piste pendant une seconde. Je dus revenir sur mes pas et je sentis soudain l'odeur d'un autre objet. J'hésitai entre les deux, essayant de décider quelle piste suivre. L'odeur de la deuxième était plus forte, comme si Stella avait fait plusieurs allers-retours, contrairement à la première, plus faible et moins prononcée.

Alors que j'essayais de me décider, un écureuil passa sur le sol devant moi et mon instinct de louve me poussa à le poursuivre en haut d'un arbre pendant quelques secondes avant que je ne réalise ce que j'étais en train de faire. Je mis mon museau contre le sol et inspirai profondément, puis décidai de suivre le deuxième chemin. De la *nourriture*, me dit mon nez. De la *viande*. Le sentier se terminait brusquement quelques mètres plus loin et je regardai autour de moi, faisant pivoter ma tête pour essayer de trouver l'objet qu'elle avait caché. Rien.

Je fis marche arrière et essayai de retrouver la première odeur, mais elle semblait avoir disparu. Frustrée, je retournai vers Stella et reniflai autour d'elle pour trouver une autre odeur. Elle était debout, me regardant avec une étincelle dans les yeux.

— C'est étourdissant, n'est-ce pas ? demanda-t-elle. Tu t'habitueras à séparer les odeurs avec le temps. Crois-moi, tout le monde est submergé au début.

Je lui fis un signe de la tête, la langue pendante, et continuai à chercher. Chaque fois que je sentais une odeur de nourriture, je la poursuivais, ayant de plus en plus faim. Je pensais toujours que j'étais sur le point de trouver quelque chose, mais je revenais ensuite bredouille, l'odeur disparaissant sans aucun objet en vue. Je ne parvins à traquer qu'une seule chose, une vieille chaussure de course qui semblait avoir appartenu à Kaden. Cette chose puante avait été facile à suivre avec mon flair.

Lorsque je la ramenai à Stella, elle demanda une pause.

— Bon travail. Tu peux te retransformer maintenant.

Je me sentais faible, comme après mon entraînement avec Kaden, et je m'assis sur le sol de la forêt. Je réussis à peine à me retransformer et à m'habiller, puis je le regrettai. Mes sens humains semblaient fades par rapport à ceux que j'avais en tant que louve, et j'avais encore plus faim maintenant.

— Certains objets étaient de la nourriture, n'est-ce pas ? demandai-je. Mais quand je suis arrivée, ils avaient déjà disparu.

Stella rit de nouveau, et c'était presque un gloussement.

— Je savais que tu irais chercher la nourriture en premier, car c'est ce que font tous les louveteaux. Ce ne serait pas drôle de te faciliter la tâche !

Elle m'aida à me relever du sol de la forêt.

— Tu t'es bien débrouillée pour une débutante, ajouta-t-elle.

Je secouai la tête.

— Je n'ai trouvé qu'une seule chose. Je pense que tu me passes de la pommade parce que tu es coincée avec moi.

— Tu t'en sortiras très bien. Viens, allons manger un morceau, dit-elle en souriant.

Je ressentais de la gratitude malgré ma profonde fatigue. J'étais si reconnaissante de recevoir cette formation, même si elle était difficile. Si j'avais été encore avec la meute du Cancer, je n'aurais rien appris de tout cela. C'était à la famille et aux membres proches de la meute de montrer aux autres comment être un loup, mais mon père ne s'en serait pas donné la peine. Il m'avait laissé tout découvrir par moi-même jusqu'à ce stade de ma vie, alors cela n'aurait pas été différent cette fois-ci. Et la meute du Lion ? Je ne pouvais pas imaginer qu'ils auraient été bien plus gentils avec moi.

J'allais profiter de ces nouvelles expériences par tous les moyens.

Je ressentis quelque chose d'autre remuer en moi alors que nous retournions à la maison. Je n'avais pas ressenti cela depuis des années, depuis que j'étais petite. Il me fallut quelques instants pour comprendre ce que c'était. Je voulais faire bonne impression, que Stella me regarde et me dise *bon travail*. Cette sensation était étrange, après tout ce temps. J'avais l'habitude de ressentir cela avec mon père avant de réaliser que rien de ce que je faisais ne serait assez bien pour lui, et j'avais arrêté d'essayer.

Dans une moindre mesure, je voulais même cela de Kaden. Je n'aimais toujours pas son attitude de merde ou ses méthodes musclées, mais, au moins, je pouvais le respecter en tant qu'alpha. Cela se résumait à un simple fait : il pouvait m'aider à devenir plus forte. Peu importait qu'il ne soit pas le professeur le plus gentil ou qu'il semblait incapable de faire des éloges. Il pouvait m'aider à me venger pour Wesley, et c'est tout ce qui m'importait. Je n'avais aucun problème à supporter son attitude insolente et arrogante si cela signifiait que j'aurais la satisfaction de voir les membres de la meute du Lion à genoux, suppliant pour leurs vies. En sachant que ce loup rejeté était celui qui contribuerait à les mener à leur perte.

J'avais hâte.

CHAPITRE SEIZE

CELA ME SURPRIT PLUS que tout lorsque Kaden s'assit avec nous à la grande table de la salle à manger. Lorsque nous étions rentrées et qu'il était dans la maison, je m'étais à moitié attendue à ce qu'il me dévisage et monte à l'étage, mais il s'était assis à l'îlot de cuisine et s'était mis à couper des légumes pour le plat de pâtes que nous préparions. J'étais partie me doucher pour enlever la saleté et la sueur de mon entraînement, tandis que Stella tenait une conversation presque entièrement unilatérale avec Kaden pendant qu'ils cuisinaient.

Lorsque les plats furent prêts, Kaden s'assit en bout de table. Je restai debout, mon assiette à la main, me demandant si j'avais le droit de m'asseoir avec eux. Stella me donna un coup de coude et indiqua d'un coup de menton l'une des chaises du milieu. Je m'attendis à ce qu'elle prenne l'autre siège du bout, mais elle s'assit en face de moi.

Nous mangeâmes en silence pendant quelques minutes avant que Stella ne rompe le silence.

— Alors, Ayla, dis-moi comment c'était de grandir dans la meute du Cancer ?

Je m'interrompis, une bouchée à mi-chemin de ma bouche.

— C'était...

Je fis une pause. Je ne voulais pas mentir. Cela faisait des années que je mentais comme une arracheuse de dents à propos de la façon dont j'étais traitée.

— Horrible, dis-je finalement.

Stella cligna des yeux comme si ce n'était pas la réponse qu'elle attendait.

— On m'évitait toujours parce que j'étais une paria et de nombreux autres membres de la meute me traitaient mal.

— Tu n'étais pas la fille de l'alpha ?

Elle tenta de partager un regard avec Kaden, mais il avait les yeux rivés sur son assiette, mangeant lentement mais méthodiquement.

— Si, mais ça n'avait pas d'importance, répondis-je en tripotant une mèche de mes cheveux roux. Mon père a eu une liaison avec une humaine et je lui ressemblais trop pour qu'il puisse l'oublier. Il a clairement fait comprendre que malgré le fait qu'on partageait le même sang, je n'étais pas sa fille. Wesley, mon frère et l'héritier alpha, était l'enfant chéri. Il était le seul à me traiter avec gentillesse.

— Était ? demanda Stella doucement.

— Il est mort maintenant, à cause de la meute du Lion et de ses alliés.

Je ne pus empêcher l'amertume et la douleur de transparaître dans ma voix, mais je parvins à repousser le flot de larmes.

Pendant un instant, je crus que j'avais tué l'ambiance, car le silence nous envahit à nouveau. Le tintement des fourchettes contre les assiettes était le seul son dans la salle à manger. Peut-être que j'aurais mieux fait de ne rien dire.

— La meute du Lion a aussi tué nos parents, dit Stella, et je levai les yeux vers elle.

Elle avait l'air triste, mais le genre de tristesse qui disait que c'était arrivé il y a longtemps. Quand je jetai un coup d'œil à Kaden, sa main s'était resserrée autour de sa fourchette, ses jointures devenant blanches comme un os.

Ça doit être pour ça qu'il les déteste autant, pensai-je. Cela expliquait pourquoi il voulait s'en prendre à la meute du Lion en premier. Je hochai la tête et la baissai à nouveau, me remettant à manger. C'était un excellent plat de pâtes, composé de linguines dans une sorte de sauce blanche avec des légumes et du poulet. Stella savait clairement cuisiner au-delà des connaissances de base de survie.

Stella prit une longue gorgée d'eau avant de poursuivre.

— Nos parents essayaient de rencontrer les autres alphas pour voir si l'un d'entre eux accepterait de présenter notre cas au reste des meutes et de nous aider à rejoindre les loups du zodiaque. Mais les autres meutes ne voulaient rien savoir de nous, et pendant un moment, on a cru que rien ne changerait jamais. Puis nos parents ont reçu une invitation à rencontrer la meute du Lion. C'était louche, mais notre père était tellement excité de rencontrer enfin l'une des meutes qu'il n'a écouté les conseils de personne.

Je pris une profonde inspiration en entendant la douleur dans la voix de Stella.

— Et ils vous ont trahis. N'est-ce pas ?

Stella hocha la tête.

— Le Lion alpha a tué nos parents et certains de leurs amis et conseillers les plus proches. C'est à ce moment-là que Kaden est devenu alpha.

Je n'avais jamais entendu parler d'une telle chose, même de la part de ces Lions vantards. Mais bon, ils avaient probablement voulu garder la vérité sur la meute d'Ophiuchus secrète. Si quelqu'un savait qu'ils étaient réels, et non les monstres du mythe, la meute perdue pourrait gagner un peu de sympathie parmi les loups du zodiaque.

— C'était il y a combien de temps ?

— Il y a dix ans. Parfois, on a l'impression que c'est arrivé juste hier. C'est ce qu'on ressent ici.

Elle posa une main sur son cœur. Ses yeux brûlaient du même mélange de rage et de chagrin que je ressentais, et soudain, je sus que dans dix ans, je ressentirais la même chose qu'en ce moment. Je ne savais pas si je pourrais le supporter.

— On attend de se venger depuis ce moment-là.

— Dix ans, c'est long pour attendre une vengeance, dis-je. La meute du Lion n'a fait que grandir et devenir plus forte au cours des dix dernières années. Pourquoi attendre jusqu'à maintenant ?

Kaden posa sa fourchette, un peu trop fort. Je sursautai au bruit soudain. Il leva ses yeux brûlants de haine.

— J'ai passé chaque jour des dix dernières années à préparer ma meute à la guerre, depuis le jour où je suis devenu alpha. Entraînant tous les membres de la meute à se battre. À rassembler des armes et des ressources. À étudier les faiblesses des autres meutes. Et maintenant, on est enfin prêts.

Il se pencha en avant et continua d'une voix basse.

— Tant que tu fais ce que je dis, on aura tous les deux notre revanche sur les Lions.

Je regardai dans ces yeux remplis de haine et je le crus. Il devait être jeune lorsqu'il était devenu alpha et c'était impressionnant qu'il ait pu prendre le contrôle d'une meute et la préparer au combat. Je n'aurais définitivement pas voulu me mesurer à lui.

Après cela, l'ambiance était bel et bien plombée, et nous passâmes le reste du dîner en silence. Kaden fut le premier à finir. Il rinça son assiette et la mit dans le lave-vaisselle avant de monter à l'étage. *Cela* ressemblait plus à la sortie dramatique à laquelle je m'attendais qu'il fasse avant le dîner.

— Ne fais pas attention à lui, dit Stella en se levant. Il a dû grandir rapidement après être devenu alpha. Il se soucie vraiment de nous derrière son apparence grincheuse.

Je voulais bien le croire. Quant à moi ? J'étais toujours une paria ici.

Je débarrassai la table et fis tourner le lave-vaisselle, avant de monter à l'étage pour passer le reste de ma soirée à me reposer. L'entraînement m'avait vraiment épuisée, mais une fois allongée dans mon lit, je constatai que je n'arrivais pas à me détendre. Je m'étais endormie facilement la veille, entre mon épuisement et mon chagrin, mais ce n'était pas si facile ce soir.

Il y avait trop de questions qui nécessitaient une réponse. Je jetai un coup d'œil par ma fenêtre et vis des parcelles éclairée par le clair de lune sur le sol à l'extérieur. Pour commencer, j'avais besoin de comprendre l'étrange pouvoir que j'avais utilisé pour échapper à Jordan à la Convergence.

Je me levai et me dirigeai vers ma porte en tendant l'oreille. La maison était silencieuse. J'ouvris la porte et sortis dans le couloir. Kaden n'était pas là, à me grogner dessus, alors je me dis que c'était sans danger.

Je marchai sur la pointe des pieds dans le couloir et dans les escaliers. Toujours rien. Je me détendis en arrivant à la porte arrière et sortis, soulagée de quitter la maison sans aucun de mes gardes. Je me dirigeai vers la forêt aussi silencieusement que possible. Pas trop loin, mais juste assez pour que Kaden ou Stella ne me voient pas s'ils regardaient dehors par hasard.

Je m'avançai dans une parcelle de lumière lunaire et inclinai mon visage vers la lune. Cela semblait juste être de la lumière, rien de spécial. Je ne ressentis pas l'étrange tiraillement dans mes tripes ou la façon dont le monde avait changé. Je fermai les yeux et me concentrai.

Toujours rien.

Cela n'avait-il été qu'un phénomène unique ? Un étrange instinct de survie que les métamorphes avaient ?

Puis je me souvins que j'avais eu l'impression que j'allais mourir, et j'essayai d'évoquer le même sentiment de peur et de panique. *J'ai besoin de m'échapper*, pensai-je. *J'ai besoin de me sauver*. L'urgence grandit en moi assez facilement. Cela ne faisait pas si longtemps que j'avais été chassée comme un animal et ce sentiment ne m'était que trop familier.

Je pris une profonde inspiration et ouvris les yeux. J'étais à trois mètres de l'endroit où je me trouvais auparavant. Je ris presque, bien que cela ne contenait aucun humour. Le pouvoir que j'avais utilisé auparavant était toujours en moi.

Je fermai les yeux et réessayai. C'était comme se transformer. Plus je le faisais, plus cela devenait facile, comme faire travailler un muscle. Je fis un cercle autour d'un bosquet d'arbres en utilisant seulement des parcelles de lumière lunaire, puis j'essayai de sauter une parcelle. Cela ne fonctionna pas très bien, mais au moins, je commençais à connaître les limites de cet étrange pouvoir. Lorsque je fis une pause pour reprendre mon souffle, je me sentis fatiguée, comme si je m'étais entraînée ou que j'avais couru.

Soudain, la sensation d'être observée hérissa les poils de ma nuque. Je tournai la tête pour essayer de voir qui c'était. Kaden était appuyé contre un arbre à une vingtaine de mètres, complètement dans l'ombre, mais il était impossible de le confondre avec quelqu'un d'autre. Je reconnaîtrais ces larges épaules n'importe où.

— Qu'est-ce que tu fais ? demandai-je, les mains sur mes hanches. Depuis combien de temps tu me regardes ?

Il décroisa les bras et s'avança dans la lumière de la lune, la laissant éclairer son visage bien trop beau.

— Je dois m'assurer que tu ne vas pas t'échapper, étant donné que tu as décidé de quitter la maison au milieu de la nuit comme si tu faisais le mur.

— Je voulais juste comprendre comment fonctionne ce pouvoir bizarre, dis-je. Je ne l'avais pas avant la Convergence, et je n'ai pas encore vraiment eu le temps de m'entraîner. Tu sais, vu que j'ai été enfermée dans une cage et tout.

Je m'attendais à ce que Kaden me grogne quelque chose, mais il se contenta d'ignorer ma remarque et se rapprocha. Je fis un pas en arrière par réflexe, mais je restai sur mes positions en levant le menton. Je n'allais pas le laisser m'intimider.

— Je sais ce que tu es, déclara Kaden. Je le soupçonnais avant, mais après t'avoir vue bouger au clair de lune, c'est évident maintenant. Tu es Touchée par la Lune.

— Je suis quoi ?

Je n'avais jamais entendu ce terme auparavant.

— Tu as reçu un don spécial de la déesse de la lune, Séléné, précisa-t-il, ce qui ne clarifiait rien du tout.

— Pourquoi la déesse de la lune m'aurait-elle donné un don ? renâclai-je. Je n'ai jamais été spéciale de toute ma vie.

Mon père avait été exceptionnellement clair sur le fait que je n'avais rien d'exceptionnel.

Les yeux de Kaden parcoururent mon corps de haut en bas d'une manière qui me fit frissonner. Je rougis instantanément de chaleur, mais je repoussai ce sentiment. Cela m'irritait au plus haut point que mon corps réagisse à lui de cette façon.

— J'ai une théorie, dit-il.

— Tu veux bien la partager avec la classe ? demandai-je.

Il sourit face à cette question.

— Non. Je pense que je vais la garder un peu plus longtemps pour moi.

Connard, pensai-je.

— Qu'est-ce que tu sais de la meute d'Ophiuchus et de la raison pour laquelle on est des parias par rapport aux autres loups du zodiaque ? demanda-t-il avant que je puisse lui répondre.

Je haussai les épaules.

— À peu près autant que n'importe quel autre métamorphe, je suppose. On a été élevés avec des histoires de fantômes à votre sujet. Je ne pensais pas que votre meute était réelle jusqu'à ce que je vous voie.

Je penchai la tête en me rappelant certaines des choses que j'avais entendues.

— Les légendes disent que votre meute s'est accouplée avec les Sorcières de la Lune il y a longtemps pour essayer d'obtenir des pouvoirs supplémentaires, continuai-je. Elles disent aussi que vous avez déjà essayé de prendre le pouvoir une fois et tout ce que ça vous a valu, c'est de vous faire expulser des meutes du zodiaque.

— C'est partiellement vrai, répondit Kaden. Il y a longtemps, les Sorcières de la Lune et du Soleil étaient alliées, et elles ont asservi tous les métamorphes loups pour mener une guerre contre les vampires.

Je levai une main pour l'arrêter.

— Attends, attends. Les vampires ? Ils existent vraiment ?

— Oui, bien qu'il n'en reste que très peu, d'après ce que j'ai entendu. Ils ont tendance à vivre en Europe.

— Quel cliché ! marmonnai-je.

Il me lança un regard en continuant.

— Comme je le disais… Après que les sorcières eurent gagné la guerre, les métamorphes se révoltèrent et gagnèrent leur liberté, avec l'aide des Sorcières de la Lune. Les Sorcières du Soleil n'apprécièrent pas cette trahison et les deux groupes se séparèrent. La meute d'Ophiuchus est restée en bons termes avec les Sorcières de la Lune et s'est parfois accouplée avec elles, mais les autres meutes du zodiaque n'apprécièrent pas le pouvoir croissant de notre meute, ce pour quoi ils nous bannirent.

Il fit une pause comme s'il attendait que je l'interrompe, mais j'étais juste choquée par toutes ces nouvelles informations et parce que je ne l'avais jamais entendu dire autant de mots à la fois auparavant.

— Les douze autres meutes se sont alliées aux Sorcières du Soleil à la place, ce qui était une grosse erreur. Les Sorcières du Soleil ont manipulé les douze meutes en leur faisant croire qu'ils étaient alliés, mais en réalité, elles les contrôlent.

— Ce n'est pas vrai, déclarai-je instantanément. Les Sorcières du Soleil nous protègent depuis aussi longtemps que les loups du zodiaque existent. Tu dois te tromper.

— Comment elles vous protègent au juste ?

J'ouvris et fermai la bouche plusieurs fois, puis je dis :

— Elles nous empêchent d'avoir la Malédiction de la Lune.

Kaden ricana.

— Ça ? C'est un mensonge. Les sorcières de la Lune ont retiré la malédiction il y a des centaines d'années. C'était mal, inhumain, et elles s'en sont rendu compte. Les Sorcières du Soleil vous mentent ainsi qu'à toutes les meutes pour que vous ayez *besoin* d'elles.

— Mais pourquoi ? demandai-je, me sentant comme si j'étais très loin de mon corps.

Ce que Kaden disait n'avait aucun sens, mais plus il parlait, plus je commençais à tout remettre en question.

— Cela n'a aucun sens, continuai-je. Elles... elles nous protègent. Elles nous aident à obtenir nos loups et nos partenaires.

Kaden fit un pas vers moi et répondit d'une voix échauffée.

— Non, elles gardent vos loups prisonniers jusqu'à ce que vous ayez vingt-deux ans. Tu as vu les louveteaux ici. Stella m'a dit à quel point ils t'avaient choquée. Mais c'est normal ici, et ça devrait l'être aussi pour toutes les autres meutes.

Je secouai la tête, incapable de croire qu'une si grande partie de ma vie était un mensonge.

— Je suis sûre qu'il y a une bonne raison...

— Il y en a une. Les Sorcières du Soleil veulent à nouveau asservir les douze meutes. Elles modifient lentement le contrôle qu'elles ont sur les loups du zodiaque, si lentement que personne ne le remarquera ou n'en parlera avant qu'il ne soit trop tard.

— Pourquoi est-ce qu'elles voudraient nous asservir ? Je ne te crois pas.

— Je me fiche de ce que tu crois, dit Kaden en se détournant brusquement. Et rien de tout ça n'aura d'importance une fois que les autres meutes auront été éliminées, de toute façon.

Et revoilà l'alpha arrogant et irritable.

— Qu'est-ce que tout ça a à voir avec moi ?

Kaden me regarda par-dessus son épaule.

— Je soupçonne que ta mère était une Sorcière de la Lune.

Les mots me frappèrent comme un coup de poing. Je commençai à secouer la tête avant même d'avoir pu les comprendre complètement.

— Non. Ce n'est pas possible. Elle était humaine.

Je m'éloignai de Kaden d'un pas, ses mots résonnant dans mes oreilles.

— Et même si c'était vrai, il n'y a aucun moyen pour moi de le découvrir, car toute ma famille est *morte*, continuai-je.

Kaden se retourna et croisa mon regard, et j'y vis le moindre soupçon d'humanité.

— Je suis désolé. Je sais ce que c'est.

Je ris, mais c'était amer.

— Non, tu ne sais pas. Tu as ta sœur et ta meute. Mais moi ? Je n'ai plus personne.

Quelque chose traversa son visage, quelque chose qui aurait pu être de la pitié, et je ne pouvais pas supporter de le regarder une seconde de plus. Je devais m'éloigner de lui et de toutes les choses insensées qu'il disait. Ce n'était pas possible que tout cela soit vrai.

Je me mis à courir, retournant vers la maison. Il ne m'appela pas et je ne m'attendais pas à ce qu'il le fasse.

Je ne m'arrêtai de courir que lorsque je fus enfermée dans ma chambre, à bout de souffle.

CHAPITRE DIX-SEPT

LES JOURS SUIVANTS, ma vie tomba dans une routine. Le matin, je nettoyais le lieu que Kaden m'avait assigné pour la journée. Puis je déjeunais rapidement avant de le rejoindre dehors pour l'entraînement au combat, suivi de l'entraînement de louve avec Stella.

Mes gardes m'accompagnaient partout pendant la journée, me suivant d'assez près pour que j'aie l'impression qu'ils respiraient constamment dans mon cou. Les seules fois où ils n'étaient pas là, c'était quand j'étais dans la maison ou que je m'entraînais avec Kaden et Stella. Clayton et Jack ne me firent cependant jamais de mal, et une fois que je me fus habituée à être suivie d'aussi près, je trouvai qu'ils n'étaient pas si terribles. Le seul problème était que Kaden leur avait dit de ne répondre à aucune de mes questions, à mon grand désarroi.

Tous les autres habitants de la ville étaient polis avec moi, mais personne ne s'approchait trop près non plus.

Stella me dit que cela faisait quelques années que la meute d'Ophiuchus n'avait pas accueilli de nouveau membre, alors la nouvelle de mon arrivée s'était vite répandue. Ils semblaient tous attendre que leur alpha prenne une décision à mon sujet, mais ces métamorphes ne m'appelaient pas « sang-mêlé » ou « bâtarde », ce qui était un changement agréable. Je retenais sans cesse ma respiration et j'attendais que les choses se gâtent ou que la haine commence, mais après une semaine, je commençai timidement à me détendre auprès de la meute.

La seule personne dont l'attitude restait glaciale était Kaden. Je passais activement mon temps à essayer de l'éviter, mais vivre avec lui rendait cela difficile. Parfois, je prenais mes repas avec Stella et d'autres fois, j'emportais ma nourriture dans ma chambre pour pouvoir me cacher.

La routine me permettait de ne pas penser à mon frère et à tout le reste, et ce n'est que lorsque j'étais seule dans mon lit que le chagrin écrasant m'avalait à nouveau tout entière. Je pleurais pour Wesley, pour les parents de Mira, pour chaque personne qui avait été gentille avec moi dans la meute du Cancer. Je pleurais de ne pas savoir ce qu'étaient devenus les gens qui étaient restés à la maison pendant la Convergence et me demandais si certains d'entre eux étaient encore en vie. Je pleurais pour l'avenir que j'aurais pu avoir, s'il n'y avait pas eu la trahison des Lions.

Puis, une fois que j'avais enfin épuisé mon chagrin et que je pensais pouvoir dormir, le lien d'accouplement reprenait vie. Il était toujours là, au fond de mon esprit, et lorsque j'étais seule et au calme, j'avais plus de mal à l'ignorer. Le tiraillement ennuyeux se transformait en un besoin désespéré, un désir ardent de quelque chose, ou plutôt de quelqu'un, ainsi que le sentiment constant d'être frustrée. Je me tournais et me retournais, désespérée de mettre fin à ce tourment, mais rien ne fonctionnait. Je glissai même ma main entre mes cuisses pour essayer de me faire jouir, espérant que cela soulagerait la faim lancinante dans ma chatte, mais cela ne servit à rien. Seul Jordan pouvait régler ce qui n'allait pas chez moi.

Ou Kaden, chuchotait une voix en moi. Une voix à qui je dis d'aller se faire foutre. Il n'était pas mon partenaire. Jordan était celui que les dieux avaient choisi pour moi, peu importe à quel point je le méprisais.

Je doutais que Kaden veuille de moi de toute façon. L'homme grognait et me dévisageait à chaque fois que je devais passer du temps avec lui. Même lorsqu'il n'était pas là, sa présence semblait me suivre tout au long de ma journée.

Le matin, il laissait des notes pour moi. *Nettoie le centre communautaire* était épinglé sur le frigo le matin après qu'il m'ait confrontée dans la forêt comme s'il ne s'était rien passé du tout. J'avais cligné des yeux sur la note pendant plusieurs minutes avant de réaliser que je serais probablement en retard si je passais plus de temps à être confuse. Puis, le lendemain, il m'envoya ailleurs pour agir en tant que femme de ménage de cet endroit. On rince et on recommence.

L'entraînement au combat avec Kaden n'était pas devenu plus facile non plus. Je faisais la routine d'étirement que Kaden m'avait montrée et j'avais arrêté de tomber la tête

la première chaque fois que j'essayais de faire un mouvement de base, mais au-delà de ça, je pouvais voir qu'il était
frustré par mon manque de progrès.

D'un autre côté, mes après-midi avec Stella avançaient
bien. Être sous forme de louve était naturel pour moi,
contrairement au combat au corps à corps. Avec de l'entraînement, je trouvais plus facile de me transformer, comme
l'avait dit Stella, et c'était devenu presque indolore au fil de
la semaine. J'avais encore du mal à me concentrer sous
forme de louve, mais même cela devenait plus facile.

Je pensais à la liberté que m'apportait ma louve, à la
vitesse à laquelle je pouvais courir et à la façon dont j'entendais les choses beaucoup plus clairement. Je voulais courir
pendant des kilomètres et des kilomètres jusqu'à ce que mon
corps de louve ne puisse plus le supporter, puis faire une
sieste dans une clairière, peut-être près d'un petit ruisseau
qui me bercerait...

— Arrête de rêvasser, claqua Kaden.

Je clignai des yeux et réalisai que je me penchais vers
mes orteils depuis plusieurs minutes, bien plus longtemps
que je n'étais censée le faire. Je me relevai et le suivis
jusqu'au centre de la salle de sport, qui était déserte à part
nous. Il m'avait demandé de le retrouver là aujourd'hui, au
lieu de la clairière habituelle, et il me conduisait maintenant
vers un sac de frappe.

— Montre-moi un coup de poing, dit-il en s'accrochant
au sac.

— Quoi, pas d'instructions ? demandai-je.

— J'ai besoin de voir avec quoi je travaille. Si c'est

comme le reste, je vais devoir commencer par le début avec toi.

Mes poils se hérissèrent face à ses mots.

— Ce n'est pas de ma faute si ma meute ne m'a pas appris ça. Mon alpha n'a jamais attendu de moi que je fasse grand-chose.

— Eh bien, moi si. Maintenant, frappe le sac.

Kaden avait presque l'air de s'ennuyer, comme c'était souvent le cas.

Je détestais quand il agissait comme ça. Je savais qu'il le faisait exprès, probablement pour m'énerver. *T'énerver te fait faire des conneries*, avait-il dit une fois. *Garde ton sang-froid*. C'était plus facile à dire qu'à faire, surtout quand il n'arrêtait pas de se comporter comme un connard arrogant. Je levai le poing, prête à frapper en imaginant que le sac était son visage.

— Arrête.

Kaden lâcha le sac d'un coup et fit un pas en arrière. Je m'interrompis, mes muscles tendus et prêts à lancer le coup de poing.

— À moins que tu ne veuilles te disloquer le pouce. Sors-le de sous tes doigts, ordonna-t-il.

Je m'exécutai et Kaden leva sa propre main pour me montrer. Je reproduisis son poing serré, laissant mon pouce replié le long de mes doigts plutôt qu'en dessous. En fait, cela avait beaucoup de sens, et je me sentis stupide. C'était un sentiment courant quand je travaillais avec Kaden. C'était comme s'il s'attendait à ce que je sache déjà tout et il était frustré quand ce n'était pas le cas. Mais en quoi était-ce ma faute ? Je faisais de mon mieux pour apprendre. Je frappai le sac, mais il ne bougea pas comme je m'y attendais, même avec ma force de métamorphe.

— Tu dois concentrer la majeure partie du coup de poing dans les deux premières phalanges, dit Kaden en les désignant sur sa propre main.

Il mit ensuite son coude en arrière et donna un coup de poing. Son souffle sortit dans un bruit sec avec le coup de poing.

— Expire toujours sur tes coups de poing. Ça resserre ton torse, ce qui te donnera plus de puissance. Si tu veux frapper quelqu'un, assure-toi d'y mettre tout le poids de ton corps.

Il me guida tout au long du processus, s'assurant de me faire remarquer que j'engagerais également mes hanches et mes jambes si je faisais les choses correctement. Puis il retourna vers le sac et le tint.

— Réessaie, commanda-t-il.

Je hochai la tête et plantai mes pieds au sol, puis je fis ce qu'il m'avait montré. Ce coup de poing sembla meilleur, plus solide, mais le sac ne bougea toujours pas.

— Tu n'utilises pas tes hanches, dit-il en s'éloignant du sac pour se placer juste derrière moi. Je vais te montrer.

Mon souffle s'arrêta lorsque Kaden attira mon corps contre le sien, une main sur ma hanche et l'autre tendue vers l'avant pour enserrer mon poignet. Ce qui ressemblait à une décharge électrique traversa tout mon corps, me rendant complètement inutile. Je bougeai, souple et malléable dans son emprise tandis qu'il tourna ma hanche en arrière et tendit ma main pour moi.

Il dit quelque chose, mais je n'enregistrai pas les mots. Sa main sembla assez chaude pour me brûler, juste posée là sur ma hanche. Rien de ce qu'il avait fait ne m'avait jamais fait ressentir cela auparavant. Je pouvais presque imaginer sa main glisser sur mon corps, s'étalant à plat sur mon ventre pour me tenir contre lui pour une tout autre raison. Sa bouche ne me dirait pas comment donner un coup de poing, mais effleurerait mon cou, se déplaçant lentement et avec assurance. Sa main autour de mon poignet rencontrerait la mienne, ses doigts s'entrelaçant avec les miens.

L'image était si vive, si réelle, que je titubai sous l'effet de celle-ci. J'aurais pu tomber si je n'avais pas été pressée si fort contre le corps dur de Kaden. Mais là encore, je ne serais pas dans cette situation si Kaden ne m'avait pas attrapée comme ça.

La main de Kaden se resserra autour de mon poignet, alors qu'il ramena ma main en arrière et la déplaça à nouveau avec le bon mouvement. Sa main glissa légèrement plus sur mon ventre et j'arrêtai de respirer, me demandant si je ne devenais pas folle. J'étais certaine que Kaden pouvait entendre la façon dont mon cœur tonnait dans ma poitrine ou sentir la luxure entre mes cuisses. Mais s'il le remarquait, il ne dit rien et il fit un pas en arrière au bout d'un moment.

Je me balançai, toujours prise dans l'instant, me demandant ce qui se passerait si je penchais la tête en arrière pour l'encourager à m'embrasser. J'étais coincée à mi-chemin entre la réalité et le fantasme, et il fallut un « Encore » sec de la part de Kaden pour m'en faire sortir complètement.

Je secouai la tête et essayai de me souvenir de ce que Kaden avait dit. Je sentais encore sa main sur ma hanche, et je bougeai de la même façon qu'il l'avait fait, en m'assurant d'expirer pendant que je frappais.

— Comme ça ? demandai-je, et si Kaden remarqua que ma voix était presque haletante, il ne dit rien.

— C'est mieux. Encore.

Je donnai quelques coups de poing supplémentaires dans le sac, veillant à engager tout mon corps à chaque fois. Le sort étrange qui avait été lancé sur moi s'estompa, et même si Kaden était toujours distrayant, au moins il était distrayant *à distance* et ne me touchait pas.

— Ça suffit pour aujourd'hui. Passons à autre chose.

Kaden lâcha le sac et passa sa chemise par-dessus sa tête. Il semblait être allergique au fait de porter une quantité décente de vêtements, quelle que soit l'occasion. Le nombre de fois où j'étais descendue pour le trouver debout dans la cuisine en simple pantalon de survêtement ou en jean était à la limite du ridicule. J'aurais dû être désensibilisée à ce stade, mais avec un corps pareil, je doutais que je m'y habitue de sitôt. Et sérieusement, un pantalon de survêtement gris ? Il *essayait* de me faire mouiller ?

Nous passâmes ensuite au combat au corps à corps, qui était la partie de l'entraînement que j'aimais le moins parce que j'avais l'impression que c'était sans espoir. Kaden était un vrai guerrier, de part en part, mais ce n'était pas mon cas. J'étais une survivante teigneuse qui se sortait d'une manière ou d'une autre de toutes les mauvaises situations, pas une combattante. Quand les choses tournaient mal, je fuyais. Aucun entraînement ne pourrait jamais corriger ma vraie nature.

Kaden ne semblait pas d'accord, sinon pourquoi continuerait-il à faire ça ? Je voyais bien qu'il se retenait. C'était probablement une bonne chose, sinon je finirais par recevoir un coup de poing dans le nez. Mais je n'arrivais toujours pas à lui porter un coup. Le fait que je le sente encore pressé contre moi, me tenant dans ses bras d'une manière si décontractée et pourtant intime, n'aidait pas. Mon regard glissa vers son torse nu et je m'imprégnai de la vue de tous ces muscles à tous les bons endroits. Il avait été si *chaud* contre moi, si dur. Comme ce jour-là à la cascade, quand il était sur moi.

Un des coups de Kaden frôla ma tempe, mes instincts me permettant de détourner la tête à la dernière seconde. Merde, je devais me concentrer ou j'allais me faire assommer.

— Bien, dit Kaden. Tu t'améliores.

Juste au moment où il dit cela, il frappa sa main à plat contre mon sternum. Le coup me fit valdinguer par terre. J'essayai de faire une roulade pour amortir ma chute, mais je n'y parvins pas tout à fait. Je réussis tout de même à éviter de me blesser, mais ce n'était pas très gracieux.

— Tu ne peux pas dire ça, puis faire ça, dis-je en essayant de reprendre mon souffle.

Le coup n'avait pas été assez fort pour me faire mal, mais il m'avait coupé le souffle.

— Tu avais l'air distraite.

Kaden s'approcha de moi et me tendit la main. Je fronçai les sourcils, me rappelant le premier jour. *D'accord.* Je pris sa main, m'attendant à ce qu'il me jette par-dessus son épaule, mais il me releva simplement, les muscles de ses bras se contractant.

Puis il me tira vers lui et toucha légèrement ma tempe, les sourcils froncés. Je réalisai qu'il m'inspectait pour s'assurer qu'il ne m'avait pas vraiment blessée. L'autre main de Kaden serrait toujours la mienne avec force, et j'avais maintenant du mal à respirer, à bouger ou même à penser. Du désir et de l'envie firent se resserrer ma poitrine de façon presque douloureuse et je me retrouvai à tendre la main pour toucher la barbe douce et foncée de sa mâchoire. Mais il recula d'un coup lorsque mes doigts l'effleurèrent légèrement, comme s'il avait été brûlé.

Nous nous éloignâmes l'un de l'autre et j'appuyai une main sur ma poitrine, souhaitant pouvoir calmer mon cœur qui s'emballait. *Il n'est pas ton partenaire*, me rappelai-je. Mais mon corps refusait d'écouter.

— Encore, dit Kaden, mais sa voix semblait un peu faible.

Je pris une profonde inspiration et essayai de rester concentrée sur le combat, et non sur le combattant. Nous échangeâmes quelques coups de poing expérimentaux et je vis soudain une ouverture. Je ne savais pas si c'était volontaire, mais il s'était trop étiré en donnant un coup de poing, laissant son côté vulnérable. Je le frappai rapidement. Il vit mon poing arriver sur lui et se contorsionna, se mettant hors de portée, mais je sentis mes articulations frôler ses côtes.

Je laissai échapper un rire choqué en faisant un pas en arrière.

— Je t'ai presque touché.

Kaden avait l'air aussi surpris que moi, mais cela disparut de ses yeux tout aussi rapidement.

— Tu as de plus en plus confiance en ton corps, en ses instincts. Plus tu l'écouteras, plus ce sera facile. Tu n'arrêtes pas de te prendre la tête et de remettre en question l'endroit où tes muscles veulent que tu ailles. C'est ce qui te fait le plus trébucher.

Nous continuâmes, et bien que je ne fusse pas près de réussir d'autres coups, le reste de la séance d'entraînement se déroula sans accroc. Kaden continua à corriger mes positions, mais il ne me tira pas à nouveau contre lui. Je repoussai de mon esprit la déception.

Finalement, Kaden annonça la fin de la séance. Je remarquai que je ne respirais plus aussi difficilement que les premiers jours. C'était une petite amélioration, mais elle était la bienvenue. Peut-être que je pourrais bientôt effectuer toute cette routine sans transpirer, comme Kaden.

Nous nous calmâmes en faisant quelques étirements légers. Nous les faisions habituellement en silence, alors je fus surprise lorsque Kaden prit la parole.

— Stella dit que tu te débrouilles bien avec ton entraînement de louve.

Je haussai les épaules, baissant la tête face aux éloges.

— J'ai encore du mal à suivre une piste, mais j'essaie.

Kaden marqua une pause et m'évalua.

— La meute part à la chasse ce soir. Tu aimerais peut-être te joindre à nous.

Je me figeai, ses mots m'ayant complètement prise au dépourvu. Kaden était très protecteur de sa meute et je savais qu'il ne voulait pas que j'interagisse avec la plupart d'entre eux avant de sentir que j'étais digne de confiance. Cela me mettrait au milieu d'eux, presque comme un véritable membre de leur meute.

— J'aimerais bien.

Peut-être que si je passais plus de temps à interagir avec le reste de la meute, Kaden verrait que je ne leur veux aucun mal. Je pourrais peut-être même l'amener à me faire davantage confiance.

Kaden fit un signe de tête sec et se leva.

— Sois prête à partir au coucher du soleil. Les cerfs sont plus actifs la nuit.

Il quitta la salle de sport sans un autre mot, mettant brusquement fin à notre séance d'entraînement comme il le faisait toujours. Je levai les yeux au ciel et attrapai une serviette pour essuyer la sueur, puis me dirigeai vers l'extérieur, où Jack et Clayton m'attendaient. Évidemment.

— Bonne séance ? demanda Jack, alors qu'ils se mirent à marcher de chaque côté de moi.

Il était plutôt beau, avec des cheveux blonds et un sourire charmant.

— On dirait que tu as bien transpiré. Ça te va bien, ajouta-t-il.

Oh, et je commençais à réaliser que c'était un vrai

dragueur. Mais tout ce qu'il disait était inoffensif et je devais admettre que c'était agréable de se faire draguer plutôt que de se faire rabaisser ou intimider tout le temps.

— Oui, c'était génial. En fait, j'ai réussi à porter un coup.

— Sur Kaden ? demanda Clayton.

Il était grand, bâti comme un grizzly, et beaucoup plus silencieux, mais il tournait maintenant ses yeux bruns chaleureux vers moi avec surprise.

— Bon, c'était plutôt un effleurement, dis-je en haussant les épaules.

— Ça compte, dit Jack. Accepte-le.

Je fis un petit sourire alors que nous continuâmes à marcher dans la ville.

— Il m'a aussi invitée à participer à une chasse ce soir.

— Vraiment ? demanda Clayton en se frottant la barbe. Tu es sûre ?

Mon sourire retomba.

— Je crois. Ses mots étaient plutôt clairs.

Clayton me lança un long regard, comme s'il me voyait sous un jour différent.

— Il n'a jamais invité quelqu'un de l'extérieur à une chasse auparavant. Pas même ceux qui voulaient rejoindre notre meute.

— C'est une bonne chose ? demandai-je, soudainement peu sûre de moi.

Jack haussa les épaules.

— Je suppose qu'on va le découvrir.

CHAPITRE DIX-HUIT

CET APRÈS-MIDI-LÀ, Stella annula nos exercices d'entraînement habituels et me dit de me reposer. Elle dit que j'en aurais besoin pour ce soir en me lançant un paquet de chips. Mais me reposer était difficile parce que j'étais une boule de nerfs, trop impatiente que le coucher du soleil arrive pour me détendre. La meute du Cancer ne m'avait jamais laissée me joindre à eux pour quelque chose comme ça, et je voulais faire du bon travail pour prouver ma valeur à Kaden et aux autres.

Le moment venu, je mis un survêtement et un t-shirt, des vêtements dont je pourrais me débarrasser facilement pour notre transformation, puis je sortis. Stella m'attendait derrière la maison, ayant l'air presque aussi excitée que moi, et je lui souris en m'approchant.

— Où sont les autres ? demandai-je.

— Ils sont avec Kaden dans la clairière. On va les rejoindre dans une minute.

Elle me fit un sourire chaleureux.

— Je me suis dit que tu voudrais peut-être te transformer ici plutôt, ajouta-t-elle.

Mes joues chauffèrent, mais je ressentis surtout de la gratitude pour sa gentillesse. Même si je n'avais jamais rien dit, Stella avait compris que j'étais nerveuse à l'idée d'être nue devant les autres. Je me déshabillai rapidement et libérai ma louve, mes pattes blanches s'enfonçant dans l'herbe et ma queue fouettant dans tous les sens. *Enfin*, sembla dire ma louve.

— Cette chasse va être relativement courte, dit Stella. Ce soir, Kaden et d'autres membres enseignent aux adolescents quoi faire, et tu vas observer. Je resterai à tes côtés sous forme humaine pour pouvoir t'expliquer comment fonctionnent les chasses en meute, ce qu'ils traquent et comment ils communiquent pour attraper leurs proies. Tout est question de coopération et de communication, et c'est important que tu voies et sentes la chasse avec tes sens de louve.

Cela n'avait pas d'importance que je ne participe pas à la chasse à proprement parler, j'étais simplement contente d'être incluse. De plus, je n'avais pas vraiment réfléchi à quel serait le meilleur endroit pour planter mes crocs sur un animal afin de le tuer. Honnêtement, je n'étais pas sûre d'être prête pour ça.

Nous nous dirigeâmes vers la forêt pour retrouver le reste de la meute. J'entendis leurs mouvements devant nous et mon impatience ne fit que croître. J'étais déterminée à leur prouver que je pouvais le faire. Cette chasse ne serait sûrement pas beaucoup plus difficile que d'apprendre à donner un coup de poing ou à flairer un objet dans la forêt. *Si tous ces louveteaux peuvent le faire, moi aussi*, pensai-je. Bien sûr, ils avaient eu leurs loups bien avant moi. J'avais passé vingt-deux ans sans ma louve, alors qu'ils avaient eu le leur dès leur plus jeune âge. Il me faudrait du temps avant de commencer à penser comme eux.

Alors que nous approchions de la clairière, je jetai un coup d'œil à travers les branches pour essayer d'apercevoir la meute. Je repérai une douzaine de loups, tous dans différentes nuances de fourrure, et je n'eus aucun mal à repérer Kaden à l'avant. Il était *énorme* et d'un noir profond. J'avais vu la forme de loup de mon père plusieurs fois, et il ne rivalisait en rien avec Kaden, qui avait l'air aussi majestueux que meurtrier, un alpha qui méritait le respect qu'il recevait.

Lorsque le groupe se prépara à partir, Kaden les encercla, leur expliquant ce qui allait se passer. Je me souvins que Stella avait dit qu'ils pouvaient communiquer par télépathie sous forme de loup, et je me demandai si la voix de loup de Kaden était aussi dominante que sous forme humaine.

— OK, on y va, dit Stella, alors que les loups commencèrent à s'enfoncer dans la forêt. Suivons-les. Reste en arrière et ne te mets pas dans le chemin. Kaden leur enseigne les formations.

J'acquiesçai aussi bien que je le pouvais sous ma forme de louve et trottinai à une allure confortable à côté de Stella. Elle était agile et rapide sous sa forme humaine, mais j'aurais pu facilement la dépasser. Je mis mon museau au sol et suivis le groupe à l'odeur, restant à une courte distance derrière les autres loups pour ne pas interférer avec leur chasse. *Un cerf.* Je pointai mon nez dans la direction et Stella sourit en signe d'approbation.

— Viens par ici, dit-elle. On va monter sur une crête pour mieux voir la meute.

Je la suivis sur une légère pente. De là-haut, je pouvais voir Kaden à la tête de quelques jeunes loups, se dirigeant vers le bord de la légère cuvette dans laquelle les cerfs s'étaient installés. Un groupe encadrait les cerfs, les chassant dans la bonne direction pour qu'ils se dirigent directement vers l'embuscade qui les attendait au bout.

En regardant Kaden et les jeunes métamorphes, j'avais envie d'être là-bas avec eux, de ressentir le frisson de la chasse et la certitude d'avoir une meute derrière moi. Ma louve ne voulait rien de plus que d'être libre et de pourchasser les cerfs avec le reste de la meute. Le besoin d'appartenir, de faire partie de quelque chose de plus grand que moi, brûlait en moi.

Je ne m'étais jamais sentie chez moi dans la meute du Cancer, mais même malgré le peu de temps que j'avais passé ici, je considérais la meute d'Ophiuchus comme l'endroit où je pourrais enfin me sentir acceptée. Je pouvais déjà m'imaginer si facilement être là-bas avec le reste d'entre eux, et j'en avais tellement envie que cela me faisait mal à la poitrine.

Je ressentais l'euphorie de la chasse avec eux, même à plusieurs mètres de distance. C'était facile, les sens accrus de ma louve détectant les moindres mouvements, tandis que Stella regardait à côté de moi, expliquant parfois ce qu'ils faisaient.

La meute coinça un cerf, un énorme mâle qui était presque aussi grand que Kaden. Les autres cerfs se séparèrent et les loups s'écartèrent pour leur permettre de passer. Les loups attaquèrent ensemble le cerf, Kaden sautant sur son dos tandis qu'un des plus jeunes loups s'élança pour lui mordre la gorge.

Je ressentis un bouillonnement dans ma poitrine au moment où le cerf fut abattu. Si j'avais été sous forme humaine, cela aurait été une acclamation, mais en l'état actuel des choses, un hurlement sortit de ma bouche lorsque je l'ouvris. Je n'avais même pas l'intention de le laisser échapper, et je serrai rapidement ma mâchoire, mais c'était trop tard. Mon hurlement était là et je l'avais entendu pour la première fois.

Stella émit un bruit à côté de moi. Je la regardai, essayant de voir si j'avais fait quelque chose de mal, mais elle avait une main devant sa bouche comme si elle couvrait un sourire. Je plissai des yeux vers elle. Elle essayait de ne pas rire. Un instant plus tard, le hurlement fit écho dans le groupe, un jeune métamorphe le reprenant, puis un autre. Bientôt, le hurlement parcourut tout le groupe et les épaules de Stella se mirent à trembler d'un rire silencieux alors que quelques autres hurlements retentirent depuis la ville, à quelques kilomètres de là.

Un hurlement grave perça à travers tout cela, le plus fort et le plus obsédant de tous. Lorsque je regardai le groupe, Kaden avait la tête inclinée vers la lune, qui dansait sur sa fourrure noire. Le reste des loups se tut à son signal.

J'aurais pu jurer qu'il me regardait quand il termina le

hurlement, et si je pouvais rougir en tant que louve, il ne faisait aucun doute que je le ferais. Le hurlement m'avait pourtant semblé approprié, sur le moment.

Stella secoua la tête en souriant.

— Tu es prête à descendre ?

Elle sortit mes vêtements du sac qu'elle portait et je me transformai à nouveau sous forme humaine pour les enfiler. Nous descendîmes de la crête et je regardai un groupe de jeunes métamorphes traîner le cerf pour le nettoyer et le dépecer en se bousculant et en riant.

Une fois que nous fûmes de retour à la clairière, Kaden se dirigea vers nous. Il était torse nu, sans surprise. Je lui souris, incapable de contenir la joie que je ressentais. Même s'il ne me rendit pas mon sourire, il semblait moins grincheux que d'habitude, les lignes dures de son beau visage s'adoucissant en quelque chose de plus accessible.

— Qu'est-ce que tu en as pensé ? demanda-t-il, les mains enfoncées dans ses poches.

La question était assez décontractée, mais il me regardait attentivement en attendant la réponse.

— C'était incroyable, la façon dont vous vous déplaciez tous ensemble en formation, comme si vous faisiez ça depuis toujours. J'aimerais apprendre à le faire aussi.

Kaden me regarda pendant un long moment.

— Une fois que tu seras dans une meute, tu pourras communiquer tes pensées en tant que louve avec les autres membres de la meute. C'est pour ça que ça avait l'air si facile.

— C'est ce que je veux, déclarai-je à la hâte, les mots

sortant avant même que je n'aie réalisé que j'avais pris une décision à ce sujet. Faire partie d'une meute.

Je le sentais, au plus profond de mes os. Comme tous les autres loups, j'étais née pour faire partie d'une meute, même avec mon origine mi-humaine. D'une manière ou d'une autre, je trouverais un moyen d'amener Kaden à me faire confiance et de lui prouver que je pouvais faire partie de sa meute. Même si cela signifiait nettoyer toutes les toilettes de la ville.

Lorsque je croisai à nouveau le regard de Kaden, il inclina la tête vers moi et le regard qu'il arborait était presque une approbation. Puis un lent sourire en coin apparut sur sa bouche.

— Joli hurlement, au fait.

Je rougis, mais son ton fut suffisamment léger pour que je ne me sente pas trop mal à ce sujet.

— C'était mon premier.

— Pas mal. Bien que je parie que tu pourrais hurler plus fort dans les bonnes circonstances.

Je déglutis, ma bouche étant soudainement sèche.

— Tu pourrais peut-être me montrer.

Il ouvrit la bouche pour répondre, mais secoua la tête et détourna le regard.

— Venez. Ils vont m'attendre.

Alors que nous retournions vers la maison, je levai la tête et humai l'air, sentant les gens et la nourriture. Stella était partie devant, me laissant marcher avec Kaden, bien que sa compagnie soit silencieuse. Cela ne me dérangeait pas, dans la mesure où j'avais beaucoup de choses à assimiler. L'euphorie de la chasse avait fini par s'estomper et je n'aurais jamais pu imaginer le frisson que m'aurait procuré le fait d'y participer. Je doutais de pouvoir dormir ce soir, pour des raisons totalement différentes de celles d'habitude.

Lorsque nous arrivâmes à la maison, je me figeai. Le jardin de Kaden, normalement vide, était illuminé par des guirlandes électriques et rempli de gens qui parlaient en groupe, avec les plus petits enfants et les adolescents qui couraient partout. Ils avaient dû tout installer pendant que nous étions à la chasse. Un grill était installé sur un côté et la foule acclama Kaden lorsqu'il s'en approcha et les salua.

Je m'arrêtai à l'orée de la forêt alors que des morceaux de viande étaient sortis et placés sur le grill pour que Kaden les fasse cuire. Le cerf, réalisai-je. Kaden n'avait pas mentionné de barbecue auparavant, mais là encore, il semblait aimer me tenir en haleine. Je me demandai si j'étais invitée. Il y avait plus de métamorphes d'Ophiuchus ici au même endroit que je n'en avais encore vu, et ils semblaient tous se connaître. J'avais profondément l'impression de ne pas être à ma place, ne sachant pas si j'avais le droit d'être ici ou si Kaden s'attendait à ce que je me réfugie à l'intérieur.

Pendant que je tergiversais, je me retrouvai à regarder les louveteaux. Ils se battaient dans l'herbe, grognant et montrant leurs crocs les uns contre les autres. C'était encore choquant de les voir, mais ils étaient incroyablement mignons, et je ne pouvais pas m'empêcher de sourire. Un groupe d'adolescents passa près de moi et j'entendis l'un d'entre eux faire le récit de la chasse. Il devait être celui qui avait tué le cerf.

Le désir ardent de faire partie de tout cela, d'être l'une d'entre eux, me frappa une fois de plus. Tout ce que j'avais entendu sur la treizième meute était faux. Ils n'étaient pas des monstres ou des croque-mitaines. Ils étaient juste une autre meute, et une bonne meute qui plus est. Kaden avait peut-être raison et tout ce que je savais sur les Sorcières du Soleil et de la Lune était également faux.

Je tournai la tête lorsque quelque chose se dessina dans ma vision périphérique. Clayton marchait vers moi en tenant la main d'un autre mâle métamorphe, qui était beaucoup plus petit que lui. Mais bon, tout le monde était plus petit que Clayton.

— Viens te joindre à la fête, dit-il. Tu faisais aussi partie de la chasse, même si tu n'as pas participé.

Je baissai la tête.

— Merci. Je n'étais pas sûre...

— Je me souviens de ce sentiment, mais tu seras l'une des nôtres bien assez tôt, déclara l'autre homme.

Clayton fit un geste vers l'homme à côté de lui.

— Voici Grant. Mon partenaire.

Je clignai des yeux, ma bouche s'ouvrant. Je n'avais jamais vu de couple gai accouplé auparavant.

— Vous avez le lien d'accouplement ?

— Bien sûr que oui, dit Clayton en se redressant un peu plus. Pourquoi pas ?

Je levai les mains.

— Je suis désolée. Je me suis mal exprimée. Je n'avais simplement pas réalisé que c'était possible. Il n'y a pas de couples homosexuels chez les loups du zodiaque.

Grant me fit un sourire compatissant.

— À l'origine, je faisais partie de la meute de la Balance, mais je l'ai quittée quand j'ai rencontré Clayton et que j'ai ressenti le lien d'accouplement. C'était juste après que j'ai eu vingt-deux ans et que j'ai eu mon loup, mais heureusement, je n'avais pas été accouplé à la Convergence. Je suis allé faire une randonnée dans les bois, et tout a changé pour moi lorsque je suis tombé sur Clayton par hasard alors qu'il était en patrouille.

Il serra la main de Clayton, et pour la première fois, je vis le visage stoïque de Clayton s'adoucir. Ils avaient l'air aussi amoureux que n'importe quel autre couple que j'avais vu s'accoupler. Cela devait être vrai.

— Ils m'ont laissé rejoindre la meute, et le reste appartient au passé.

— C'est... c'est génial, dis-je, et je le pensais, même si mon esprit fonctionnait à plein régime.

Grant aurait-il été accouplé à une femelle s'il n'avait pas quitté les loups du zodiaque ? Ou n'aurait-il tout simplement pas eu de partenaire du tout ?

Une pensée plus sombre me frappa. Était-il possible que les Sorcières du Soleil contrôlent aussi les liens d'accouplement ? Si ce que Kaden avait dit était vrai, elles pourraient s'en servir pour manipuler les loups en déplaçant les métamorphes entre les meutes comme des pions d'échecs. Je ne savais pas pourquoi elles interdisaient les couples homosexuels, mais je me souvenais que quelqu'un avait dit que la raison du lien d'accouplement était la procréation, pour garder les métamorphes forts et leur sang pur. *Elles utiliseraient définitivement ça contre nous*, pensai-je sombrement.

Je fus envahie de colère. Les gens devraient pouvoir aimer qui ils voulaient, et non être forcés d'aimer la personne choisie par le sortilège.

Et si c'était vrai, cela signifiait que mon lien avec Jordan n'était peut-être pas réel non plus.

— Te voilà !

Je fus tirée de mes pensées par Stella, qui courait vers moi, rayonnante.

— Viens t'asseoir avec nous pendant que Kaden s'occupe des grillades. Ça va lui prendre une éternité et tu ferais aussi bien de venir traîner avec nous.

Elle me tira par le poignet jusqu'à un carré d'herbe où quelques autres femelles métamorphes étaient assises. J'en reconnus quelques-unes en passant, mais Stella me présenta rapidement aux autres. Elles travaillaient toutes comme enseignantes et me firent rapidement une place dans le cercle.

— La chasse s'est bien passée ? demanda la jolie blonde nommée Marla, et il me fallut un moment pour réaliser que c'était à moi qu'elle posait la question.

Je me raclai la gorge, surprise d'être incluse dans la conversation si facilement.

— Je pense que oui. C'était incroyable à regarder, ajoutai-je, laissant une partie de l'émerveillement m'envahir alors que je pensais une fois de plus à la forêt, à la coordination de la meute et à la façon dont Kaden les avait tous dirigés sans faille.

— Je parie que tu as aussi pris du plaisir à regarder Kaden, dit une femme aux cheveux bruns bouclés, dont je me souvins qu'elle s'appelait Carly.

Elle me fit un sourire en remuant les sourcils. Je baissai la tête et rougis.

— Ah, j'aimerais que le lien d'accouplement s'active pour moi, dit Marla en mettant une main sur sa poitrine. Je *tuerais* pour être sa partenaire. Il est si fort et si beau.

Stella émit un bruit d'étouffement, son nez se fronçant.

— Tu réalises que tu parles de mon frère, n'est-ce pas ?

— Et on aimerait toutes beaucoup être ta sœur, dit Carly en riant.

Je souris en les regardant et en secouant la tête. Pour la toute première fois, je ne me sentais pas comme une paria, et ce n'était même pas ma meute de naissance. Mais ce sentiment pouvait-il durer ? Et si elles en découvraient plus sur moi, que j'étais à moitié humaine ou que mon partenaire était un Lion, et qu'elles changeaient d'avis à mon sujet ?

Kaden était toujours debout devant le grill, une bière dans une main et retournant la viande avec l'autre. Jack et un autre mâle métamorphe se tenaient à côté de lui, riant de quelque chose. Je regardai les lèvres de Kaden se retrousser à ce qu'ils disaient. Il avait l'air détendu et presque heureux, mais même de si loin, je pouvais sentir la puissance qui se dégageait de lui. Les autres métamorphes le regardaient pour obtenir son approbation et semblaient graviter autour de lui. Il était impossible que quiconque puisse douter qu'il était le patron.

Alors que je continuais à le regarder, il leva les yeux du

grill et parcourut du regard le jardin avec un air de fierté et d'affection. Il était évident qu'il considérait la meute entière comme sa famille.

Ses yeux se posèrent ensuite sur moi et ils étaient enflammés. Le regard qu'il me lançait était si intense qu'il rendit ma respiration saccadée et mon rythme cardiaque erratique. Mon corps tout entier se remplit de chaleur alors qu'il continuait à me fixer comme s'il me considérait comme la chose qui n'avait pas sa place. Je m'attendais presque à ce qu'il s'approche et me demande ce que je faisais là, mais il se détourna pour dire quelque chose à Jack.

Je me remis à discuter avec les amies de Stella, qui me parlaient de l'école où elles travaillaient, mais je sentis à nouveau ses yeux sur moi, comme s'il m'observait.

Ce sentiment ne me quitta pas de toute la soirée.

CHAPITRE DIX-NEUF

LE POIDS du regard de Kaden sembla me suivre jusqu'à ma chambre plus tard dans la soirée, et je n'arrivais pas à m'en défaire, peu importe à quel point j'essayais. Je pris une longue douche chaude avant de me glisser dans mon lit et essayai de me détendre. Le seul point positif était qu'au moins, ce satané lien d'accouplement ne me perturbait pas ce soir. J'étais encore en train d'évacuer le reste de l'adrénaline de la chasse et il me fallut ce qui me sembla être des heures pour m'endormir.

Puis j'étais de nouveau dans son jardin, mais il n'y avait que nous deux debout sous la lune à présent. Ses yeux trouvèrent les miens, me clouant sur place comme ils l'avaient fait auparavant, et je me demandai une nouvelle fois s'il me considérait comme quelque chose qui n'avait pas sa place. Mais quand je le regardai à nouveau, je réalisai que la chaleur derrière ses yeux n'était pas de la colère ou de la haine. C'était de la *faim*. Il avait l'air de vouloir me manger toute crue. Je ne parvenais pas à déterminer s'il voulait me tuer... ou me baiser.

Il s'approcha de moi, la lumière de la lune ruisselant sur nous et illuminant sa mâchoire ciselée et ses larges épaules. Je fis un pas en arrière malgré moi, et mon dos heurta un tronc d'arbre. Je m'arrêtai, peu désireuse de me presser davantage contre lui, mais encore moins de rompre le contact visuel avec Kaden.

— Tu es là, grogna-t-il, marchant vers moi jusqu'à ce que nous nous touchions presque.

Il se pencha de sorte que son visage ne soit qu'à quelques centimètres du mien. J'avais déjà vu ce regard chez des hommes, mais jamais dirigé vers moi. Il transperça mon corps tout entier comme un choc, résonnant au plus profond de mes tripes.

— Je suis là, répondis-je, complètement à court de souffle.

Aucune réplique incisive ne pourrait me sauver maintenant.

Il tendit le bras et glissa sa main derrière mon cou, ses longs doigts s'emmêlant dans mes cheveux.

— Tu es mienne.

Je haletai face à la quantité de possessivité dans sa voix. Avant que je ne puisse pleinement m'en rendre compte, il combla les quelques centimètres qui nous séparaient et je me retrouvai coincée entre l'arbre et la chaleur de son corps. Ses lèvres s'écrasèrent sur les miennes, me revendiquant, me marquant comme sienne. Je fondis contre lui, ressentant le bien-fondé de la chose. Il n'était pas mon partenaire, mais quelque chose dans tout cela me donnait l'impression que le destin l'avait voulu.

J'aurais dû le repousser. J'aurais dû exiger de savoir ce qui lui faisait penser qu'il pouvait me revendiquer comme ça alors que je ne faisais même pas partie de sa meute. Mais je ne pouvais pas.

J'avais *besoin* de lui.

Les mains de Kaden me serraient fort, son corps dur me plaquant contre l'arbre. Je tendis le bras, effleurant mes mains contre son visage et le long de son cou. Il grogna contre mes lèvres, m'embrassant si fort que je crus qu'il essayait de me briser, avant de se retirer et de me regarder.

Je ne pouvais pas reprendre mon souffle, tellement j'étais prise dans l'instant. Ses yeux étaient désormais complètement passés du danger à la convoitise, mais je me sentais encore moins à l'aise que lorsque je ne connaissais pas ses intentions. La possessivité dans ses yeux continuait à envoyer de petits éclairs électriques à travers moi alors qu'il me regardait de haut en bas.

Il fit glisser sa main sur mon ventre, comme il l'avait fait à l'entraînement, mais elle alla exactement là où je l'espérais, ne restant pas sur ma hanche par bienséance. Ses doigts descendirent jusqu'à ce qu'il me touche à travers mes vêtements. Pas assez de pression pour autre chose qu'une taquinerie, mais mes hanches poussèrent quand même en avant contre la pression. Sa peau me brûlait, même à travers le tissu.

— Je prendrai soin de toi, dit-il.

Cela réveilla quelque chose en moi, un instinct animal

de base contre lequel mon cerveau logique aurait dû se rebeller. Je tremblais de besoin et Kaden semblait rechercher ce tremblement avec son corps, se pressant contre moi. Je sentis la ligne chaude de sa queue à travers les couches de tissu. Je pris une profonde inspiration en réponse au désir qui me traversait, une chose sauvage que je ne pouvais pas contrôler.

Je lui exposai ma gorge, le laissant enfoncer ses dents dans ma chair tendre. Ce n'était pas assez fort pour briser ma peau, et encore moins pour me faire vraiment mal, mais je cambrai mon corps contre le sien, essayant de me rapprocher. Je souhaitais secrètement qu'il me marque en tant que sa partenaire pour de bon, pour que tout le monde dans la meute puisse le voir. Je me frottai contre lui comme un animal en chaleur, essayant d'obtenir toute la friction que je pouvais. Il couvrit ma peau de ses lèvres et de sa langue et je ne sais comment, je sentis son contact à un endroit complètement différent, au plus profond de moi, et je laissai échapper un gémissement face à cette sensation. J'étais tellement mouillée, dégoulinant pratiquement, et je voulais plus que de simples frictions et taquineries.

Les lèvres de Kaden se courbèrent en un sourire au son de mon gémissement. *Espèce de bâtard insolent.* Mais putain, j'adorais ça. Je voulais le voir sourire comme ça tous les jours.

Ses mains se refermèrent autour de mes épaules une fois de plus, et cette fois, je sentis la pression de quelque chose de pointu sur chaque épaule. Il s'était partiellement transformé pour se donner des griffes, et je baissai les yeux pour les trouver enfoncées dans le tissu de ma chemise. Il la déchira aussi facilement qu'un couteau dans du beurre, et je laissai échapper un autre son lorsque les lambeaux tombèrent sur le sol, me mettant à nu à partir de la taille. Il fit un pas en arrière et l'air frais me pénétra. Mes tétons durcirent instantanément dans l'air de la nuit et je frissonnai.

Il scruta mon corps comme s'il regardait une œuvre d'art, et mon souffle ne cessait d'arriver dans des halètements bruyants. Je ne me sentais pas exposée, même si *j'aurais dû*. Je me redressai un peu, me présentant à lui.

Ses yeux se dirigèrent vers les miens et je pouvais y voir la possession manifeste. J'étais incroyablement excitée, plus que je ne l'avais jamais été auparavant, et je tendis mes mains vers Kaden une fois de plus.

— Tu vas te contenter de me regarder toute la nuit, ou tu vas faire quelque chose ?

Ses yeux s'enflammèrent face au défi et il était à nouveau sur moi, me tirant cette fois vers lui au lieu de me pousser contre l'arbre. Je levai les bras et enfonçai mes mains dans les cheveux noirs de Kaden, doux comme de la soie sous le bout de mes doigts, et rejoignis son énergie. Il grogna dans le baiser, ses mains parcourant ma peau exposée. Comme s'il pouvait laisser sa marque sur moi, me revendiquer et me faire vraiment sienne pour toujours.

À ce moment-là, je voulais qu'il le fasse.

Il prit un de mes seins dans sa main lorsqu'il rompit le baiser. Ses doigts étaient suffisamment légers pour que je frissonne à nouveau, puis il pinça mon téton entre son pouce et son index, une soudaine explosion de douleur se mêlant au plaisir. Ses yeux se fixèrent aux miens comme s'il voulait voir ma réaction. Je gémis à nouveau, voulant en avoir plus.

Il dut voir le besoin dans mes yeux, car il m'embrassa une nouvelle fois, sa langue glissant contre la mienne, la caressant. Puis il se retira, et la façon dont il me regarda aurait dû être un péché. Je passai mes mains sous sa chemise, voulant voir davantage de lui, sentir sa peau contre la mienne. Il me laissa toucher ses muscles sculptés pendant quelques instants, puis il émit un son grave, comme un gémissement. Celui-ci vibra profondément de sa poitrine jusqu'au bout de mes doigts, et l'instant d'après, il avait écarté mes mains de lui pour pouvoir enlever sa chemise.

J'avais vu Kaden torse nu plein de fois. Merde, il se baladait pratiquement à moitié à poil chaque fois que je le voyais. Mais cette fois, je laissai mon regard s'attarder vraiment. Il était magnifiquement sculpté et j'avais envie de passer ma langue sur les moindres recoins de sa poitrine, puis de plonger plus bas pour voir quel goût avait sa queue. C'était une envie que je n'avais jamais ressentie auparavant, mais j'avais le sentiment que je pourrais le faire jouir avec ma bouche et je voulais essayer.

— Quel que soit ce à quoi tu penses, ça t'excite, dit-il. Je peux le sentir.

Il tendit le bras entre nous et glissa ses mains dans ma culotte. Je haletai lorsque ses doigts touchèrent ma fente pour la première fois, écartant mes lèvres intimes et faisant le tour de mon clitoris. Il me taquina pendant quelques instants, me laissant arquer mes hanches vers le haut à son contact avant de glisser un doigt à l'intérieur de mon corps. La sensation était étrangère puisque personne d'autre ne m'avait jamais touchée comme ça, mais je me cambrai dans le plaisir qu'il m'apportait, en voulant plus.

Kaden retira son doigt et le *lécha*, fermant les yeux comme s'il goûtait quelque chose de délicieux. Quand il les rouvrit, ils brûlaient de désir. Il me plaqua une fois de plus contre l'arbre, réclamant ma bouche avec la sienne, une demande de le laisser entrer. Ses mains glissèrent sur mon torse, s'aiguisant en griffes lorsqu'elles touchèrent le tissu de ma culotte, et il me l'arracha.

Il jeta ma culotte en ruine quelque part sur la gauche. Je ne pris pas la peine de regarder où. Qu'est-ce que ça pouvait faire quand j'avais Kaden devant moi en train de me déshabiller et de me regarder comme *ça* ? Je rentrerais à la maison à poil si c'était ce qu'il voulait.

Sa bouche s'accrocha à ma gorge, ses dents effleurant le point de pulsation dans mon cou. Je tendis le bras pour le toucher à nouveau, mais Kaden grogna, plaçant mes mains au-dessus de ma tête avec l'une des siennes, me plaquant contre l'arbre. Je testai la force de sa prise et elle ne vacilla pas. Je ne m'étais jamais sentie excitée par le fait d'être attachée, mais c'était une nuit pour de nouvelles choses.

— Tu en as envie ? grogna Kaden, me pressant plus fort contre l'arbre derrière moi.

Je cambrai le dos, essayant de frotter n'importe quelle partie de mon corps contre lui pour obtenir la libération dont j'avais besoin. J'étais palpitante de désir et j'aurais dit n'importe quoi pour qu'il me touche à nouveau, pour qu'il enfonce sa queue en moi.

— Oui, gémis-je. Oui, s'il te plaît.

Kaden sortit sa bite de son pantalon et lui administra quelques caresses. Je le regardai avec des yeux avides, impatiente de voir ce que j'avais senti appuyé contre moi plus tôt. Je gardai mes mains là où elles étaient, même si j'avais envie de tendre le bras et de remplacer ses mains par les miennes. *Une autre fois*, chuchota mon cerveau. *Tu pourras le faire jouir avec tes mains et ta bouche.* Cette perspective me fit frissonner.

Il saisit mes hanches et me souleva, enroulant mes jambes autour de lui, mon dos toujours appuyé contre l'arbre. Il fit glisser sa queue le long de ma fente plusieurs fois, me faisant frémir sous l'effet du frottement, puis il s'enfonça en moi. Je haletai face à la soudaine sensation de plénitude, face au sentiment d'être complète.

Il retira sa queue et l'enfonça à nouveau, poussant vers le haut en moi, me faisant le chevaucher. Cet angle fit que son gland frôla le même endroit que ses doigts plus tôt. Cela fit jaillir des étincelles le long de ma colonne vertébrale, et je plongeai plus fort sur sa queue lors de sa poussée suivante. Il sembla surpris, aspirant une profonde inspiration, mais me laissa m'agripper à ses bras pour avoir une meilleure prise. Je le rencontrais, poussée par poussée, à la poursuite de ce plaisir. Il s'accumulait, liquide et chaud, au creux de mon estomac, et mes halètements pénibles se transformèrent en petits gémissements.

— Tu es tellement sexy comme ça, tu prends tellement

bien ma queue, dit-il, ses dents effleurant la corde musculaire tendue de mon cou.

Je glissai une main vers le cou de Kaden, ayant besoin de me tenir à quelque chose de plus solide. Il grogna et ses lèvres s'écrasèrent sur les miennes une fois de plus, demandant à entrer.

Il mordit ma lèvre inférieure, juste assez fort pour que je sache qu'elle serait gonflée pendant des heures, et la douleur se mélangeant au plaisir augmenta mon désir. Je me baissai sur sa queue, essayant de la maintenir en place. *J'y suis presque, j'y suis presque...*

Je pris une profonde inspiration et...

La porte s'ouvrit d'un coup, m'arrachant à mon rêve. Je sautai immédiatement sur mes pieds, prête à m'échapper, trop d'années passées dans la maison de mon père m'ayant appris à me mettre immédiatement en mode défensif.

Kaden entra en trombe, griffes sorties, regardant autour de lui de façon sauvage. Je clignai des yeux vers lui, essayant de reprendre connaissance dans le monde éveillé, et non dans une clairière éclairée par le clair de lune où Kaden avait sa bite en moi pendant que je criais son nom.

Ses yeux se posèrent finalement sur moi.

— Tu vas bien ? demanda-t-il.

— Quoi ?

C'était la dernière chose que je m'attendais à ce qu'il dise. Je sortis de la position de combat dans laquelle je m'étais mise d'instinct – *les pieds plus écartés,* pouvais-je presque entendre Kaden dire – et je croisai mes bras sur ma poitrine.

— Qu'est-ce que tu fais dans ma chambre ?

— J'ai entendu des bruits. J'ai cru que quelqu'un était entré par effraction et t'avait attaquée.

Quoi ? *Oh.* Mon visage commença à chauffer et je baissai les épaules, réalisant soudain que l'objet de mon rêve sexuel se tenait juste devant moi et que je ne portais qu'une brassière et un short de sport. C'était une chose de profiter de la nudité fortuite d'un métamorphe, mais c'était une tout autre chose lorsque mon corps était dans le besoin et que mon désir était encore si présent.

— Ce n'était rien, dis-je en essayant de mettre autant de désinvolture que possible dans les mots. Juste un rêve.

Comme si ma propre prise de conscience d'être si peu vêtue avait déclenché la sienne, les yeux de Kaden se posèrent sur mes seins, puis descendirent plus bas, traçant les lignes de mon corps. Pendant un moment, je me demandai si je dormais encore, si c'était un rêve bizarre dans un autre rêve dont je ne m'étais pas encore réveillée, mais il inspira et ferma les yeux.

— Tu sens le sexe, dit-il.

J'étais encore tellement prise dans le rêve que sa voix disant ces mots provoqua un autre élan de désir dans ma colonne vertébrale. Je pouvais facilement l'imaginer dire d'autres choses ensuite, similaires à celles que je venais d'entendre dans mon rêve. Une chair de poule surgit comme si ses mots m'avaient caressée.

Quand il ouvrit les yeux, son regard était dur et furieux.

— Tu rêvais de ton partenaire Lion ?

— Quoi ? demandai-je, me secouant pour me libérer de l'emprise de sa voix. Non, je…

— Pas de ça sous mon toit. Je me fiche de savoir qui tu veux baiser, mais garde tes fantasmes à propos de ce connard loin de moi.

J'ouvris la bouche pour le reprendre, mais que dirais-je au juste ? *En fait, je ne rêvais pas de mon partenaire, je rêvais de toi.* En quoi cela améliorerait-il la situation ?

Une partie de moi voulait chasser le dernier moment, retrouver cette faim dans les yeux de Kaden alors qu'il me regardait, mais cela n'avait aucun sens. Il était en colère, et un Kaden en colère était un Kaden familier. Le fait qu'il me regarde avec convoitise avait été hors du commun et ne voulait probablement rien dire, de toute façon. Le mentionner ne ferait que créer un conflit là où ce n'était pas nécessaire.

— Sors de ma chambre, dis-je à la place, ce qui était beaucoup plus conforme à la façon dont nous interagissions habituellement.

Les yeux de Kaden s'enflammèrent à nouveau et il avait l'air de vouloir argumenter. Mais il se contenta de secouer la tête et sortit en claquant la porte derrière lui.

Je pris une profonde inspiration tremblante. Je tentai de calmer mon cœur qui s'emballait, mais je ne pouvais pas m'empêcher de penser à quel point mon rêve avait été torride. Je n'avais jamais fait l'amour avant. Personne dans la meute du Cancer ne voulait me toucher. J'étais sortie avec un humain à la fac, mais mes parents m'avaient défendu de le voir parce qu'il n'était pas mon partenaire. Et bien sûr, mon partenaire ne voulait pas de moi. Non pas que je voulais de lui non plus, mais cela ne faisait pas disparaître le désir que je ressentais pour lui. Maintenant, j'allais aussi être tourmentée par des rêves sur Kaden.

Des rêves très graphiques et détaillés. Putain, il n'aurait pas pu attendre quelques secondes de plus avant de me réveiller ?

CHAPITRE VINGT

LES JOURS suivants passèrent avec une bonne dose de malaise. Kaden n'avait pas évoqué l'incident dans ma chambre, et je ne l'avais pas fait non plus. Cela ne changeait rien au fait que l'incident de minuit planait entre nous comme une odeur nauséabonde dans l'air. Aucun de nous n'allait y toucher, mais c'était tout de même là, et j'attendais juste que cela atteigne un point de rupture. Nous semblions consacrer davantage de temps à l'ignorer, détournant soigneusement le regard et mettant de la distance entre nos corps, et cela me rendait folle.

Le pire, c'est que c'était comme si nous remarquions chaque fois que nous étions proches et que nous faisions tout pour passer outre. C'était plus difficile lorsque Kaden était pressé contre moi dans une prise ou qu'il me plaquait au sol après m'avoir fait tomber, mais je n'avais pas de temps à consacrer à l'attirance physique lorsque j'essayais de me dégager de son emprise ou de donner un coup de poing. Cela ne m'empêchait pas de laisser mon cerveau vagabonder pendant les moments de repos, mais je me retrouvais à devoir demander à Kaden de répéter beaucoup de choses.

L'entraînement semblait devenir de plus en plus physique, le combat au corps à corps devenant plus rapproché à mesure que je m'améliorais et qu'il devait réellement faire des efforts pour me mettre à terre. Il ne se laissait pas distraire autant que moi, mais je remarquai tout de même à une ou deux reprises qu'il me fixait intensément, avec presque le même regard que dans mon rêve. La capacité de mon cerveau à en invoquer le souvenir était étrange.

Il était de plus en plus évident que Kaden et moi avions une alchimie intense, et je ne pouvais pas nier qu'il la ressentait aussi. Non pas que cela avait de l'importance. Les tiraillements aigus qui me ramenaient vers Jordan devinrent plus intenses, comme si le lien d'accouplement pouvait sentir que je pensais à quelqu'un d'autre. Je le ressentais à chaque fois que je me retrouvais à regarder les muscles de Kaden ou à me noyer dans ses yeux. C'était comme une démangeaison que je n'arrivais pas à gratter, quelque chose qui me disait que c'était déplacé. Me rappelant que je devrais être ailleurs en ce moment. Je me demandais si la déesse de la lune prenait un malin plaisir à me voir dans cette situation difficile. Rejetée par mon véritable partenaire et convoitant un autre métamorphe à la place.

Je me grattai le ventre, essayant de me débarrasser de l'étrange attraction pendant que nous marchions. Je secouai la tête comme si je pouvais évacuer physiquement les pensées de mon cerveau et j'essayai de me concentrer sur ce vers quoi Kaden et moi nous dirigions. Nous ne faisions pas d'entraînement au combat aujourd'hui, ce qui était à la fois une déception et un soulagement. Au lieu de cela, nous parcourions le périmètre du territoire de la meute d'Ophiuchus pour une raison qu'il n'avait pas encore expliquée.

Je jetai un coup d'œil à Kaden, qui marchait péniblement à côté de moi dans une chemise noire et un jean. J'aurais aimé avoir été accouplée à quelqu'un comme lui, plutôt qu'à Jordan. Au moins, Kaden ne m'avait jamais regardée avec des yeux aussi cruels et il ne m'avait jamais blessée non plus.

Mais il n'était pas mon partenaire.

De qui je me moquais ? Je voulais Kaden quoi qu'il en soit. Il était *sexy* et tout ce qu'un alpha devrait être, et je le baiserais volontiers juste pour soulager un peu cette pression constante entre mes cuisses. Si je ne faisais pas bientôt quelque chose à ce sujet, je pourrais bien imploser.

Kaden me lança un regard comme s'il avait senti mes yeux rivés sur lui et j'aurais pu jurer que ses lèvres se retroussaient. Malgré l'alchimie entre nous, Kaden était toujours le premier à s'éloigner et faisait très clairement comprendre par ses actions qu'il ne voulait pas de moi.

— Comment se passe le nettoyage à l'école ? demanda Kaden alors que nous continuions à marcher dans la forêt.

C'était une journée chaude de début juillet et la lumière du soleil filtrant à travers les arbres réchauffait mes épaules.

— Ça va, répondis-je, surprise qu'il se donne la peine de faire la conversation. J'aime bien voir Stella avec les louveteaux.

Stella avait un don incroyable quand il s'agissait des enfants. C'était l'une des premières choses que j'avais remarquées lorsque j'étais entrée dans sa classe de maternelle. J'avais passé trop de temps à simplement la regarder enseigner et les enfants interagir avec elle, avant de me rappeler que je devais en fait *nettoyer* la pièce dans laquelle je me trouvais.

J'avais passé des jours à nettoyer l'endroit, tout sauf le putain d'énorme serpent qu'ils avaient dans une des classes. Il était hors de question que je m'approche de cette chose. Je n'arrivais pas à croire qu'ils avaient vraiment ça à l'école, où il pouvait siffler sur les enfants qui passaient. Je soupçonnais qu'il songeait à les manger, mais Stella m'avait dit que le serpent était inoffensif. Mais bien sûr.

Je m'habituais encore aussi à voir des petits loups à l'école. C'était incroyable de voir un enfant courir partout et d'avoir un louveteau à la place un instant plus tard. Cela semblait se produire surtout lorsqu'ils étaient contrariés. Je n'avais jamais eu à m'occuper de bébés métamorphes contrariés, mais les enseignants s'en sortaient bien. Ils semblaient habitués au travail supplémentaire que représentait la poursuite d'un petit loup qui pouvait dépasser même l'adulte le plus rapide sous forme humaine.

— Qu'est-ce qu'on fait là ? demandai-je.

— Je veux te montrer les différents itinéraires qu'on

utilise pour les patrouilles et te montrer à quel genre de choses il faut faire attention quand on est en service.

Mes sourcils se levèrent.

— Ouah, on dirait presque que tu me fais un tout petit peu confiance, répondis-je.

— Ne te fais pas de faux espoirs. C'est un test comme un autre.

Bien sûr. Tout était un test, et personne ne voulait me dire quelle était ma note.

Alors que nous nous enfoncions davantage dans la forêt, Kaden déclara :

— La plupart des meutes n'ont aucune idée de l'endroit où on vit, et j'aimerais que ça reste comme ça. Le mystère qui nous entoure nous a gardés en sécurité pendant tout ce temps, mais on doit être prêts en cas d'attaque, maintenant plus que jamais. Après la dernière Convergence, il se peut qu'on soit pris pour cible maintenant, surtout avec le désordre.

Il fit une pause et posa son lourd regard sur moi.

— Et avec toi ici, ajouta-t-il.

Je rencontrai ses yeux avec un regard dur de mon cru.

— C'est toi qui voulais m'utiliser comme appât.

— Et on le fera, une fois qu'on sera prêts, répondit-il en grognant.

Nous continuâmes à marcher, montant péniblement une côte à travers de la boue, et je ne pus m'empêcher de penser que ce serait beaucoup plus facile en tant que loups. Quand je faisais de la randonnée avant, j'avais toujours mon appareil photo, ou au moins mon téléphone, pour rendre le périple plus amusant, mais je n'avais ni l'un ni l'autre à présent. Peut-être que Kaden me laisserait à nouveau avoir un téléphone si j'étais sage. Je laissai échapper un gros soupir et il me lança un regard.

— Qu'est-ce qu'il y a ? demanda-t-il.

— Rien. C'est juste que... j'aimerais avoir mon appareil photo.

Il ne répondit pas, donc je secouai juste la tête et continuai.

— J'ai étudié la photographie à l'université et j'adorais prendre des photos de la nature. Cette forêt est si belle que j'aimerais la capturer aussi, mais, eh bien, pas d'appareil photo.

— Qu'est-ce qui lui est arrivé ? demanda Kaden, me surprenant. Tu l'as laissé à la Convergence ?

— Non, il a été détruit avant ça. J'ai eu des ennuis avec le fils du bêta de la meute du Cancer, et lui et sa partenaire ont décidé que ce serait une façon amusante de me persécuter. J'avais aussi quelques photos sur mon téléphone, mais... eh bien, je suppose que je l'ai aussi perdu.

Ses yeux bleus durs parcoururent mon corps de haut en bas.

— Ce sont eux qui t'ont donné ces cicatrices sur ton corps ?

Je rougis en réponse à cette question inattendue, gênée qu'il ait vu autant de moi, y compris tout ce qui me faisait honte sur mon corps.

— Certaines d'entre elles, oui.

— Et les autres ?

La colère dans sa voix me choqua. Je déglutis et dis :

— La plupart d'entre elles viennent de mon père.

Kaden grogna, un son grave et terrifiant qui fit se dresser les poils sur mes bras.

— S'il n'était pas déjà mort, je le tuerais moi-même pour ça.

Je me figeai, ses mots résonnant en moi.

— Je... tu ferais ça ? demandai-je.

Il continua à marcher, tombant dans le silence une fois de plus. Je le regardai fixement pendant un moment, essayant de comprendre ce qu'il venait de dire, avant de le poursuivre. Est-ce qu'il... se souciait de moi ? Ou était-il juste furieux qu'un alpha traite un membre de sa meute, sa *fille*, de cette façon ?

Je le rattrapai et sentis une connexion entre nous, une connexion que je voulais explorer davantage. Je me retrouvai à bafouiller, incapable de m'arrêter.

— J'ai eu de la chance qu'il me laisse aller à l'université. La seule raison pour laquelle il a accepté, c'est parce que mon frère lui a mis la pression. Tu es allé à la fac ?

— Non, je n'ai pas pu. Je suis devenu alpha à dix-huit ans.

Il était redevenu lui-même, bourru, et je ne m'attendais pas à ce qu'il continue, mais il me surprit en reprenant la parole.

— J'avais prévu d'aller à l'université, j'avais même postulé et tout, et puis mes parents ont été tués. J'ai dû tout laisser tomber pour m'occuper de Stella et de la meute.

— Ça a dû être dur, dis-je. Qu'est-ce que tu aurais étudié ?

— Je ne sais pas. L'astronomie, peut-être. J'ai toujours mon télescope. Il est installé sur le toit et j'aime y monter pour me détendre parfois. Ça m'aide à me changer les idées.

Je souris en l'imaginant sous les étoiles et j'ouvris la bouche pour lui en demander plus, mais Kaden s'arrêta soudainement, son visage devenant dur. Il leva la tête vers le ciel et inspira brusquement.

Je m'arrêtai à côté de lui.

— Qu'est-ce qu'il y a ?

Il jura à voix basse.

— On a marché trop loin en dehors des frontières de la meute. On doit faire demi-tour.

Il se retourna et commença à rentrer, et je me dépêchai de le suivre, me demandant quel était le problème. Ou comment il pouvait savoir que nous avions quitté les terres de la meute. Mais j'étais surtout déçue que nous ayons été interrompus. Kaden avait enfin commencé à s'ouvrir à moi, mais maintenant c'était fichu.

Kaden secoua soudain la tête vers moi et ordonna :

— Ayla, transforme-toi tout de suite.

Je m'exécutai sans remettre en question son ordre, sans même m'arrêter pour enlever mes vêtements. Je m'étais entraînée avec Stella pour avoir un bon timing au cas où je devrais me transformer en cas d'urgence, et j'arrivais à le faire aussi vite que n'importe quel loup expérimenté maintenant. Sauf un alpha, bien sûr. Kaden était déjà sous sa forme de loup lorsque je m'avançai à sa rencontre, mes vêtements déchiquetés en tas derrière moi. Il ne me regardait pas et je remarquai que nos pattes étaient de tailles complètement différentes. Ma louve d'un blanc pur semblait petite à côté de sa patte noire.

Je n'aurais pas perçu les bruits des gens qui approchaient si j'avais été sous forme humaine, mais je les entendais clairement maintenant et je suivis le regard de Kaden vers la rangée d'arbres devant nous. Trois mâles sortirent des arbres et ils étaient suffisamment proches pour que je puisse voir les symboles du bélier sur leurs bras.

Des Béliers.

Ils se déployèrent en éventail, venant droit vers nous, et celui du milieu dit :

— Prenez la femelle vivante.

Un grognement grave émana du loup de Kaden à côté de moi. Un avertissement. Les trois mâles Béliers l'ignorèrent complètement, fonçant sur nous et se transformant en leurs loups. Leur meute était alliée aux Lions et il ne pouvait y avoir qu'une seule raison pour laquelle ils me voulaient.

Merde, qu'est-ce que je fais ? J'avais travaillé si dur pour apprendre à me battre sous forme humaine et à me transformer en louve avec Stella. Je pouvais sentir quelque chose qui appartenait à la meute d'Ophiuchus à des kilomètres à la ronde, mais à quoi cela me servirait-il en ce moment ? Je n'avais jamais combattu quoi que ce soit sous ma forme de louve. Nous n'étions pas encore arrivés à cette partie de ma formation.

Kaden me regarda, ses oreilles noires tressaillant, et

rejeta sa tête en direction de Coronis. Si j'avais été sous forme humaine, j'aurais froncé les sourcils, mais je penchai simplement la tête vers lui. Il répéta le mouvement, cette fois avec un grognement doux. J'aurais juré avoir vu une sorte de désespoir dans ses yeux.

Il veut que je m'enfuie, pensai-je. Pas question. Je secouai la tête vers lui du mieux que je pus. Je n'allais pas le laisser. C'était une idée stupide, de toute façon. Je pourrais mener la meute du Bélier directement à la ville s'ils décidaient de se lancer à ma poursuite, et la lune n'était pas là pour me donner un avantage. Non, il n'y avait pas d'autre option que de rester et de me battre.

Kaden et les loups Béliers se tournèrent les uns autour des autres, grognant et claquant des dents. Je n'avais pas ressenti ce genre de tension, ou la menace d'une violence sérieuse, depuis un bon moment. J'avais presque oublié à quel point cela pouvait être terrifiant.

Leurs grognements devinrent plus profonds, plus menaçants, et je reculai de quelques pas, essayant toujours de déterminer quoi faire exactement. Un autre loup émergea de l'ombre, un peu sur la gauche, et ni les loups Béliers ni Kaden ne le virent. Je regardai avec horreur le loup s'élancer vers Kaden.

J'ouvris la bouche pour le prévenir. Mauvaise idée. Je ne pouvais rien faire de plus qu'aboyer ou hurler, et qui savait s'il le comprendrait. Non, je n'avais pas le temps de réfléchir. Je me jetai dans la trajectoire du loup, le faisant dévier de sa course. Nous tombâmes tous les deux sur le côté et je me relevai instantanément, accroupie et prête à me battre. Je montrai mes crocs au loup, qui secoua la tête comme s'il était mouillé et qu'il voulait se débarrasser de l'eau. Puis il bondit sur moi, trop vite pour que je puisse l'esquiver, et soudain, nous étions en train de nous battre. Les mouvements que Kaden m'avait appris étaient utiles pour mon corps de louve, du moins dans une certaine mesure, et il était beaucoup plus facile de réagir aux attaques et de les contrer avec mes sens accrus. Nous nous battîmes pendant un moment avant que je ne réussisse à enserrer ma mâchoire autour de la patte arrière du métamorphe. Je mordis fort, fermant les yeux alors que je brisais la peau et que le sang giclait. Le métamorphe hurla et se débattit pour se libérer. Il se dégagea finalement de mon emprise d'un grand coup de patte et s'enfuit en courant.

Je retombai en position accroupie, m'attendant à moitié à ce qu'il fasse demi-tour et me renverse. J'étais tellement concentrée sur le loup en fuite que l'attaque suivante me prit complètement par surprise. Plus rapide que tout ce que j'avais jamais vu bouger, un flou de fourrure grise fonça vers moi. Le nouveau métamorphe percuta mon flanc au moment où je me retournai pour lui faire face. J'eus l'impression d'être frappée par un train de marchandises. Je fus projetée dans les airs, m'envolant sur plusieurs mètres en arrière avant de heurter le sol assez fort pour que mon souffle me quitte dans un énorme *sifflement*. Je restai allongée pendant un moment, mon cerveau essayant d'assimiler le changement soudain d'environnement, puis la douleur arriva.

Au fil des ans, j'étais devenue experte dans la gestion de

la douleur. Cela venait du fait d'avoir dû supporter les punitions de mon père et de Jackie, d'avoir été battue par d'autres membres de la meute du Cancer. J'arrivais facilement à respirer en dépit de la douleur généralement, mais que faire quand je ne pouvais même pas *respirer* ?

Je sentis mes os tirer alors qu'ils commençaient à se remodeler pour prendre ma forme humaine. *Non, pas maintenant !* pensai-je désespérément en essayant de m'accrocher à ma forme de louve, mais c'était comme essayer de s'accrocher à de l'eau. Elle me glissa entre les doigts et je me retrouvai à nouveau sous ma forme humaine.

C'était exactement ce que je *ne devais pas faire*. Je n'avais aucune chance contre des métamorphes parfaitement entraînés sous ma forme humaine. J'arrivais à peine à me défendre dans ma forme de louve non entraînée. Cela ne m'aida pas. Je tentai de bouger, de me relever, mais c'était inutile. Mon corps humain était faible et blessé, et il n'y avait aucune chance que je me tienne debout toute seule de sitôt.

De là où j'étais allongée, je pouvais à peine voir Kaden se battre contre les autres loups. Ils se déplaçaient si vite que tout ce que je voyais, c'était des éclairs de dents, de griffes et de touffes de fourrure volant dans les airs, la scène se déroulant au son des grognements et des glapissements qui ponctuaient le silence. J'essayai de me lever pour l'aider, d'inspirer profondément pour calmer la douleur, mais je ne parvins pas à reprendre mon souffle. Ma tête tourna lorsque je cherchai à me relever, mon bras cédant sous mon poids.

— Kaden, essayai-je de dire, mais aucun son ne sortit.

Je ne faisais que façonner mes lèvres autour de son nom.

Allais-je vraiment mourir ici, comme ça ? Après tout ce que j'avais enduré ?

Tout à coup, tout devint silencieux. Je me tenais parfaitement immobile, le corps tendu pour qu'un des loups Bélier vienne mettre fin à tout cela, mais un instant plus tard, Kaden se tenait au-dessus de moi sous forme humaine. Le soulagement qui me traversa était si fort que je laissai échapper un sanglot. Il était vivant et les loups Bélier ne l'étaient pas. Dieu merci.

Il était complètement nu, et au début, j'essayai de garder mon regard sur son visage. Si je ne souffrais pas autant, je jetterais un coup d'œil au reste de son corps. Mais bon, si j'allais mourir, autant le mater un peu. Qu'allait-il faire, me tuer ? Je laissai mes yeux se poser sur sa poitrine, où les soupçons de muscles que j'avais vus tout au long de l'entraînement étaient pleinement exposés, tous en une ligne ininterrompue de perfection. Puis plus bas, vers la minuscule traînée de poils foncés qui descendait le long de ses abdominaux, vers le bas, de plus en plus bas, vers sa...

— Il faut qu'on te ramène sur les terres de la meute, dit Kaden, et mes yeux revinrent sur son visage. C'est trop dangereux ici. Il pourrait y en avoir d'autres dans le coin.

Je hochai la tête, ou du moins j'essayai. Rien ne semblait vouloir bouger. J'aurais aimé que ma guérison de métamorphe se mette en route, mais j'étais peut-être trop gravement blessée.

Kaden se pencha et me souleva. Ses mains étaient douces, plus douces que je ne les avais encore senties, et j'aurais aimé pouvoir en profiter. Tout devint plus douloureux quand il me bouscula, et je laissai échapper un gémissement.

— Désolé, dit Kaden, et je fronçai les sourcils.

Ça ne lui ressemblait pas du tout.

— Accroche-toi, on y sera dans une minute, poursuivit-il.

Puis il se mit à courir.

CHAPITRE VINGT-ET-UN

LA FORÊT défilait de façon floue, les arbres denses projetant des ombres suffisamment profondes que même si nous avions avancé à un rythme plus lent, j'aurais eu du mal à remarquer le moindre détail. Je n'arrivais pas à reprendre mon souffle, même si je faisais de gros efforts. J'avais pensé que l'agonie s'estomperait au fur et à mesure que nous avancions, mais les douleurs aiguës ne me permettaient pas de prendre une bonne inspiration. Mes poumons mirent quelques inspirations supplémentaires à réaliser qu'ils ne recevaient pas l'oxygène dont ils avaient besoin, et quelques secondes de plus pour enfin déterminer ce qui en était la cause. Mes côtes.

— Je n'arrive pas à respirer, sifflai-je en essayant d'attirer l'attention de Kaden.

Il était décidé à courir, les yeux fixés devant lui. Il ne semblait même pas m'entendre. J'étais abasourdie par sa vitesse. Je pouvais courir aussi vite, mais seulement sous forme de louve, mais c'était peut-être un autre avantage d'être l'alpha. J'essayai d'attirer à nouveau son attention en tapant faiblement du poing contre sa poitrine, et je répétai ce que j'avais dit.

Kaden baissa finalement les yeux vers moi et secoua la tête.

— On n'est pas en sécurité ici. On doit continuer à avancer.

Ah. Nous étions toujours en dehors des terres de notre meute. Je ne savais toujours pas comment ils les délimitaient ni pourquoi nous y serions en sécurité, puisque Kaden n'avait pas encore partagé ce secret. Juste au moment où j'ouvris la bouche pour le lui demander, il ralentit au trot, les narines dilatées alors qu'il sentait quelque chose de différent. Je pouvais aussi sentir la différence, mais ça ne sentait pas la maison pour moi. Pas encore.

— Je vais te poser, dit Kaden, et je me préparai au choc.

Il m'avait serrée si fort pendant la course que je l'avais à peine senti, mais *cela* allait faire aussi mal que lorsqu'il m'avait soulevée. Je serrai les dents et essayai de retenir un gémissement, mais c'était inutile.

Kaden s'accroupit à mes côtés et leva les yeux vers mon visage avec inquiétude. C'était la première fois que je voyais son regard dirigé vers moi, et je fus décontenancée. Lorsqu'il m'avait kidnappée, mon bien-être avait été le cadet de ses soucis, et lorsqu'il me bottait continuellement le cul à l'entraînement, il ne semblait pas se soucier de la façon dont je me retrouvais écorchée. Je luttai pour me redresser, mal à l'aise face au regard qu'il me lançait.

J'avais besoin qu'il soit bourru et insensible comme d'habitude, sinon cela voudrait dire que j'avais vraiment des ennuis.

Kaden posa une main sur mon épaule, exerçant juste assez de pression pour m'empêcher de me lever davantage. La blessure sur mon flanc brûla lorsque je poussai contre lui pendant quelques instants, avant que cela ne devienne trop intense et que je m'effondre à nouveau sur le sol, haletante.

— Reste allongée ou je vais te forcer.

Le ton de commandement alpha dans sa voix me fit comprendre qu'il était sérieux.

Je soupirai, mais je ne pouvais pas faire beaucoup plus que ça. Il commença à tâter mes côtes, et j'en profitai pour l'observer. Je remarquai son nez fier, ses yeux bleus durs et la position obstinée de sa mâchoire. Mon regard descendit le long de son cou jusqu'à l'endroit où le sang commençait à apparaître. Je me demandai à qui il appartenait. Il ne semblait pas blessé, alors cela devait venir des autres loups. Il les avait tous abattus comme si ce n'était rien.

Je pris une profonde inspiration lorsqu'il toucha mes côtes, la douleur chassant ce train de pensées. J'avais perdu le compte du nombre de fois où j'avais été blessée, mais cela ne rendait pas les choses plus faciles. Une fois l'adrénaline retombée, il n'y avait plus rien pour me protéger de la douleur. Endurer les coups était facile, mais les séquelles ne l'avaient jamais été. En plus de cela, la sensation de ne pas pouvoir respirer était sur le point de me faire paniquer et je tentai désespérément de m'accrocher à un semblant de contrôle.

— La charge du Bélier a cassé plusieurs de tes côtes, dit Kaden.

— Sans blague, marmonnai-je, mais la pointe de sarcasme dont j'avais voulu colorer mes mots se perdit dans la douleur.

Kaden me lança un regard noir.

— Tes côtes ont presque percé tes poumons quand tu t'es retransformée. Je dois remettre tes côtes en place avant de pouvoir te déplacer.

J'acquiesçai en basculant ma tête en arrière pour attraper le plus petit soupçon de lumière du soleil qui filtrait à travers les branches au-dessus de moi. Kaden avait eu la gentillesse de me déposer sur un carré de mousse, et il n'y avait aucun bâton épars susceptible de s'enfoncer dans mon dos alors que je faisais de mon mieux pour me détendre en attendant la douleur imminente.

Quand elle arriva, je fermai les yeux, expirant en sifflant.

— Bien, dit Kaden d'une voix basse et apaisante.

Je tendis le bras, ma main saisissant son bras tatoué, et il me laissa m'y accrocher sans poser de questions.

— Regarde-moi, dit Kaden, et je secouai la tête.

Je me mettrais à pleurer si je le regardais, et j'essayais très fort de ne pas pleurer uniquement à cause de la douleur.

— Regarde-moi, répéta-t-il, et je forçai mes paupières à s'ouvrir.

Ses yeux étaient intenses, de la couleur du ciel juste après le coucher du soleil, et je me sentis plonger dedans.

— Je ne sais pas si je peux surmonter ça, sifflai-je finalement, car Kaden semblait attendre que je dise quelque chose.

Kaden avait retiré sa main de mon côté pendant quelques instants, probablement pour que je ne crie pas et n'alerte pas toute la meute du Bélier de notre emplacement.

— Tu peux.

Les mots de Kaden contenaient une confiance aisée que je ne partageais pas.

— Prête ? demanda-t-il.

— Non, gémis-je. Mais tu vas le faire de toute façon, alors finissons-en.

Il continua à faire bouger mes côtes et je fis de mon mieux pour rester immobile. Kaden maintint un faible débit de mots, le plus que je l'avais entendu prononcer à la suite, mais je n'avais aucune idée de ce qu'il disait. Les mots semblaient tous mélangés dans mon cerveau, mais je m'accrochai à cette voix, essayant de ne prêter attention qu'à cela, et non à la forêt qui nous entourait, à ses doigts sur ma peau et à la panique qui grandissait en moi alors que je luttais pour respirer.

Puis la main de Kaden était sur ma mâchoire, la faisant basculer vers le bas. Je n'avais même pas réalisé que j'avais détourné le regard de lui. *Un alpha autoritaire*, pensai-je, mais je ne détournai pas mon menton.

— Ayla, dit-il, mon nom sonnant tout aussi improbable sur sa langue que d'habitude.

Il m'appelait si peu souvent par ce nom, mais aujourd'hui semblait être le jour où il le prononçait le plus.

— Je dois m'occuper de toi maintenant, continua-t-il. On

ne pourra pas retourner à Coronis avant de t'avoir soignée ici, et si je te porte, je ne ferai que déplacer à nouveau tes côtes.

Il marqua une pause comme s'il réfléchissait à ses prochains mots, les mâchant avant de les cracher.

— Ça va être un peu étrange, mais j'ai besoin que tu me fasses confiance.

Je n'hésitai qu'un instant. Il avait été le seul à sauter à mon secours aussi volontiers depuis des années. Pendant l'attaque, il avait essayé de me faire fuir, même si c'était une idée stupide et que cela montrait qu'il n'avait pas les idées claires. Il m'avait montré plus de loyauté pendant les quelques semaines que j'avais passées ici que je n'en avais vu en vingt-deux ans dans la meute du Cancer. S'il voulait me tuer, il aurait pu laisser la meute du Bélier m'avoir. Chaque chose qu'il avait faite pour moi, depuis le moment où j'avais été capturée, me faisait réaliser à quel point je lui faisais confiance.

— Je te fais confiance, dis-je en toute sincérité.

Il hocha la tête et se cala plus confortablement sur ses hanches près de mon côté blessé. Il se pencha et je supposai d'abord que c'était pour regarder la blessure. Son souffle effleura mon flanc et je frissonnai, la chair meurtrie tressaillant à la sensation additionnelle. Kaden ouvrit sa bouche et je sentis ma mâchoire tomber lorsqu'il me *lécha*.

Sa langue était chaude, humide et pas complètement désagréable. Elle partit de la crête de ma hanche et traîna le long de ma chair hypersensible. J'avais envie de le repousser, d'exiger de savoir à quel genre de jeu il jouait. Avant que je ne pusse rassembler les bons mots, ses yeux se levèrent pour rencontrer les miens, et je fermai la bouche.

Il fit glisser de nouveau sa langue sur ma blessure, tout aussi lentement, et ce n'était pas... atroce. En fait, mon esprit repensa au rêve que j'avais fait, lorsque Kaden avait été très ingénieux avec sa langue d'une manière différente. Je restai parfaitement immobile, évitant de croiser le regard de Kaden alors qu'il continuait à lécher mon côté de haut en bas avec sa langue brûlante et presque apaisante.

Alors qu'il continuait, un rougissement commença à colorer mes joues, et j'étais bien contente d'être recouverte de sang, car cela réduirait ses chances de le remarquer s'il levait les yeux. La douleur s'estompa et quelque chose d'autre commença à me tirailler. J'avais l'impression que cela coïncidait avec la langue de Kaden, une *pulsation* basse que je ne voulais pas analyser de trop près. C'était trop proche du désir pour être confortable, et cette fois je n'aurais aucune explication pour l'odeur de mon désir si Kaden la remarquait.

Au fur et à mesure qu'il continuait, je commençai à moins percevoir la douleur et plus la sensation de sa langue aplatie contre ma chair nue, se déplaçant de haut en bas. Je tentai de prendre une inspiration plus profonde, les muscles contractés en prévision de l'inévitable poussée de douleur. Elle ne vint pas.

Je clignai des yeux, essayant de faire le rapprochement entre la langue de Kaden et la diminution de ma douleur. Était-il en train de me *guérir* ? Je devrais le repousser, ou lui dire que j'allais bien maintenant, mais je ne le fis pas. Je ne le lui aurais jamais avoué, mais je ne voulais pas qu'il s'arrête.

Kaden jugea nécessaire de continuer à me lécher pendant quelques minutes de plus et mon cœur s'emballa alors que la douleur s'estompait au point de disparaître. J'aplatis mes paumes sur la mousse en dessous de moi pour m'empêcher de faire quelque chose d'incroyablement stupide, comme le tirer plus près pour voir si sa langue était aussi agréable sur d'autres parties de ma peau, comme je l'avais imaginé dans mon rêve.

Finalement, Kaden se retira, se léchant les lèvres comme s'il avait goûté quelque chose de délicieux. Je l'observai, le souffle pris dans ma gorge alors que j'attendais son prochain geste. Son regard parcourut la peau sur laquelle il avait passé sa langue pendant plusieurs minutes, puis dériva sur le reste de mon corps.

Ses narines se dilatèrent légèrement tandis qu'il contemplait ma chair nue, puis il se racla la gorge et détourna le regard comme s'il venait de réaliser que j'étais à poil. Que nous étions *tous les deux* à poil. La tension sexuelle qui avait disparu dans le feu du combat et la hâte de me ramener sur les terres de la meute d'Ophiuchus revint en force.

— Ça va mieux ? demanda-t-il.

Mais sa voix était rauque. Comme si parler était difficile.

Je passai une main sur ma peau non marquée à titre expérimental. Ma blessure avait complètement disparu, comme si je n'avais jamais été attaquée. Incroyable.

— Je ne savais pas que tu avais des pouvoirs de guérison, dis-je parce que je ne pensais pas que *mieux* serait une façon adéquate de décrire ce que je ressentais en ce moment.

J'espérais désespérément qu'il ne pouvait pas le sentir et qu'il ne ferait pas de remarque à ce sujet comme il l'avait fait l'autre soir.

Kaden me fit un sourire en coin, redevenant l'alpha arrogant que je connaissais.

— Toute la meute d'Ophiuchus a une salive de guérison. C'est le pouvoir de notre meute.

Il montra alors ses dents.

— On a aussi une morsure empoisonnée.

— Je m'en souviendrai, dis-je sèchement. Je croyais que seule la meute de la Vierge pouvait guérir.

— Ils sont encore plus doués que nous, mais comme je suis l'alpha, ma capacité de guérison est plus forte que celle de n'importe qui d'autre dans la meute.

— Vraiment ? demandai-je en essayant de garder un ton neutre.

— À ton avis, qui t'a guérie quand tu es arrivée ici ?

Mes yeux s'écarquillèrent à l'idée qu'il m'ait déshabillée et guérie lorsque j'avais été capturée pour la première fois. Ces vêtements trop grands avaient-ils aussi été les siens ? Cela me conduisit à d'autres pensées liées à ces jours-là, des choses auxquelles j'avais évité de songer. Un de ses loups m'avait mordue et je m'étais évanouie.

— La morsure empoisonnée... c'est comme ça que vous m'avez assommée ?

— Oui, une petite quantité de notre poison fonctionne

bien comme tranquillisant. Stella a fait en sorte de ne pas te mordre trop longtemps pour ne pas te tuer.

— C'est Stella qui m'a empoisonnée ? demandai-je. Et moi qui pensais qu'on était amies.

Kaden se leva, brossant ses cuisses nues avant de tendre une main vers moi.

— Tu peux marcher ?

— Peut-être.

Je pris sa main, souriant presque en me rappelant la première fois que j'avais pris sa main comme ça. Cette fois-ci, il ne tenta pas non plus de me lancer par-dessus son épaule. Il me tira vers le haut et je soufflai lorsque je fus presque catapultée à la verticale... et que j'atterris directement contre sa poitrine.

Je tendis les mains, mes instincts issus de l'entraînement de Kaden se manifestant avant que mon cerveau logique n'intervienne, et touchai sa peau nue. Ses mains étaient sur mes bras, suffisamment serrés pour que je ne puisse pas me libérer facilement, mes mains à plat contre sa poitrine dénudée. Sous mes paumes, son cœur battait aussi vite que le mien.

Il était assez proche pour que je puisse le sentir, cette odeur étrange et musquée qui me rappelait les forêts denses et le clair de lune. *Mon foyer*, pensai-je. Son souffle passa sur mes lèvres et mon cou. Le rougissement refit son apparition et je n'eus pas moyen de le cacher en étant si près, sous son examen minutieux. Il inhala, me sentant, et je me penchai, presque malgré moi. Je ressentais une forte attraction pour lui, un peu comme l'attraction constante du lien d'accouplement avec Jordan. Mais là où la pulsion pour Jordan ressemblait à une main qui écrasait sans cesse mon estomac et le tirait en arrière, celle-ci semblait naturelle, comme si elle était censée être.

Les yeux de Kaden se posèrent sur mes lèvres. Je les léchai compulsivement, et pendant un instant, j'aurais pu jurer sentir la vibration d'un faible grognement traverser l'air entre nous. Puis il me repoussa sans cérémonie.

— Tu aurais dû m'écouter, dit Kaden en se détournant.

Je ressentis quelque chose de suspicieusement similaire à de la déception se lover dans mes tripes. J'avais *voulu* qu'il franchisse la distance, peu importe les retombées que cela pouvait avoir.

— Je t'ai dit de t'enfuir, continua-t-il. Tu aurais pu te faire tuer là-bas. Tu es encore en formation, et ton don d'être touchée par la Lune ne t'aiderait pas ici. Il fait jour en ce moment, au cas où tu n'aurais pas remarqué.

— M'enfuir n'aurait fait que les mener à la meute, grognai-je, incapable de me retenir.

Putain, il était tellement exaspérant. Chaud une minute et froid la suivante, et toujours à me donner des ordres comme s'il était mon alpha, ce qu'il n'était pas.

— Je suis seulement restée pour t'empêcher de te faire tuer.

— Je n'ai pas besoin de ton aide, rétorqua-t-il en se retournant vers moi.

Je croisai mes bras sur ma poitrine.

— Tu as été *très* clair à ce sujet.

Ses yeux se posèrent sur l'endroit que je couvrais et il

passa une main dans ses cheveux avant de laisser échapper une inspiration.

— Viens, on doit rentrer. Je dois faire savoir aux autres que d'autres meutes commencent à fouiner autour de nos frontières, à ta recherche. Ils vont revenir en plus grand nombre, et je veux qu'on s'y prépare.

Il commença à marcher sans attendre de voir si je suivrais. Une pensée me frappa, quelque chose qui me trottait dans la tête. Elle fut secouée à l'idée qu'ils me recherchent. Mon lien avec Jordan avait-il conduit la meute du Bélier droit sur nous ? Était-ce pour cela qu'ils nous avaient trouvés si facilement ?

Je secouai la tête. C'était un problème pour plus tard. De préférence lorsque je porterai des vêtements. Je suivis Kaden en direction de la ville, repensant aux événements dans ma tête, essayant de leur donner un sens. Malheureusement, la seule chose que j'obtins fut plus de questions et trop peu de réponses.

CHAPITRE VINGT-DEUX

JE FUS SURPRISE de voir à quel point tout était normal les jours suivants. Malheureusement, le fait d'avoir failli mourir ne me dispensa pas de mes tâches de nettoyage et Kaden ne semblait pas non plus penser que j'avais besoin de jours de repos. Je me réveillai le lendemain matin avec une note me disant de continuer à nettoyer l'école. Pas de Kaden en vue.

— Très bien, alors, marmonnai-je en voyant la note avant de l'arracher du réfrigérateur.

Cet après-midi-là, je demandai à Stella si elle pouvait passer un peu plus de temps avec moi pour me montrer comment me battre en tant que louve. Je lui expliquai ce qui s'était passé, probablement inutilement, puisque Kaden semblait tout partager avec elle et l'avait probablement informée de ce qui s'était passé, coup par coup. Sauf pour la partie où il avait léché mon corps nu. J'avais le sentiment que c'était quelque chose qu'il ne partagerait avec personne.

— Je suppose que c'est un peu tard pour te dire d'y aller doucement étant donné qu'on a un nouveau problème sur les bras, dit Stella. Je vais devoir faire approuver ça, bien sûr, mais je peux te montrer quelques trucs de base aujourd'hui.

— Bonne chance avec ça, dis-je. Je n'arrive pas à coincer Kaden assez longtemps pour échanger un mot avec lui. Il a même confié mon entraînement au combat à Clayton maintenant. Pour un peu, je dirais qu'il m'évite.

— Il se prépare simplement, dit-elle. Il y a beaucoup de choses à mettre en place maintenant qu'on sait que la meute du Bélier nous traque. Deux métamorphes se sont enfuis, celui qui t'a chargée et celui que tu as blessé. Je suis sûre qu'ils sont en train de révéler notre position générale à la meute du Lion pendant que nous parlons.

Je soupirai. C'était ma faute. Et peut-être que Stella avait raison et que Kaden était trop occupé par des « trucs d'alpha » pour continuer à entraîner quelqu'un qui ne faisait même pas partie de sa meute et qui avait mis tout le monde en danger. Mais je ne pouvais pas ignorer que sa disparition coïncidait comme par hasard avec le fait que nous nous étions presque embrassés et qu'il avait probablement senti le même désir de ma part, mais cette fois dirigé vers lui.

Les jours suivants, j'évitai autant que possible d'y penser. Stella m'apprit à me battre en tant que louve et je passai du temps à m'entraîner à me déplacer entre les parcelles de clair de lune chaque soir. Je voulais m'assurer que je ne me retrouverais plus jamais sans défense ou sans pouvoir. J'évoluais, et une partie primitive de moi était farouchement fière des changements rapides que je vivais. Je ne serais plus jamais à la merci de personne.

En toute objectivité, Clayton était un bien meilleur professeur que Kaden. Il distribuait des éloges et n'était pas à la limite de m'insulter, mais l'entraînement de Kaden me manquait quand même. Ce n'était pas que j'avais quelque chose contre Clayton, bien au contraire. Depuis le barbecue, il avait presque été comme un ami. Mais il n'était pas Kaden, et la proximité physique que notre entraînement nous avait apportée me manquait.

Des changements commencèrent également à se produire en ville. Toutes les entrées et sorties de la ville étaient gardées vingt-quatre heures sur vingt-quatre. Tout le monde semblait être en état d'alerte, les regards tournés vers la forêt, et tous les enfants étaient accompagnés d'adultes partout où ils allaient. J'étais aussi sur mes gardes et je me répétais que lorsque je scrutais la foule, ce n'était pas pour chercher Kaden, mais pour repérer d'éventuelles menaces.

Le numéro de disparition qu'il avait fait était vraiment impressionnant. Si jamais je le retrouvais, je lui demanderais comment il a appris à le faire, juste pour pouvoir utiliser ce tour moi-même. Le seul côté positif était que je ne faisais plus de rêves inappropriés sur Kaden.

C'était maintenant la nuit de la pleine lune, ce pour quoi Stella avait fait beaucoup de battage depuis des jours. Je pouvais sentir le changement dans l'air et je ressentais le même frisson d'excitation qui emplissait la voix de Stella chaque fois qu'elle en parlait. J'allais vivre ma première pleine lune après avoir libéré ma louve et je ne savais pas trop à quoi m'attendre. Reverrais-je enfin Kaden ce soir ?

Je descendis au coucher du soleil et trouvai Stella qui m'attendait déjà. Elle portait une petite robe rouge sexy qui mettait en valeur ses longues jambes et ses yeux étaient particulièrement brillants. Elle m'avait dit de porter aussi quelque chose de mignon et j'avais opté pour une robe d'été légère et aérée qui frôlait ma peau quand je marchais.

— Tu es prête pour la fête de la pleine lune ? demanda-t-elle. Je dois te prévenir, ça peut devenir assez agité.

Je baissai les yeux sur ma robe, me demandant si j'étais pas assez habillée... ou trop habillée.

— Comment ça ?

— Les émotions sont fortes pendant la pleine lune et il y a toujours beaucoup de bagarres dans ces soirées... et beaucoup de sexe.

Je lui fis un sourire.

— C'est pour ça que tu t'es mise sur ton trente-et-un ? Tu espères être chanceuse ?

Elle sourit en retour et me fit un clin d'œil.

— Hé, ce n'est pas parce que je n'ai pas encore trouvé mon partenaire que je ne peux pas m'amuser un peu, pas vrai ?

— Je devrais m'inquiéter ? Est-ce que c'est une sorte d'orgie générale dans toute la forêt ?

— Non, pas vraiment, dit-elle en riant. Pas cette fois, en tout cas. Nos femelles entrent en chaleur neuf mois avant que le signe d'Ophiuchus ne soit en force, donc vers la mi-mars. Là, c'est comme une grande orgie, mais ce n'est pas la bonne période de l'année, Dieu merci.

— La meute du Cancer avait l'habitude d'organiser des événements à la pleine lune. Mais je n'étais jamais invitée. Je ne suis pas sûre d'être la bienvenue ce soir non plus.

Comme je ne faisais toujours pas partie de la meute, je ne savais même pas si j'avais le droit d'y assister. Je fronçai les sourcils en prenant une bouteille d'eau dans le réfrigérateur et en la vidant. J'avais tellement envie de faire mes preuves auprès de la meute, mais ce serait probablement l'une des choses que Kaden ne permettrait pas.

— Évidemment que tu es la bienvenue, dit Stella. Pas vrai, Kaden ?

Si j'avais eu encore de l'eau dans la bouche, je l'aurais probablement recrachée. Je n'avais même pas entendu Kaden entrer, mais lorsque je me tournai vers la porte de derrière, Kaden s'y profilait. Mon cœur s'emballa tandis que je le regardais. Il avait l'air incroyablement délectable pour une raison sur laquelle je n'arrivais pas à mettre le doigt, et j'eus envie de lécher sa mâchoire, pour voir s'il avait aussi bon goût. J'inspirai et détournai rapidement le regard avant d'avoir d'autres pensées de ce genre.

— D'accord, dit Kaden. Tant que tu te comportes bien.

Il retourna dehors et je me demandai pourquoi il était venu à la cuisine en premier lieu. Peut-être qu'il essayait de m'éviter.

Je souris à Stella, chassant ces pensées. Peu importe ce qui lui arrivait, au moins j'aurais l'occasion de passer plus de temps avec la meute.

— On dirait que je vais pouvoir y aller.

Stella tapa dans ses mains, sautant sur ses talons.

— J'ai hâte d'y être. Je parie qu'on peut aussi te trouver quelqu'un avec qui te brancher.

Je ris et secouai la tête à cela, sachant que cela n'arrivera pas. Même si je le voulais, ce qui n'était pas vraiment le cas – mon cerveau était déjà assez embrouillé par les pensées de Kaden et Jordan – je doutais que quelqu'un veuille sortir avec la louve paria encore accouplée à quelqu'un de la meute du Lion.

Nous nous dirigeâmes vers la forêt à la tombée de la nuit. Bien que Kaden ait approuvé ma présence, je ressentais un pincement au cœur. Serais-je vraiment acceptée ? J'aurais aimé être un membre de la meute, mais je n'arrêtais pas d'entendre des choses comme *attends qu'on sache que tu es digne de confiance*. Le malaise mélangé à l'impatience mijotait désagréablement dans mes tripes.

Kaden surgit des arbres, presque comme un fantôme, et je me retrouvai à avoir le regard rivé sur lui pendant que nous marchions. Il n'avait pas de chemise sur lui – comme c'était surprenant – et mes yeux gravitèrent immédiatement vers les muscles qui bougeaient sous sa peau pendant qu'il marchait. Peu importe le nombre de fois où je détournais mon regard, je le retrouvais, quelques secondes plus tard. J'avais envie de le plaquer, de presser mon corps contre lui, de le dévorer. *Putain, qu'est-ce qui ne tourne pas rond chez moi ?* pensai-je. D'habitude, j'arrivais mieux à contenir ces pensées inappropriées.

Cela empira lorsque Kaden commença à me regarder,

un froncement de sourcils sur le visage, comme s'il essayait de comprendre quelque chose. C'était quoi son problème ? Et pourquoi était-il aussi sexy, putain ? J'avais envie de lécher chaque centimètre de son corps comme une glace.

Stella marchait entre nous, totalement inconsciente de la tension sexuelle si épaisse que j'aurais pu en croquer une bouchée. J'étais inconfortablement consciente du corps de Kaden lorsqu'il se déplaçait. Chaque respiration, chaque bruissement de tissu, chaque doux pas contre le sol. Au moment où nous rejoignîmes le reste de la meute dans la clairière, j'étais à la limite de l'excitation inconfortable, et même respirer était une torture. J'essayais désespérément de me maîtriser et je dépensais tellement d'énergie à le faire que je ne remarquai pas que plusieurs des métamorphes mâles que nous croisions me fixaient. Au début, je me dis que c'était parce que j'agissais bizarrement, mais non. Il y avait quand même une faim dans leurs regards.

Jack fit quelques pas vers moi avec un de ses charmants sourires, sauf qu'il y avait une lueur coquine dans son œil qui me disait exactement ce qu'il voulait.

— Ayla. Tu es absolument ravissante ce soir. Tu veux te joindre à moi pour la soirée ?

Avant que je puisse répondre, Kaden s'interposa entre nous, son grognement résonnant dans l'air.

— Ne t'approche pas d'elle, dit-il.

Alors que je fixais l'alpha en état de choc, Jack recula immédiatement, baissant la tête et s'éloignant. S'il avait été sous forme de loup, j'étais sûre que sa queue serait entre ses jambes.

— Ça t'arrive d'être poli ? demandai-je à Kaden. Peut-être que je voulais aller avec lui ? Tu n'y as jamais pensé ?

Il tourna des yeux meurtriers vers moi.

— Ça n'arrivera pas.

— Qu'est-ce qui se passe ? demanda Stella, de l'inquiétude écrite sur tout son visage.

— Garde tout le monde ici, lui dit Kaden.

Au même moment, Kaden me souleva et me hissa sur son épaule, tandis que je laissais échapper un cri.

— Lâche-moi ! dis-je en frappant contre son dos alors qu'il me portait loin du groupe, en direction de la maison. Putain, qu'est-ce que tu crois faire ?

Il ne répondit pas et continua simplement à se frayer un chemin à travers les feuilles et les branches tout en me portant comme si j'étais une vilaine gamine. J'essayai de me libérer, mais j'abandonnai, car ses doigts se resserraient à chaque fois jusqu'à ce que ce soit presque douloureux. Il était trop fort.

Kaden s'arrêta une fois que nous fûmes loin de la meute et me jeta sur l'herbe.

— Qu'est-ce qui se passe avec toi ? Tous les mâles non accouplés te font les yeux doux ce soir.

— Je n'en ai aucune idée, dis-je en levant les yeux au ciel. J'aimerais bien le savoir.

Le froncement de sourcils de Kaden s'accentua, puis il se pencha plus près, inspirant. Je reculai d'un coup sec, mais les yeux de Kaden flamboyaient avec quelque chose qui ressemblait presque à de la panique.

— Putain, grogna-t-il, et je pensai que *oui, j'aimerais*

qu'il me baise, avant de réaliser que son timbre de voix était plus pressant que romantique. On doit te faire sortir d'ici tout de suite.

— Qu'est-ce qui se passe ? demandai-je, mais Kaden m'ignora, se retournant comme s'il cherchait quelqu'un.

— Clayton, aboya-t-il, et le bêta de la meute s'approcha. Tu vas diriger la chasse ce soir.

Kaden n'attendit même pas un signe de reconnaissance avant de me soulever à nouveau.

— Qu'est-ce que tu fais ? demandai-je en essayant de repousser le désir intense que je ressentais à son contact. Je n'irai nulle part avec toi tant que je n'aurai pas obtenu de réponses.

Je parvins à me tortiller suffisamment pour me libérer, mais grâce à l'entraînement de Kaden, j'atterris avec grâce et réussis à détaler. Kaden s'élança vers moi et je l'esquivai, malgré une partie de moi qui voulait le laisser me capturer. C'était incroyablement difficile de penser, avec *je te veux, je te veux, je te veux* martelant dans mon cerveau comme un deuxième battement de cœur. Il m'attrapa finalement par le bras et me traîna sur les quelques mètres restants jusqu'à la maison. Il ne dit pas un mot jusqu'à ce que nous soyons à l'intérieur, puis il claqua la porte avant de la verrouiller.

— Tu vas être en chaleur, dit-il.

Un choc s'abattit sur moi comme un seau d'eau fraîche, étouffant temporairement le désir que je ressentais.

— Comment c'est possible ?

— Tu es accouplée maintenant, donc tu es fertile. Et tu

es sans meute, donc tu vas être en chaleur à chaque pleine lune. Tous les mâles non accouplés vont vouloir te baiser.

Il pinça l'arête de son nez entre ses doigts.

— Je t'ai ramenée ici pour ta propre protection, ajouta-t-il.

Je croisai les bras, couvrant mes tétons, qui étaient devenus si durs et sensibles que même le léger frôlement de ma robe contre eux me rendait folle.

— C'est dément. Tu as l'intention de me surveiller toute la nuit ?

— Je ne sais pas, dit Kaden d'une voix aussi frustrée qu'il en avait l'air. Je sais juste que je devais te sortir de là avant que quelqu'un ne t'arrache tes vêtements.

Il se détourna et laissa échapper une longue série de jurons imagés. Si j'avais été dans un meilleur état d'esprit, je lui aurais répondu par une boutade, mais en l'état actuel des choses, tout ce que je ressentais était le désir qui montait. Il se retourna vers moi, le visage de nouveau sous contrôle.

— Assieds-toi. Je vais te chercher de l'eau.

J'obtempérai, m'asseyant sur l'un des canapés du salon. Tout mon corps me donnait l'impression de surchauffer et je fermai les yeux, essayant de supprimer mes réactions. C'était comme si je ne contrôlais rien du tout.

— Tu sais, dis-je, les yeux toujours fermés, je n'aime vraiment pas ça.

— On est deux alors, dit sèchement Kaden.

Je sursautai face au son de sa voix. Il s'était à nouveau déplacé en silence, ou peut-être étais-je tellement dans les vapes que je ne l'avais pas entendu approcher. Il se pencha sur moi, un verre d'eau à la main, et mon corps brûlait d'envie qu'il soit à moi. Après qu'il m'ait tendu l'eau, ce qu'il vit dans mon regard le fit reculer rapidement. Il prit un siège en face de la table basse, prudemment hors de portée. L'endroit parfait pour que mes yeux s'imprègnent de lui, et je me surpris à me lécher les lèvres et à me tortiller sur mon siège. Il but dans son propre verre d'eau et je regardai sa gorge bouger. Puis j'observai ses avant-bras alors qu'il posait l'eau sur la table. Putain, je n'avais aucune idée que des avant-bras pouvaient être aussi sexy. Chaque centimètre de lui me rendait folle. Il pourrait au moins me faire une faveur et mettre une foutue chemise.

— Tu devrais aussi t'éloigner de moi, dis-je d'une voix basse et essoufflée. Tu es aussi un mâle non accouplé.

— Je ne peux pas faire ça.

— Pourquoi pas ?

— Si je pars, tu seras sans protection pendant tes chaleurs. Quelqu'un doit te garder en sécurité.

— Mais si tu restes...

Je laissai les mots en suspens.

Il secoua la tête.

— Contrairement aux autres, je peux me contrôler.

C'est bien dommage. Je bus une gorgée d'eau et fixai l'extérieur, espérant que la vue de la lune et des étoiles m'apporterait un peu de réconfort.

— Bon, et maintenant ? On reste assis là ?

— Oh, non, dit Kaden en se penchant en avant. Maintenant, ça devient bien pire.

CHAPITRE VINGT-TROIS

LA LUNE SE LEVA, et avec elle, mes chaleurs devinrent presque insupportables. J'essayai de rester assise, ma fierté me maintenant en place quelques minutes de plus, mais lorsque la lune fut au-dessus des arbres, j'étais pratiquement haletante. Je n'avais jamais rien vécu de tel auparavant. Je me sentais hors de contrôle, une chose sauvage qui ne pouvait pas être contenue dans ma propre peau. J'étais presque sûre que je mourrais si quelqu'un ne me touchait pas pour faire disparaître ce besoin de mon corps. J'étais tellement excitée que j'avais l'impression que j'allais exploser.

Je posai le verre d'eau et serrai mes mains en poings, essayant de les garder sur mes genoux pour ne pas tenter d'enlever mes vêtements. La pulsion était insupportable. La chaleur entre mes jambes était intense et pesante, et j'évitai soigneusement de me frotter à quoi que ce soit. Que pense-rait Kaden si je me déshabillais et me frottais le long de son canapé pour essayer de me débarrasser de cet *affreux* besoin ? Je ne pourrais plus jamais le regarder en face.

Mais ce qui était encore pire, c'était l'envie de franchir la distance qui nous séparait. Elle grandit encore et encore jusqu'à ce que je doive me lever, ou j'aurais l'impression de mourir sur place.

— Je deviens folle, dis-je en arpentant la pièce de long en large pour essayer de faire sortir l'énergie.

Cela ne servit pas à grand-chose.

— Tu ne peux pas rejoindre ton partenaire, dit Kaden en fronçant les sourcils. Ça doit être pour ça.

Je jetai mes mains en l'air en faisant les cent pas derrière le canapé, essayant de m'éloigner de lui avant de prendre une très mauvaise décision.

— Je ne veux même pas de mon partenaire !

Les yeux de Kaden se plissèrent vers moi.

— Tu dis ça, mais ton corps dit le contraire. Je peux le sentir.

Une colère jaillit en réponse au désir suscité par ses mots. C'était exactement comme l'autre nuit avec mon rêve. Je ne voulais *rien* avoir à faire avec Jordan. Comment pouvais-je faire rentrer ça dans son crâne épais ?

— Ce n'est pas lui que je veux, c'est...

Dès que les mots furent prononcés, je plaquai une main sur ma bouche. Les yeux de Kaden s'agrandirent face à mon aveu. Merde, je n'avais pas voulu dire ça à voix haute. Je me détournai, regrettant d'avoir admis à quel point je le désirais, me sentant hyper vulnérable et encore tellement excitée que je pensais que je pourrais mourir.

— Ayla...

Le son de mon nom sur ses lèvres était si sensuel qu'il me fit trembler de besoin. Je me retournai pour voir ses doigts s'enrouler autour des bords du fauteuil, les narines grandes ouvertes comme s'il flairait à nouveau mon odeur. Il laissa échapper un souffle tremblant et ferma les yeux, ses jointures devenant blanches alors qu'il s'agrippait au fauteuil.

— On ne peut pas.

Je pouvais entendre la pointe de luxure dans sa voix, et c'est ce qui me fit vraiment basculer.

— Pourquoi pas ?

Sa mâchoire bougea alors qu'il déglutit.

— Tu devrais aller dans ta chambre. Regarde la télé. Lis un livre. Essaie de te distraire.

— On sait tous les deux que ça ne servira à rien.

Il n'y aurait aucun moyen que je puisse surmonter ça toute seule. Je serrai les dents, essayant une dernière fois de prendre le contrôle de mon corps perfide, mais cela ne servit à rien. J'avais besoin de me libérer. J'avais besoin de *lui*.

Je franchis l'espace entre nous comme si j'étais aspirée par lui. Cette attraction n'était pas la même que le lien d'accouplement avec Jordan, mais elle était tout aussi forte. Je me laissai tomber à genoux à côté de sa chaise, prête à supplier, à me rabaisser, quoi qu'il en coûte. Si j'avais été plus saine d'esprit, j'aurais eu trop de fierté pour faire une chose pareille, mais le besoin dans mon corps était si fort que je m'en fichais.

— Ayla, dit-il, un avertissement dans la voix.

Un avertissement que je choisis d'ignorer.

— S'il te plaît, chuchotai-je. S'il te plaît, aide-moi.

Je vis sa détermination se briser, comme un plafond de verre qui tombe. Le contrôle minutieux qu'il avait sur son corps se dissipa, et il lâcha sa prise meurtrière sur le fauteuil et me tira sur ses genoux. Son contact alluma le feu en moi et je fis un mouvement pour l'embrasser, mais il m'arrêta d'une main sur mes lèvres.

— Je peux t'offrir un certain soulagement avec mes doigts, dit-il. Mais rien de plus.

— Merci, dis-je en gémissant.

N'importe quoi pour faire disparaître cette horrible chaleur de mon corps et l'impression que je me désagrégeais littéralement de luxure.

Il me déplaça sur le fauteuil pour avoir un meilleur accès, puis il releva ma robe jusqu'à mes cuisses d'un coup sec. Des sons graves et bestiaux s'échappèrent de ma gorge lorsque ses doigts puissants saisirent mes genoux et écartèrent mes jambes. Je tendis la main vers ma culotte, essayant de l'enlever rapidement, mais les mains de Kaden la repoussèrent.

— Tu es trempée, murmura-t-il, et cela ne fit que me faire gémir encore plus.

Ses jointures effleurèrent la chaleur battante de mon corps et j'aspirai un souffle frissonnant.

— S'il te plaît, dis-je. Continue.

Sa mâchoire se serra et il appuya une main sur mon bassin, me maintenant immobile.

— Laisse-moi enlever ça, dit-il en tirant sur ma culotte trempée.

Je hochai la tête, essayant de penser à autre chose qu'au besoin pressant et à la façon dont ce simple effleurement de ses jointures sur mon sexe m'avait semblé tellement plus. Je levai légèrement mes hanches pour le laisser faire glisser ma culotte et fermai les yeux face à la sensation de l'air contre ma peau nue. Je gémis de frustration, car c'était tout juste à la limite du pas assez. Je tendis le bras vers Kaden, posant ma main sur sa poitrine. J'avais besoin qu'il me touche, tout de suite.

Il s'empara de mes mains et les poussa vers le bas, le long de mes côtés.

— Ne me touche pas. C'est moi qui te touche, pas l'inverse.

Ses yeux étaient froids, détachés, comme s'il me parlait du temps qu'il fait et qu'il n'essayait pas de m'aider à prendre mon pied. J'acquiesçai et frémis sous lui, si glissante que j'avais l'impression de dégouliner sur le fauteuil en dessous de nous. Même à travers la brume du désir, je marquai une pause lorsque ses mots furent enregistrés.

— Tu n'en as pas envie ?

— J'en ai trop envie. Être près de toi en ce moment est difficile. Tout ce que je *veux,* dit-il alors que ses doigts se resserraient autour de mes poignets, c'est arracher tes vêtements et te baiser sans retenue.

Les mots déclenchèrent un autre éclair de désir en moi et je gémis comme s'il venait de lécher mon corps. *J'avais* aussi envie de ça, et c'était un tel soulagement de savoir que mon désir n'était pas unilatéral. Je craignis pendant une seconde qu'il ne fasse cela que par sens du devoir ou par pitié.

— Alors, touche-moi, dis-je.

Il relâcha mes poignets avec un grognement et fit glisser une main jusqu'à la douleur lancinante entre mes cuisses. Puis il passa légèrement ses doigts sur ma fente, un doigt plongeant à l'intérieur juste assez pour que mon souffle s'aiguise. Je frissonnai, mon corps palpitant de besoin de bouger, de poursuivre ce contact, de le rendre plus concret.

— Putain, arrête de me provoquer, lançai-je.

Kaden poussa un grondement sourd qui était presque un rire et je levai les yeux pour le dévisager, mais juste à ce moment-là, il passa son pouce le long de mon clito dans un glissement délicieux et torturant. Il enchaîna avec un autre coup, puis glissa deux de ses doigts à l'intérieur de moi, tout en gardant son pouce sur mon clito. Je fermai les yeux si fort que de petits points de lumière dansèrent au bord de ma vision, tandis qu'il faisait entrer et sortir ses doigts en moi, me donnant exactement ce dont j'avais besoin depuis tout ce temps. Son autre main trouva ma poitrine, touchant mes tétons durs comme la pierre, et je ne pouvais plus me retenir. Je m'écrasai sur sa main, chassant cette sensation, en voulant encore plus.

— Comment tu fais pour être aussi doué ? haletai-je.

— Je suis non accouplé, pas chaste.

Kaden augmenta le tempo, faisant le tour de mon clito avec son pouce et crochetant ses doigts à l'intérieur de moi, les faisant entrer et sortir comme si c'était sa bite à la place.

Il était presque brutal, trop rapide et trop habile pour m'amener à un orgasme doux. Non, celui-ci allait me déchirer avec quelque chose que je n'avais jamais connu auparavant. Je n'avais sans aucun doute jamais été capable de m'apporter autant de plaisir avec mes propres doigts.

Je frissonnai autour de lui, mes mains se serrant en poings, mes ongles s'enfonçant dans ma peau avec l'effort de ne pas le toucher. Puis le besoin qui battait dans tout mon corps sembla se concentrer dans ma chatte, fixé en un seul point de désir, avant d'exploser dans le reste de mon corps. Mes yeux roulèrent en arrière avec l'intensité de mon orgasme et je laissai échapper un faible gémissement. Les doigts de Kaden continuèrent leur rythme, me faisant traverser l'orgasme tandis que je me tortillais contre lui. Finalement, il me relâcha, ses doigts quittant mon corps, et je m'appuyai contre sa poitrine, essoufflée et tremblante.

Il posa à nouveau ses mains sur les accoudoirs du fauteuil, les serrant comme si c'était tout ce qu'il pouvait faire pour ne pas me toucher davantage. J'ouvris la bouche pour remercier Kaden, quand la vague suivante de désir se déversa sur moi, aussi subtile qu'un train. Mon dos se cambra, mes tétons se tendant contre le tissu de ma robe, et je gémis.

— Ça n'a pas marché, dis-je d'une voix désespérée alors que j'essayais de maîtriser la vague de besoin.

J'agrippai les épaules de Kaden, et lorsque je croisai son regard, j'y découvris un puits de luxure qui attendait, profond et indompté. Il pouvait probablement sentir à quel point j'étais frustrée. Il venait de me faire jouir, mais cela avait semblé aggraver les choses, pas les améliorer.

— J'ai l'impression que je vais exploser. Kaden, s'il te plaît...

— Merde, dit-il, le front plissé par la frustration. Tu as besoin de sexe. Rien d'autre ne fera l'affaire.

— Cache ton enthousiaste, tu pourrais gâcher l'ambiance, haletai-je, essayant désespérément de retenir le semblant de santé mentale que j'avais avec du sarcasme.

Cela ne fonctionna pas et je me retrouvai à frotter ma chatte humide contre les genoux de Kaden, où je sentais sa longueur dure sous son pantalon. Il me voulait aussi, alors pourquoi ne baisions-nous pas ?

Il saisit mes hanches pour m'immobiliser, mais cela ne fit que m'exciter encore plus.

— Tu réalises ce que tu demandes ?

— Oui !

Évidemment que je le réalisais. Je le suppliais depuis ce qui semblait être des heures maintenant.

— Si tu ne m'aides pas, je vais devoir trouver quelqu'un d'autre qui pourra le faire.

— Hors de question.

Ses mains enveloppèrent mes seins à travers ma fine robe et les pressèrent, et cela suffit à me faire gémir et à me faire arrêter de me tortiller contre lui.

— Le seul homme qui te touchera ce soir, c'est moi.

— Alors fais-le, dis-je, mais je m'interrompis lorsqu'un petit peu de bon sens revint dans mon cerveau pendant une fraction de seconde. Attends. Est-ce que je vais tomber enceinte ?

Il secoua la tête.

— Je ne pense pas. Je ne suis pas ton partenaire.

Mon esprit devait vraiment être ailleurs parce que je crus entendre de l'amertume dans sa voix. Mais je n'en étais pas sûre, car j'étais trop accrochée à l'idée d'avoir les louveteaux de Kaden. *C'est dommage qu'il ne me mette pas enceinte*, pensai-je, puis je secouai violemment la tête, chassant cette pensée folle.

— Alors quel est le problème ? demandai-je.

Il pinça mes seins presque douloureusement, envoyant un éclair de plaisir droit à travers moi.

— Le problème est que ça ne pourra jamais être plus qu'une nuit. Tu comprends ?

— Je comprends.

Je me penchai plus près de lui, respirant son odeur musquée, tandis que mes instincts bestiaux luttaient pour le contrôle. J'avais eu envie de lui dans mon rêve, et j'avais encore plus envie de lui maintenant. Même si ce n'était que pour une nuit, je le prendrais.

— Kaden, s'il te plaît, baise-moi.

Les mots semblèrent briser un mur en lui, comme s'il s'était retenu auparavant. Kaden montra ses dents, la brûlure du désir étant claire dans ses yeux. Je vis le loup alpha en lui dans ce regard, le mâle dangereux qui m'avait kidnappée et menacée de me tuer si je faisais du mal à quelqu'un qu'il aimait. Il empoigna ma robe et la fit passer par-dessus ma tête d'un coup sec. Je ne portais pas de soutien-gorge en dessous et j'étais désormais complètement exposée à ses yeux affamés et voraces. Il me serra contre lui et pressa son nez contre mon cou, me respirant, mais sans m'embrasser. Sans jamais m'embrasser.

— Comme tu veux, petite louve.

CHAPITRE VINGT-QUATRE

KADEN ME JETA sur le canapé sans cérémonie et me regarda comme un roi contemplant son domaine. Ses yeux tracèrent chaque ligne de mon corps nu. Mes jambes. Mes seins. Mes cicatrices. Tout était exposé pour lui, et bien que je fus tentée de me couvrir, je ne le fis pas. Peut-être que mes chaleurs démentielles me rendaient plus courageuse, ou peut-être que je me sentais plus à l'aise avec Kaden qu'avec n'importe qui d'autre dans ma vie, mais pour une fois, je voulais qu'il me voie. Tout de moi.

— Putain, tu es belle, dit-il, et son éloge transperça la brume de luxure et fit chavirer mon estomac.

Aucun homme ne m'avait jamais dit une telle chose auparavant.

Il baissa la main vers son jean, le dézippant. Je pouvais y voir la bosse, et je dus retenir mes mains avant de me redresser et de proposer de le faire moi-même. Je doutais que mon aide soit la bienvenue. Il n'avait pas voulu que je le touche avant, et ce n'était pas parce que nous allions faire l'amour que cela avait changé quoi que ce soit. Il faisait cela uniquement parce qu'il y était obligé, parce que nous n'avions plus d'options.

Il enleva son jean, se retrouvant complètement nu. Je l'avais déjà vu dans différents degrés de nudité depuis que je le connaissais, mais là, c'était différent. Savoir pourquoi il était nu avait maintenant un poids différent. Toutes les autres fois, j'avais essayé, et échoué, d'éviter de fixer son magnifique corps, mais cette fois, je laissai mon regard parcourir ses abdominaux, jusqu'au galbe de ses hanches, puis plus bas. Cette fois, je pouvais vraiment le regarder attentivement et longuement.

Sa queue était une véritable œuvre d'art, parfaitement proportionnée à sa grande taille, dure comme le roc et pointant vers moi. Je déglutis de manière audible à cette vue. Je voulais m'enfoncer dessus jusqu'à ce qu'il soit si profond en moi que je me sentirais assez pleine pour assouvir ce besoin irrépressible. Je voulais faire glisser ma langue le long de la veine sur le dessous, juste pour voir si je pouvais lui faire perdre un peu de son contrôle. J'étais presque submergée par les possibilités, et l'ironie, c'est que je n'avais aucune idée de la façon de les réaliser. Mon corps semblait avoir ses propres idées, mais j'étais quand même un peu nerveuse en raison de mon manque d'expérience. Aucune quantité de désir ne pouvait passer outre le fait que je n'avais jamais fait l'amour auparavant.

Kaden s'approcha de moi comme le prédateur qu'il était, et je pris une profonde inspiration. Il se mit à genoux devant l'endroit où j'étais allongée, présentée comme une offrande, et prit sa queue dans sa main. Ses yeux parcoururent mes jambes largement écartées et je vis ses narines s'enflammer lorsqu'il regarda mon sexe. Une étincelle de quelque chose traversa son regard, et sa poigne se resserra autour de sa bite.

— Si on avait plus de temps, je te ferais jouir avec ma bouche, dit-il. Mais je ne pense pas que ce soit ce dont tu as besoin en ce moment.

Je laissai échapper un petit gémissement et arquai mes hanches vers le haut. Honnêtement, c'était très tentant, mais il avait raison. J'avais besoin de lui en moi. Rien d'autre ne ferait l'affaire.

Quand il releva la tête pour me regarder, ses yeux étaient sombres, plus sombres que je ne les avais jamais vus, juste un mince cercle bleu autour de pupilles énormes. Il en avait envie autant que moi. Savoir cela m'inonda de désir et je le tirai presque sur moi. Mais il fronça légèrement les sourcils en regardant mon visage et il dut voir quelque chose de caché sous le désir pur et primaire, parce qu'il dit :

— Tu n'as jamais fait ça avant, n'est-ce pas ?

Je secouai la tête, mais ne parvins pas à trouver de mots, me sentant frustrée au-delà de toute mesure. Mon corps me criait de le tirer plus près, de tendre la main et d'être celle qui mettrait sa bite à l'intérieur, mais mon esprit était bloqué sur la mécanique de la chose. Une appréhension se tordait dans mes tripes, mais elle était dominée par le besoin d'avoir Kaden martelant les chaleurs hors de mon corps avec sa bite.

— Non, c'est ma première fois, réussis-je à dire.

Il grimaça et il eut l'air de se forcer à se retenir.

— Tu te rends compte que dès que je serai en toi, je ne pourrai pas me retenir, n'est-ce pas ? J'essaierai d'être doux, mais la frénésie de tes chaleurs complique les choses.

Je n'avais pas réalisé que mes chaleurs l'affectaient aussi beaucoup, mais je le voyais maintenant dans les plis autour de ses yeux, la tension de ses épaules et la crispation de sa bouche. Il faisait tout ce qui était en son pouvoir pour ne pas me baiser sans retenue. La pensée qu'il me désirait tant m'excita encore plus, et je gémis en cambrant mes hanches. Il ne me ferait pas de mal, j'en étais sûre.

— S'il te plaît, dépêche-toi.

Kaden fit glisser ses mains le long de ma taille et expira comme s'il avait retenu sa respiration pendant longtemps. Il me regarda dans les yeux alors qu'il écarta les lèvres intimes de ma chatte avec sa queue, glissant le long de mon entrée plusieurs fois avant de s'enfoncer réellement dans la chaleur humide de mon corps. C'était atrocement lent, et je sentais qu'il se retenait par la façon dont ses muscles tremblaient et la pression serrée de ses mains contre mes hanches, presque douloureuse. Je ne quittai pas son visage des yeux, observant sa réaction alors qu'il entrait en moi, bien que je sois déchirée. Je voulais regarder en bas pour voir sa chair disparaître dans la mienne, mais son visage semblait plus important pour le moment. Il vibrait pratiquement quand il atteignit le fond. Je me décalai légèrement, essayant de m'installer autour de lui.

— Ça va ?

Sa voix était si rauque que cela ressemblait à peine à des mots.

— Oui. Ne t'arrête pas.

Je me décalai à nouveau et ses mains se serrèrent autour de mes hanches. Ce n'était pas aussi douloureux que ce à quoi je m'attendais, je me sentais juste incroyablement pleine.

Kaden grogna, se retira, puis se remit à pousser. Je laissai échapper un bruit, incapable de m'en empêcher, mes mains volant vers ses bras. Je voulais quelque chose à quoi m'accrocher. Il se remit à pousser, lentement, sûrement, et je sentis ce léger tremblement qui le parcourait, même lorsque sa queue frôla un point de pur plaisir, s'y traînant à la fois en montant et en descendant. Ce qui restait de l'inconfort se dissipa et mes hanches essayèrent de se soulever pour l'encourager à bouger. J'avais besoin de tellement *plus* pour rassasier la bête vorace qui était en moi.

— Vas-y, haletai-je alors qu'il se retirait presque complètement de moi. Baise-moi comme si tu en avais envie. Tu ne me feras pas de mal. Tu ne pourrais pas.

— C'est ce que tu veux ?

Ses yeux rencontrèrent les miens, son propre besoin couvant à l'intérieur d'eux. Puis il me martela avec force, jusqu'au fond.

— Oui ! haletai-je en soulevant mes hanches contre ses mains, mais il me repoussa vers le bas, me maintenant en place.

Cela faisait aussi du bien.

Kaden toucha le fond, et lorsqu'il se retira à nouveau, il

replongea sa queue plus rapidement à l'intérieur de moi. Il accéléra le rythme et imposa une cadence punitive, sans jamais laisser mes hanches se lever pour le suivre. Il avait le contrôle total de la situation, et j'*adorais* ça.

La chair claquait contre la chair chaque fois qu'il poussait en moi, alors que nos instincts animaux prenaient le dessus et nous menaient à la frénésie. Cela augmenta avec chaque poussée jusqu'à ce que je sois en train de surfer dessus, souhaitant que cela ne finisse jamais. Kaden était concentré sur le fait de me baiser, respirant fort alors qu'il plongeait sa bite en moi encore et encore, me rapprochant du plaisir.

— Putain, c'est tellement bon, dit-il. Comme si tu étais faite pour prendre ma queue.

— Plus, dis-je en haletant. Je suis proche.

Je savais qu'il était proche de jouir lui aussi, à la façon dont sa respiration était saccadée. Je dus planter mes pieds pour garder ma position, et finalement, il me laissa lancer mes hanches vers lui, ses mains glissant vers le bas pour attraper mon cul. Il me souleva pour caresser de nouvelles parties de moi avec sa queue, et mon plaisir atteignit de nouveaux sommets.

Il laissa échapper un gémissement, le premier que j'avais entendu de sa part, et c'est ce qui me fit basculer. Mes jambes s'enroulèrent autour de lui, l'attirant aussi profondément qu'il le pouvait, et je m'écrasai sur sa queue, surfant sur les vagues de plaisir. À travers le flou de tout cela, je pus sentir sa longueur palpiter avec son propre orgasme, poussant aussi profondément qu'il le pouvait. Sa libération était chaude à l'intérieur de moi, une autre sensation supplémentaire qui prolongea mon propre orgasme.

Je me sentis comme de la gelée lorsque je descendis de mon extase, et je me laissai retomber contre le canapé. Kaden me laissa passer entre ses doigts, sa bite glissant hors de moi. Je grimaçai, la sensation étant nouvelle et fraîche, mais néanmoins agréable. Je haletais fort comme si je venais de courir un kilomètre. Je dus rester allongée pendant quelques instants avant de pouvoir aligner suffisamment de mots pour faire une phrase.

— Merci

C'est tout ce que je pus dire d'une voix rauque comme si j'avais crié. Je l'avais probablement fait, à la fin. Je pouvais à peine m'en souvenir. Je voulais dire que *c'était incroyable*, mais je savais que ce ne serait pas bien reçu. Lorsque je jetai un coup d'œil à Kaden, qui se tenait toujours au-dessus de moi, ses yeux étaient sans émotion.

— Je n'ai fait que mon devoir, dit-il.

Je fronçai les sourcils et réalisai qu'il ne m'avait jamais embrassée, pas même une fois. Ce n'était vraiment que du sexe, n'est-ce pas, rien de plus, rien de moins.

Mais je n'eus pas le temps d'y penser, car une autre vague de désir aveuglant m'envahit. Je gémis et me retrouvai à arquer mes hanches vers lui à nouveau, mes tétons durs comme la pierre. Je ne pus m'empêcher de glisser mes mains entre mes jambes, cherchant désespérément à me soulager davantage.

— Pourquoi ça ne s'arrête pas ? demandai-je lorsque je fus à nouveau capable de former des mots.

Cela ne semblait pas s'améliorer, chaque vague de désir me transformant de plus en plus en un animal sans cervelle, incapable de suivre le fil de mes pensées.

— Mets-toi à quatre pattes, ordonna-t-il.

J'obéis immédiatement en arquant mon dos et en me présentant à lui. Il passa une main le long de ma colonne vertébrale et je frissonnai, une chair de poule apparaissant dans le sillage de son toucher. Je reculai, essayant de chercher sa queue sans regarder. Je me heurtai à lui, à sa chair dure. Il n'avait pas débandé non plus. Il avait raison, mes chaleurs l'affectaient tout autant que moi. Il arrivait mieux à les contrôler, mais je sentis sa queue pulser lorsque je me frottai contre lui, essayant de l'encourager à la mettre en moi. Ses hanches tressaillirent en avant, et je ne pus empêcher le sourire triomphant qui traversa mon visage.

Il fit glisser sa main le long de mon dos et enroula mes cheveux autour de ses doigts. Je fermai les yeux, essayant de penser au-delà du besoin, mais c'était inutile. Il tira légèrement, et je gémis face à cette sensation agréable. Je voulais qu'il m'utilise, me possède, me souille. N'importe quoi, pourvu qu'il le fasse maintenant.

Il enfonça sa bite en moi brutalement, sans ménagement cette fois, et se pencha par-dessus mon dos.

— On va y passer toute la nuit, grogna-t-il à mon oreille. Baiser jusqu'à ce que le soleil se lève. Je vais te prendre de toutes les façons possibles, dans toutes les positions. C'est ce pour quoi tu as signé quand tu as demandé mon aide, Ayla.

Je frissonnai à la façon dont il prononça mon nom, ce qui envoya un autre éclair de désir à travers moi. Il poussa en moi avec force, comme pour prouver son point de vue, et tira mes cheveux de sorte que mon cou soit exposé. La première fois que nous avions baisé, il ne m'avait pas touchée en dehors de ses mains sur mes hanches et de sa bite à l'intérieur de moi, mais cela avait changé à présent. Sa détermination s'était effondrée, et les vannes étaient maintenant ouvertes.

Il se drapa sur moi, pressant nos corps l'un contre l'autre. Son souffle était chaud sur mon cou lorsqu'il poussa en moi, assez fort pour m'envoyer un peu en avant. Je m'appuyai mieux sur l'accoudoir du canapé et poussai en arrière contre lui. Sa main glissa de ma taille à mon torse, glissant sur mon ventre avant de plonger plus bas, écartant les lèvres intimes de mon sexe.

Ses doigts trouvèrent mon clito et je rejetai ma tête en arrière, lui dévoilant entièrement ma gorge. Il mordit la jonction entre mon épaule et mon cou tout en continuant à me pilonner brutalement par-derrière, chaque claquement de chair contre chair envoyant une onde de choc à travers moi. La douleur et le plaisir se mélangèrent, puis sa langue lécha la zone, apportant un tout nouveau type de sensation dans le mélange.

— Tu ne penses pas à ton partenaire Lion maintenant, hein ? ronronna-t-il à mon oreille, et je frissonnai, mon dos se cambrant alors qu'un autre orgasme délicieux m'envahit.

Jordan était la dernière chose à laquelle je pensais. J'étais seulement consciente que Kaden était là maintenant, prenant soin de moi de la meilleure façon possible.

Mes bras et mes jambes cédèrent, et Kaden me maintint

en place et poussa en moi encore et encore pendant mon orgasme, un faible bruit qui ressemblait presque à un grognement s'élevant dans sa gorge. Le nouvel angle martelait mon point G à chaque poussée, et mon corps s'anima à nouveau, pourchassant ce désir comme s'il n'y avait pas de lendemain. Je jouis à nouveau sur sa queue quelques instants plus tard et je *hurlai*. J'avais l'impression que ma chair fondait sur mes os. Un tel désir n'aurait pas dû être possible.

Il lâcha mes hanches et je m'effondrai sur le canapé, incapable d'assimiler quoi que ce soit à part que mes cuisses tremblaient. Je me retournai sur le côté quand il me donna un coup de genou. Ses yeux me regardaient, affamés, en colère, *brûlants*.

J'ouvris la bouche pour lui demander quelque chose, mais une nouvelle vague de désir déferla à nouveau sur moi, et cette fois, je ne pris même pas la peine de retenir mon gémissement. Je tendis la main vers lui et il me laissa le tirer vers moi avant d'enrouler mes mains autour de sa queue. Il se raidit contre moi, les yeux écarquillés, et je grimpai sur lui et glissai sa bite en moi. Le reste du monde disparut. Je le chevauchai comme un animal, me cabrant et gémissant, prenant mon plaisir de lui, alors qu'il levait les yeux vers moi. Il saisit mes seins et les serra, tandis que ses yeux portaient en eux un feu qui me fit savoir que le besoin n'était pas unilatéral. Je jouis alors sur lui, aspirant sa queue avec ma chatte tout en rebondissant et en criant son nom.

Chaque fois que je pensais que mes chaleurs allaient se dissiper et que nous aurions quelques instants de repos, une autre vague m'envahissait, et Kaden me baisait à nouveau, trouvant chaque fois de nouvelles positions. À un moment donné, nous nous déplaçâmes sur le sol et il me baisa par derrière, par devant, sur le côté et tout ce qui se trouvait entre les deux. Son poids lourd était rassurant sur moi, les halètements rudes ponctuant chaque poussée brutale. Chaque fois que je levais les yeux et qu'ils disaient *plus*, il s'exécutait. Même lorsque nous fîmes une courte pause pour aller chercher de l'eau à la cuisine, il finit par me pencher sur le comptoir et par me pénétrer par-derrière, tout en doigtant mon entrée arrière, ce qui déclencha un tout nouveau niveau de plaisir en moi. En revenant sur le canapé, il me souleva et plongea à nouveau sa queue en moi, me soulevant pour que nous nous accrochions l'un à l'autre pendant qu'il me revendiquait.

C'était incroyable, brutal et sauvage. Nous baisions comme des animaux, dominés par nos instincts les plus primitifs, incapables de nous arrêter. Je ne doutais pas que nous serions ridiculement endoloris au matin, mais cela ne nous arrêta pas. Je savais que j'aurais de vifs souvenirs de cette nuit pendant des années, mais tout ce que je pouvais faire, c'était vivre l'instant présent, me noyant dans les yeux et le corps de Kaden alors qu'il me prenait encore et encore, toujours prêt pour un autre round, toujours prêt à m'amener à l'orgasme. Et à chaque fois, le besoin de l'autre ne faisait que revenir.

Cela sembla durer une éternité, jusqu'à ce que, finalement, *enfin*, la lune se couche et que les faibles traces de l'avant-aube commencent à apparaître dans le ciel. Je me dégageai de Kaden et tombai sur le sol, si profondément fatiguée que je ne pensais pas pouvoir bouger avant des heures. Je savais que nous allions devoir finir par nous lever. Nous étions toujours dans le salon où n'importe qui pourrait nous surprendre, mais pour l'instant, tout ce que je voulais, c'était dormir.

Mon corps était endolori, mais de la meilleure façon, et il me fallut plusieurs minutes pour réaliser ce que nous avions fait. Je venais de passer toute la nuit à faire l'amour avec Kaden, de manière torride et sauvage, et j'avais adoré ça. Beaucoup. Lui aussi, d'après le nombre d'orgasmes que nous avions partagés.

Kaden me souleva et me porta jusqu'à ma chambre, ouvrant la porte d'un coup de pied. Je me demandai comment il avait encore la force de marcher, sans parler de me porter, alors qu'il me déposait sur le lit. Je levai les yeux vers lui avec un sourire timide, mais il refusa de croiser mon regard. Son visage était à nouveau dur, ses yeux impassibles. Quelque chose s'enfonça dans mon estomac. C'était donc comme ça que ça se passerait.

Il ne m'avait baisée que par devoir, et maintenant que le désir dévorant nous avait quittés, il ne voulait plus de moi. Il avait été très clair sur le fait que le sexe n'était que pour une nuit parce que je mourrais littéralement sinon. Et pendant tout ce sexe, il ne m'avait pas embrassée, ne serait-ce qu'une fois.

— Ça ne doit plus jamais se produire, dit-il.

Puis il partit sans un autre mot. Le claquement de la porte fut si fort qu'il vibra en moi.

Je fermai les yeux, un sentiment de mortification m'envahissant. Une fois de plus, j'avais été rejetée par un homme dont je pensais qu'il pourrait vraiment se soucier de moi. Comment étais-je censée vivre dans cette maison avec lui maintenant ?

CHAPITRE VINGT-CINQ

JE VOULAIS PRENDRE UNE DOUCHE, mais je n'étais pas sûre de pouvoir bouger. J'étais fatiguée, oui, mais en dessous, il n'y avait que de la honte alors que je revenais à moi plus solidement et que je réalisais toute la gravité de la situation. Mes chaleurs étaient passées, la frénésie d'accouplement était terminée et je n'arrivais pas à croire que j'avais vraiment fait et dit toutes ces choses.

Je ne quitterai plus jamais ma chambre, pensai-je, et j'enfonçai mon visage dans l'oreiller. J'envisageai de crier dedans, mais j'étais trop fatiguée pour le faire. Il n'y avait aucune chance que je puisse affronter Kaden à nouveau, sans parler de toute la meute. Non, cette chambre était ma maison maintenant.

Je parvins à m'endormir pendant un moment et je fus contente d'être libérée de mes propres pensées qui tournaient en rond. Mon corps me faisait mal comme si j'avais fait dix entraînements d'affilée avec Kaden, comme s'il m'avait fait taper dans le sac pendant des heures au lieu des vingt et quelques minutes qu'il me faisait faire habituellement. *Eh bien, tu as assurément fait plusieurs rounds avec lui*, me lança mon cerveau en guise de boutade. *La ferme*, lui dis-je, et je me retournai dans le lit, grimaçant à la façon dont mes muscles se tordaient.

Quelqu'un frappa à ma porte vers midi.

— Tu vas bien ? demanda Stella à travers et je grimaçai à nouveau. Kaden a fait quelque chose ?

Eh bien, oui. Il a fait beaucoup de choses, dans plein de positions différentes, pensai-je, et je ris presque aux éclats en imaginant la tête de Stella si j'avais dit ça.

— Je vais bien, répondis-je en espérant qu'elle ne puisse pas entendre le mensonge flagrant.

Si j'ouvrais cette porte, j'étais sûre qu'elle verrait un grand signe avec J'AI JUSTE BAISÉ AVEC TON FRÈRE TOUTE LA NUIT placardé sur mon front.

— OK.

Elle marqua une pause bien trop longue.

— Fais-moi savoir si tu as besoin de quelque chose.

Je me demandais si elle pouvait le sentir. Merde, je me demandais si la ville entière m'avait entendue hier soir. Ils avaient probablement compris ce qui n'allait pas chez moi, tout comme Kaden. Il ne m'avait pas fait partir à temps et je me demandais s'ils savaient tous ce qui s'était passé exactement dans la maison de Kaden. Cela ne demanderait pas beaucoup d'imagination. Ce qui signifiait que je ne pourrais plus jamais faire face à aucun d'entre eux non plus.

Je ne pourrais jamais vivre après cet embarras. Je frappai

mon oreiller avec mon poing pour lui donner une meilleure forme, mais surtout pour frapper quelque chose. J'avais détesté me sentir si peu maître de mon corps. Je m'étais sentie plus animale qu'humaine, comme si je n'avais aucun contrôle, aucun jugement. La nuit dernière, au milieu de mes chaleurs avec Kaden drapé sur moi, faisant de son mieux pour répondre au désir écrasant dans mon corps, je m'en serais fichée si toute la meute nous avait observés.

Je gémis et essayai de trouver une position plus confortable. Je ferais n'importe quoi pour me débarrasser de ce lien d'accouplement. Je le *détestais*. Il m'avait transformée en bête, incapable de me contrôler, et pire encore, cela se reproduirait encore et encore parce que je n'allais jamais être avec Jordan. Même s'il se pointait à l'improviste avec des fleurs et des bonbons et me suppliait d'être sa partenaire. *Mais bien sûr. Et la marmotte, elle met le chocolat dans le papier d'alu,* pensai-je avec amertume. Ce qui voulait dire que j'étais condamnée à passer chaque pleine lune dans cet état.

Je réussis à éviter de quitter ma chambre toute la journée, dormant par intermittence et laissant mon corps se reposer. Je finis par me lever pour prendre une douche et Stella, béni soit son gentil cœur, me laissa à manger devant ma porte. Je dévorai la nourriture comme si je n'avais jamais mangé auparavant, puis j'avalai une tonne d'eau. Mon corps avait besoin de tout cela pour récupérer.

Un autre coup retentit sur ma porte juste après la tombée de la nuit. Je soupirai, me demandant si Stella allait entrer et m'interroger après tout.

— Je vais bien, Stella. Juste fatiguée.

— C'est moi, dit la voix de Kaden, et je me redressai, toute somnolence ayant disparu.

Qu'est-ce qu'il pouvait bien vouloir ?

— Je peux entrer ?

Je fis une pause, incapable d'arrêter la pensée folle qu'il pourrait revenir pour s'excuser et me dire à quel point la nuit dernière avait compté pour lui, mais je secouai ensuite ce fantasme.

— Oui.

J'essayai de trouver ce que je pouvais bien faire de mes membres pendant qu'il entrait. Je finis par m'installer sur le lit, les jambes croisées et les mains sur mes genoux. Non pas que cela aurait eu de l'importance.

Kaden balaya la pièce des yeux, évitant soigneusement de me regarder.

— Tu pourrais aller faire une tournée de ravitaillement demain pour récupérer certaines choses ?

Ouah, alors nous n'allions pas du tout parler d'hier soir. Juste passer à autre chose, retourner au travail, comme si cela n'était jamais arrivé. Comme si je ne connaissais pas le son qu'il faisait quand il jouissait en moi.

— Bien sûr.

— Sois prête à 7 heures. Ne sois pas en retard.

Je croisai les bras.

— Ce ne sera pas un problème.

Kaden ouvrit la bouche comme s'il voulait dire autre chose, mais il hocha la tête et repartit, fermant la porte derrière lui. Je laissai échapper une longue expiration, mes épaules s'affaissant. Je ne m'attendais pas à autre chose de sa part, mais c'était quand même décevant. J'aurais presque souhaité qu'il soit en colère contre moi ou un truc du genre. Au moins, s'il s'était emporté contre moi, nous aurions pu aborder ce qui s'était passé. Mais non, nous allions laisser cela s'installer et suppurer entre nous jusqu'à la fin des temps, ce dont j'étais certaine que Kaden était capable.

JE ME RÉVEILLAI PRESQUE EXACTEMENT à l'aube, me sentant beaucoup plus consciente et alerte, et je bondis hors du lit pour me préparer. Je me douchai et m'habillai, mais je sautai le petit-déjeuner, me sentant encore trop coupable pour faire face à Stella. Mais il était impossible d'éviter Kaden. Il se tenait à la porte de la camionnette qui était garée dans son allée, parlant avec Clayton à voix basse. Je déglutis, réalisant qu'il y avait aussi d'autres personnes dans la camionnette. Diraient-ils quelque chose à propos de l'autre nuit ? Peut-être pourrions-nous tous faire comme si rien ne s'était passé et passer à autre chose comme Kaden l'avait fait. Je commençais à penser que c'était la meilleure solution.

Kaden se tut lorsqu'il me vit approcher et laissa ses yeux se promener sur moi, mais pas d'une manière sensuelle. Plutôt comme un père qui vérifiait que ma tenue n'était pas trop sexy pour un rendez-vous.

— Fais attention aujourd'hui, dit-il. Avec les autres meutes qui nous cherchent, c'est dangereux de partir même dans un véhicule. Ils pourraient facilement te traquer jusqu'ici.

— Tu ne viens pas ? demandai-je.

Kaden secoua la tête. Ses yeux étaient redevenus complètement dénués d'émotions alors qu'il soutenait mon regard.

— Tu es prête à mettre ta vie en danger pour aider une meute qui n'est même pas la tienne ?

Je hochai la tête et me redressai, levant mon menton alors que je fixais à nouveau les yeux de Kaden.

— Je donnerais ma vie pour cette meute s'il le faut.

Je pensais aussi chaque mot. Il avait pris soin de souligner que ce n'était pas ma meute, mais je sentais que c'était là que j'*appartenais*. Même malgré ma mortification vis-à-vis de ma frénésie d'accouplement, je voulais être l'une d'entre eux, et je passerais autant de temps que Kaden en aurait besoin pour prouver que je serais un membre digne de ce nom.

Les yeux de Kaden soutinrent les miens un instant de plus, comme pour tester ma sincérité. Je laissai tout transparaître sur mon visage et il hocha finalement la tête.

— Monte dans la camionnette.

Il partit sans un autre mot. *Retour à la normale*, pensai-je en grimpant dans la camionnette. Il y avait six loups au total, la plupart étant des amis de Kaden. Clayton conduisait, et je partageais une allée de sièges avec Jack et un autre gars que j'avais vu en ville, qui avait à peu près la même taille que Kaden, c'est-à-dire grand et musclé, sauf que ses cheveux étaient longs et blonds, presque comme un surfeur.

En jetant un coup d'œil derrière moi, au dernier rang, je remarquai deux membres de la meute que je n'avais vus qu'une ou deux fois. Ils ressemblaient à des jumeaux guerriers, tous deux avec des cheveux couleur caramel et des yeux vert vif.

La femelle me fit un sourire, mais il n'y avait rien de doux dedans.

— Bienvenue à bord. Je m'appelle Harper. Voici mon frère, Dane.

— Ayla, dis-je en inclinant la tête.

— Oh, je sais qui tu es, crois-moi, dit Harper en souriant comme si elle connaissait une blague privée. Après l'autre nuit, tout le monde sait qui tu es.

Jack se racla la gorge.

— Oui, à propos de ça. Je suis vraiment désolé, Ayla. Je n'avais pas réalisé...

Mes joues brûlèrent de honte.

— C'est bon. Vraiment.

Il se frotta la nuque.

— D'accord. Mais sérieusement, je n'avais aucune idée que tu étais en chaleur ni que tu étais la femme de Kaden.

— Je ne suis définitivement pas *sa* femme, bafouillai-je.

— Cette marque de morsure sur ton cou dit le contraire, dit le gars à côté de Jack. Je m'appelle Tanner, au fait. Je te serrerais bien la main, mais je ne veux pas que Kaden m'arrache la mienne.

Tout le monde dans la camionnette éclata de rire, sauf moi. J'avais envie de m'enfoncer dans le plancher de la voiture et de fondre dans le sol. Ils n'avaient aucune idée de la vérité, que Kaden ne voulait pas vraiment de moi. Pas comme ça.

Clayton monta dans la camionnette et tourna la tête.

— Ces gamins te dérangent, Ayla ? Tu veux que je les fasse sortir et courir à côté de la camionnette ?

Je baissai la tête avec un petit sourire. Ce bon vieux Clayton, toujours à veiller sur moi comme un grand frère. Et dire que j'avais autrefois été agacée qu'il surveille toujours mes arrières.

— Non, c'est bon.

Il haussa ses grandes et larges épaules en se retournant vers l'avant.

— OK, mais tu n'as qu'à demander et ils sont dehors.

— Oh, on ne fait que plaisanter un peu, dit Harper en me tapotant l'épaule. Je suis juste heureuse qu'on ait une autre fille dans le groupe, c'est tout.

— Surtout une qui remet Kaden à sa place, ajouta Tanner avec un sourire.

Je me détendis alors un peu, réalisant qu'ils ne me charriaient pas pour me mettre mal à l'aise, mais plutôt pour faire preuve de camaraderie. J'avais passé tellement de temps à être brutalisée que je n'avais pas remarqué la différence au début. C'était ce que cela faisait d'avoir des amis. De faire partie d'une vraie meute.

— Tout le monde a mis sa ceinture ? demanda Clayton, son regard rencontrant le nôtre dans le rétroviseur, et les coins de ses yeux bruns se plissèrent en un sourire.

Personne ne prit la peine de lui répondre et il sortit de l'allée de Kaden.

— De quel type de provisions on a besoin ? demandai-je une fois que nous étions sur la route.

Une excitation me gagnait maintenant que je réalisais que nous quittions le territoire de la meute, ma première fois depuis que j'avais été amenée ici. Je pourrais bien obtenir des réponses, pour une fois.

— Tout ce qu'on ne peut pas obtenir facilement en ville, dit Tanner et il eut l'air de s'attendre à ce que je sois satisfaite de cette réponse.

Bah oui, c'était évident.

— On a des planques de dépôt dans toute la province, ajouta Jack. Nos provisions sont déposées par des personnes pour lesquelles on travaille ou auprès desquelles on achète, et on fait une tournée d'approvisionnement une ou deux fois par mois.

La province. Je ne savais pas si Jack voulait laisser échapper ça, mais je m'y accrochai comme à une bouée de sauvetage. C'était la première véritable indication que j'avais eue de l'endroit où nous étions. Province signifiait que nous étions au Canada, pas aux États-Unis.

— Quelle province ?

Jack me lança un regard perçant. *Grillé.*

Harper rit depuis le siège arrière.

— Ils ne t'ont vraiment pas dit grand-chose, n'est-ce pas ? On est dans le Manitoba. Tu as déjà entendu parler des tanières de serpents de Narcisse ?

Je fronçai les sourcils.

— Non.

Harper se pencha en avant, posant ses bras sur le dossier de mon siège.

— C'est plein de couleuvres rayées. Tu vas les adorer. Elles se cachent dans ces tanières en hiver et réapparaissent au printemps. On a le plus grand nombre de couleuvres rayées au monde au même endroit. Tu devrais venir nous rendre visite un jour. C'est une grande conservation maintenant qu'elles sont moins nombreuses, et c'est un endroit cool à visiter.

— Qu'est-ce qui s'est passé ? demandai-je.

Les couleuvres étaient partout, pourquoi seraient-elles concernées par la conservation ?

— Pour les serpents, je veux dire. Pourquoi ils ont besoin d'être protégés ? ajoutai-je lorsque Harper pencha la tête vers moi dans une question silencieuse.

— Les grandes gelées en ont tué un grand nombre avant qu'ils ne puissent hiverner il y a quelques décennies, et certains écologistes se sont inquiétés. La route 17 traverse leur chemin vers les tanières, et près de dix mille d'entre eux ont été percutés par des voitures chaque année jusqu'à ce qu'on construise des tunnels pour que les serpents puissent passer dessous. Maintenant, c'est une mauvaise année si ne serait-ce qu'un millier soient écrasés.

Elle avait l'air fière de ce fait, comme si c'était quelque chose à laquelle elle avait contribué.

— Comment tu sais tout ça ?

Je savais que les membres de la meute d'Ophiuchus était appelée les « porteurs de serpents », et que Kaden avait ce tatouage de serpent sur le bras, mais je n'en savais pas beaucoup plus.

— Les tanières de serpents de Narcisse font partie des terres de la meute d'Ophiuchus, tout comme les autres zones de vie sauvage qui l'entourent, expliqua Harper. L'une des tâches qu'on confie aux membres adolescents de la meute est de s'occuper de l'entretien des clôtures pour empêcher les serpents d'être percutés.

Je supposais que c'était logique. La meute du Cancer protégeait aussi ses terres, y compris les animaux sauvages de la région, surtout les crabes.

— Même Kaden ?

— Oh oui, il était le meilleur pour ça, dit Jack avec un sourire.

J'avais du mal à imaginer un jeune Kaden arrêtant la circulation pour aider un serpent à traverser une autoroute. Mais bon, c'était la même personne qui avait un télescope sur le toit de sa maison pour regarder les étoiles. Il y avait tellement plus en lui sous la surface grincheuse, et je souhaitais désespérément pouvoir connaître ce côté de lui. *Tu n'en auras pas l'occasion maintenant*, s'assura d'intervenir mon cerveau. Je repoussai la pensée et fis une blague maladroite à la place.

— Et moi qui pensais qu'il y avait une autre raison pour laquelle on vous appelait les charmeurs de serpents.

Harper remua les sourcils en me regardant.

— D'après ce que j'ai entendu dire, c'est toi qui charmes les serpents. Le serpent de Kaden, en tout cas.

Toute la camionnette gloussa à cela et je souris en secouant la tête. Les rires se turent lorsque Clayton lança :

— Soyez vigilants. On quitte les terres de la meute.

Je jetai un coup d'œil par les fenêtres, mais je ne vis que de la forêt de chaque côté de la route. Tout le monde semblait avoir un sixième sens à ce sujet, et je n'avais aucune idée de comment ils pouvaient le savoir. Il n'y avait pas de marqueurs visibles, et je ne vis aucun des autres métamorphes chercher des indices visibles. Ils se contentèrent tous de hocher la tête et Tanner serra sa main en un poing.

— Comment vous le savez ? demandai-je.

— C'est un truc de meute, dit Tanner.

Il était M. Communicatif avec ses informations aujourd'hui !

— L'alpha marque le territoire, ajouta Jack.

— Tu veux dire des marques du genre... il pisse dessus ? demandai-je.

Ils rirent tous les six et je les regardai, attendant qu'ils me répondent.

Jack secoua la tête et son coude trouva mon flanc.

— Ils font ça dans la meute du Cancer ? Je sais que les loups du zodiaque sont arriérés, mais je ne pensais pas que c'était *à ce point-là*.

Je soupirai et secouai la tête. *Bien, qu'ils gardent leurs secrets.* C'était probablement une autre chose que seuls les membres de la meute connaissaient.

Nous bavardâmes pendant que nous roulions et je fus surprise de voir à quel point c'était facile de leur parler. Ils ne m'excluaient pas de la conversation. Si j'avais été avec mon ancienne meute, le trajet aurait été long et silencieux et on m'aurait fait comprendre très clairement que je ne devais parler à personne et que personne ne me parlerait.

Nous arrivâmes dans une ville après environ une heure et Clayton se gara dans une zone de stockage. C'était énorme, des rangées et des rangées de bâtiments métalliques. Je n'aurais jamais pensé qu'une installation de stockage pouvait occuper un pâté de maisons entier, mais je n'avais jamais passé beaucoup de temps dans une ville non plus.

Clayton fit marche arrière avec la camionnette jusqu'à une unité de stockage. Nous avions emprunté tellement de détours que je n'avais aucun doute sur le fait que je me perdrais si j'essayais de rentrer par mes propres moyens. Tout le monde se mit en action lorsqu'il fut garé.

— Allons-y, dit Jack alors que j'enlevais ma ceinture de sécurité. On n'a pas toute la journée.

Nous sortîmes tous rapidement de la camionnette. Clayton déverrouilla l'unité de stockage et l'ouvrit, tandis que Dane, le plus calme, ouvrit l'arrière de la camionnette. L'unité était remplie de cartons, et ils commencèrent à les empiler à l'arrière de la camionnette. J'allai aider, mais mes poils se dressèrent à l'arrière de mon cou, et je regardai autour de moi. Cela n'arrivait généralement que lorsque quelqu'un m'observait, mais je ne voyais personne. Les autres métamorphes semblaient immunisés contre cela, alors j'ignorai cette sensation.

J'attrapai un carton, mais une main sur mon épaule me

stoppa. Harper me fit signe de m'éloigner de quelques mètres. Je fronçai les sourcils vers elle.

— Qu'est-ce qu'il y a ?

L'air blagueur qui semblait toujours entourer la femelle métamorphe s'était pratiquement évaporé. Elle me regarda et ses yeux semblaient soudain beaucoup plus vieux que son âge. Je ne savais pas quel âge elle avait, mais rien qu'avec ces yeux, j'aurais dit au moins quarante ans, même si elle n'avait pas l'air d'avoir plus d'une vingtaine d'années.

— Si tu veux partir, c'est le moment ou jamais.

Je la regardai fixement, la bouche grande ouverte. Ses mots n'étaient pas très clairs.

— Aucun d'entre nous n'essaiera de t'en empêcher, ajouta-t-elle. On ne trouve pas ça juste que Kaden te force à rester avec nous comme une prisonnière. C'est un bon alpha, mais il a des idées dans la tête à propos de la meute du Lion et il ne veut pas entendre raison quand il s'agit d'eux.

Cela me frappa d'un seul coup. J'avais été tellement prise par l'entraînement et tout le reste que j'avais réussi à oublier que j'avais passé les premiers jours avec la meute d'Ophiuchus dans une cellule.

— Tu veux dire, m'enfuir ? demandai-je. Comment vous expliqueriez ça à Kaden ?

— On s'est tous mis d'accord pour dire que tu nous as échappé dans une station-service après avoir demandé à aller aux toilettes. Le temps qu'on pense à vérifier que tu allais bien, tu étais partie depuis longtemps.

— Vous avez vraiment réfléchi à tout ça, n'est-ce pas ?

Je penchai la tête vers elle, surprise et aussi heureuse de

sa gentillesse. C'était réconfortant de savoir qu'ils avaient pensé à moi assez longtemps pour réaliser que je n'étais peut-être pas à l'aise d'être retenue captive sur les terres de leur meute.

Je ne pouvais pas nier que l'idée d'aller ailleurs était tentante. Je serais libérée de Kaden et de ses humeurs, libérée d'être la femme de ménage de la ville, libérée de travailler si dur pour prouver que je suis digne. Mais je pensai ensuite à quitter Coronis et ma poitrine se serra. La petite ville commençait à me plaire, et tous ses habitants aussi. Je prendrais tout, même si cela impliquait servir d'appât pour la meute du Lion.

Même si cela signifiait supporter le rejet de Kaden.

Je secouai la tête et souris à Harper.

— Merci pour l'offre, j'apprécie vraiment. Mais je pense que j'ai enfin trouvé ma place, et c'est avec la meute d'Ophiuchus. J'espère qu'un jour, je pourrai me joindre à vous en tant que membre à part entière.

— Je l'espère aussi.

Harper me tapota l'épaule avant de se tourner pour aller aider avec le reste des cartons.

Alors que j'allai la rejoindre, un mouvement se dessina au coin de mon œil. Je tournai la tête et aperçus, et sentis, de nouveaux métamorphes. Ils étaient six et ils ne faisaient pas partie de la meute d'Ophiuchus.

J'eus le pressentiment qu'ils étaient là pour moi.

CHAPITRE VINGT-SIX

DE L'ADRÉNALINE parcourut mon corps lorsque les six loups commencèrent à se diriger vers nous. Alors qu'ils se rapprochaient, je vis que plusieurs d'entre eux avaient le symbole du Bélier comme les métamorphes dans les bois, mais certains avaient aussi le symbole du Taureau. Une pointe de colère succéda à l'adrénaline. Toujours pas de Lions. Jordan n'enverrait aucun membre de sa propre meute après moi, seulement ses soldats. Je ne valais pas non plus la peine qu'il perde son temps, c'était clair.

Lorsque je jetai un coup d'œil autour de moi, je réalisai que tout le monde sauf moi s'était transformé. Je laissai ma louve se déployer, les os se reformer, la fourrure recouvrir ma peau, les dents se transformer en crocs. Cela se déroulait rapidement maintenant, mes vêtements se déchirant et tombant de moi à mesure que mon corps changeait. Lorsque je me retrouvai sur quatre pattes au lieu de deux, je lâchai un long grognement menaçant en direction des loups qui nous encerclaient.

Tout le monde se mit soudain en branle, bondissant en avant, les crocs sortis. L'air se remplit de bruits de combats, de grognements et de claquements. Harper jaillit du conteneur de stockage, et je la regardai grogner et se jeter directement sur la trajectoire des métamorphes Bélier qui attaquaient. J'étais aussi dans le feu de l'action, prête à me défendre et à défendre les personnes que j'avais mises en danger pour être avec moi. En tant que membres de la même meute, ils pouvaient tous communiquer par télépathie, sauf moi. Mais je ne voulais pas que cela m'arrête.

Kaden n'aurait jamais dû me laisser sortir des terres de la meute, pensai-je en mordant la patte d'un loup Taureau.

Je vis du coin de l'œil un métamorphe Bélier qui se préparait à charger droit sur Harper, et je ressentis le fantôme de la douleur de quand j'avais été frappée par ce même coup dans les bois. Harper serait frappée de plein fouet par cette manœuvre.

Non ! Je bondis avant de pouvoir penser à faire autre chose et je percutai Harper juste au moment où la charge du Bélier frappa, la faisant sortir de la trajectoire. Pendant un instant, je ne sentis rien alors que nous tombions dans un enchevêtrement de fourrure et de membres. Je me préparai à la douleur écrasante d'avant, mais celle-ci semblait légère en comparaison. La charge avait dû simplement me frôler.

Je passai mon nez contre Harper, vérifiant en reniflant qu'elle n'était pas blessée et qu'elle allait bien. Elle frotta sa tête contre moi, sa queue couleur caramel se balançant, et je vis de la gratitude dans ses yeux. Nous nous retournâmes toutes les deux, nous préparant à reprendre le combat.

J'avais une chose en ma faveur : ils me voulaient vivante. J'étais celle qui avait le plus de chances de survivre parmi tous ceux qui étaient ici, et même si je n'étais pas encore officiellement membre de la meute, je ressentais un fort sentiment de loyauté envers les autres.

Le loup qui nous avait chargées avait déjà repris le combat, affrontant Clayton avec un autre loup Bélier. *Non, tu ne feras pas ça,* pensai-je. *Tu ne feras de mal à personne d'autre.*

J'observai la scène, mes sens accrus repérant le moment idéal pour m'interposer. Là. Une ouverture. Je m'élançai en avant et mordis dans le cou du Bélier qui avait attaqué Harper. Il était tellement concentré sur le combat contre Clayton qu'il n'avait pas remarqué qu'il s'était exposé à une attaque latérale. Il y eut un craquement et la douce sensation de chair sous mes mâchoires, ainsi que le goût du sang chaud recouvrant ma langue. Le métamorphe Bélier glapit et se dégagea de ma prise dans une faible tentative d'évasion. Cela ne fit rien d'autre que d'accélérer la mort du métamorphe, et je n'eus même pas le temps de le regarder tomber au sol avant de rejoindre le combat une fois de plus.

Ma contribution sembla avoir eu un effet, car les loups d'Ophiuchus étaient en train de gagner. Je vis deux autres loups au sol, inertes. Le reste des loups Taureau et Bélier reculèrent alors que nous nous rassemblions, grognant et aboyant sur eux, puis ils tournèrent la queue et s'enfuirent.

Je les regardai partir, un sentiment de satisfaction parcourant mes veines aux côtés de la montée d'adrénaline.

Tout le monde autour de moi commença à se retransformer, et je fis de même. Je balayai tout le monde du regard, essayant de voir si quelqu'un était blessé. Personne ne semblait être mortellement blessé. Juste quelques écorchures et des bleus. Jack et Clayton saignaient tous les deux, mais rien qu'un métamorphe ne puisse guérir.

— Partons d'ici, dit Clayton. On n'a pas beaucoup de temps avant qu'ils ne reviennent avec des renforts.

Nous exprimâmes tous notre accord avant d'embarquer le reste des provisions. Nous étions tous à poil, mais cela n'avait pas d'importance. Ce qui comptait, c'était de faire ça le plus vite possible. Une fois le chargement terminé, Clayton distribua des vestes et des couvertures de rechange à chacun d'entre nous, et nous nous entassâmes dans la camionnette.

Alors que nous roulions, une pensée me frappa.

— Est-ce qu'ils seront capables de nous traquer jusqu'à Coronis ?

— Non, dit Harper.

Elle était assise à côté de moi dans la camionnette cette fois, avec Tanner à l'arrière.

— Ils ne pourront pas nous traquer une fois qu'on sera de retour sur le territoire de la meute, ajouta-t-elle.

Elle pencha la tête, m'étudiant avec une expression étrange sur le visage.

— Quoi ? demandai-je.

— Tu m'as sauvé la vie. J'ai cru que j'allais être frappée

par la charge du Bélier à coup sûr, mais tu m'as poussée hors de sa trajectoire. C'était une chose stupide à faire. Tu as presque été percutée.

— J'ai déjà été frappée par cette charge et je m'en suis tirée.

Non sans l'aide de Kaden, me rappela judicieusement mon esprit, mais je repoussai cette pensée. Je n'avais pas besoin de penser à Kaden en ce moment. Il n'était même pas là.

— Personne d'autre ne devrait avoir à subir cette douleur, continuai-je.

Harper m'observa quelques instants de plus, puis se tourna pour regarder par la fenêtre. Elle ne dit plus rien pendant le reste du trajet, et je constatai que son sourire dur me manquait déjà. Tout le monde resta plutôt silencieux, en fait. J'eus envie de parler avec eux pour aider l'agitation du combat à s'estomper, ou pour m'excuser d'avoir mis tout le monde en danger, mais je ne voulus pas interrompre leurs pensées.

Nous rentrâmes à Coronis sur un trajet de retour qui sembla prendre deux fois plus de temps que celui vers le site de stockage, et Clayton se gara directement dans l'allée de Kaden. Où Kaden se tenait debout, les bras croisés, les muscles saillants et la mâchoire serrée.

Alors que nous commencions à sortir en tas, je scrutai le visage de Kaden. Son froncement de sourcils s'accentua lorsqu'il vit nos états à moitié vêtus et le sang qui nous recouvrait. Puis il fonça en avant. Il saisit mon bras et me tira sur le côté, son regard parcourant mon corps, que j'avais enveloppé du mieux que je pouvais dans une petite couverture.

— Qu'est-ce qu'il s'est passé ? grogna-t-il. Tu es blessée ?

J'arrachai mon bras de lui et ajustai la couverture, me couvrant davantage.

— On a été attaqués, mais je vais bien. Je n'ai pas besoin que tu me guérisses, si c'est ce qui t'inquiète.

Ses lèvres se pressèrent en une ligne serrée, puis il demanda :

— Encore des Béliers ?

— Et quelques Taureaux aussi.

Il jura dans son souffle et se tourna vers Harper, qui nous regardait avec de grands yeux.

— Tu lui as demandé ?

Harper se redressa un peu plus sous le regard de son alpha et hocha la tête.

— Je l'ai fait, mais elle a refusé. Elle a dit qu'elle voulait rester avec la meute.

Quoi ? Je clignai des yeux, mon cerveau luttant toujours pour rattraper le retard. Ce n'était sûrement, *sûrement* pas ce à quoi ça ressemblait !

— Comment elle s'est comportée lors du combat ? demanda Kaden.

Harper sourit.

— Bien. Mieux que bien, en fait. Elle m'a sauvé la vie et a même tué un des loups Bélier.

— De quoi tu parles ? demandai-je, en me plaçant directement devant le visage de Kaden. C'était une sorte de test ?

Kaden me regarda sans aucune émotion sur son visage

parfait. J'avais du mal à croire que nous avions été nus ensemble quelques heures plus tôt seulement.

— Oui, un test de loyauté pour les recrues potentielles. Tout le monde doit le passer. On laisse la voie libre à la recrue pour qu'elle puisse partir et même trahir la meute si elle le souhaite, pour qu'on puisse voir sa véritable loyauté et ses motivations.

— Et l'attaque ? lui crachai-je pratiquement dessus. Ça faisait aussi partie du test ?

— Non, l'attaque n'en faisait pas partie, mais maintenant personne ne doutera de toi.

— Personne ne doutera de moi ? Qui pourrait encore douter de moi s'ils avaient tous été tués ? demandai-je en enfonçant mon doigt dans sa poitrine. Tu as mis *tout le monde* en danger juste pour prouver ma loyauté. Ton test stupide aurait pu leur coûter la vie à tous !

— Attention, grogna Kaden du fond de sa poitrine. Souviens-toi à qui tu parles.

Une partie de moi voulait reculer face à cette puissance. Il avait déjà menacé de me tuer pour moins que ça, mais maintenant, je m'en fichais. En plus, je savais qu'il ne me ferait jamais vraiment de mal. Pas physiquement en tout cas. Et j'étais épuisée, couverte de sang et j'en avais vraiment ras le cul de son attitude de merde.

Je mis mes mains sur mes hanches.

— Oh, je m'en souviens, alpha. Je viens de regarder des membres de ta meute se battre pour leur vie, tout ça pour me défendre dans une bataille qui n'avait pas besoin d'avoir lieu. Tu n'aurais jamais dû me laisser quitter les terres de la meute, ou tu aurais au moins pu avoir les couilles de venir avec nous puisque tu savais ce qui pouvait arriver. Alors ton autorité, tu peux te la fourrer dans le cul.

Ses sourcils se levèrent en réponse et tous les autres métamorphes me regardèrent comme si j'avais perdu la tête. Et puis merde, j'étais presque sûre que j'avais perdu la tête depuis longtemps à ce stade et je m'en foutais royalement. Je ne voulais tout simplement pas que quelqu'un d'autre meure à cause de moi.

J'étais presque sûre que Kaden était sur le point de craquer et de s'en prendre à moi, et je savais que sa colère serait terrifiante. Mais il se contenta de croiser ses bras charnus et de me fixer si longtemps que je crus qu'il n'allait pas répondre du tout.

— Tu as raison, dit-il, et ma bouche s'ouvrit.

Le ciel était-il en train de nous tomber dessus, ou Kaden venait-il d'admettre que j'avais *raison* ?

— Je n'aurais pas dû vous mettre en danger, toi ou les autres, poursuivit-il, tandis que sa main se tendit comme si elle allait toucher mon visage avant de la laisser tomber à nouveau. J'aurais au moins dû être là pour te protéger. Mais je devais être sûr que tu étais loyale avant de pouvoir t'inviter à rejoindre la meute.

Je fis un pas en arrière.

— Tu... quoi ?

Les yeux de Kaden avaient une certaine lueur, une que je n'avais jamais vue auparavant. Cela ressemblait presque à de la satisfaction.

— Tu as prouvé ta loyauté et tu as réussi tous nos tests.

Je t'invite à devenir un véritable membre de la meute d'Ophiuchus, si tu le souhaites.

Je le regardai fixement pendant quelques instants, de l'exaltation parcourant mes veines. C'était tout ce que je voulais depuis si longtemps, depuis que Stella m'avait fait visiter Coronis. Ma colère s'estompa et un sourire se dessina sur mon visage lorsque je pris conscience de la sincérité dans la voix de Kaden. Il me proposait vraiment cela. Moi, qui avais toujours été rejetée et indésirable. Jusqu'à maintenant.

Je me précipitai en avant sans prendre le temps d'y réfléchir et j'entourai Kaden de mes bras.

— Merci.

Il souffla, pris au dépourvu, se tenant aussi raide qu'une planche alors que je le serrais dans mes bras.

— Qu'est-ce que tu fous ?

— Ça s'appelle un câlin, Kaden, dis-je. Les gens qui ne sont pas émotionnellement retardés les utilisent pour montrer leur gratitude.

— Tu es insupportable, répondit Kaden, mais il ne me repoussa pas non plus.

Je me retirai et les autres métamorphes s'avancèrent pour me féliciter, me souhaitant la bienvenue dans la meute. Kaden nous regarda avec un regard qui pourrait bien être de la fierté, selon moi. *Mon alpha*, pensai-je alors qu'une chaleur se répandait en moi. Mais je ne pus empêcher la pensée déchirante qui suivit.

Il devrait aussi être mon partenaire.

CHAPITRE VINGT-SEPT

RETROUVE-NOUS EN VILLE AU CRÉPUSCULE, *disait la note.* Je l'avais relue tant de fois que les mots s'étaient tous confondus en un fouillis absurde dans ma tête. Après être revenue de notre tournée d'approvisionnement, j'avais rapidement déjeuné et pris une douche, puis j'avais trouvé la note qui m'attendait sur mon lit. On aurait dit l'écriture de Stella, pas celle de Kaden, et je ne savais pas trop quoi en penser.

Une fois que le soleil plongea sous l'horizon, je quittai enfin la maison. En sortant, j'entendis une musique lointaine, qui semblait venir du centre de la ville. J'avais entendu un bruit similaire pendant la nuit de la pleine lune, mais il n'y avait rien à fêter aujourd'hui.

Je m'arrêtai au bord de la place de la ville et fixai autour de moi. Tous les métamorphes d'Ophiuchus qui vivaient à Coronis semblaient être là, sur l'herbe. Des tables avaient été installées, chargées de nourriture et de boissons, et j'observai pendant quelques instants tout le monde s'affairer, discuter et sourire. L'atmosphère était complètement détendue, comme si la journée entière n'avait été qu'un mauvais rêve.

Stella se détacha de la foule et commença à marcher vers moi avec un énorme sourire.

— Viens, dit-elle en me faisant signe de me diriger vers le groupe de personnes.

Je la suivis vers les tables, et plusieurs métamorphes levèrent les yeux vers moi. Une femme plus âgée s'approcha de moi, une personne que je n'avais jamais rencontrée auparavant.

— Ayla, dit-elle en me souriant comme si nous étions des amies qui ne s'étaient pas vues depuis longtemps et non de parfaites inconnues. Bienvenue dans la meute !

— Merci, dis-je, et je m'empressai de suivre Stella vers le buffet.

Si j'allais parler à tous les membres de la meute d'Ophiuchus, je voulais au moins manger en même temps. Quelques autres métamorphes m'arrêtèrent en chemin, m'offrant leurs félicitations, et tout cela était très gentil mais aussi accablant.

— Ayla !

Je me retournai pour trouver Stella qui venait vers moi avec deux assiettes de nourriture et je laissai échapper un soupir de soulagement. Elle en mit une dans mes mains avec un sourire.

— On dirait que tu as besoin de ça.

— Qu'est-ce qui se passe ? demandai-je en faisant un

geste autour du parc avec ma fourchette. C'est pour quoi tout ça ?

Stella rit.

— C'est pour toi, idiote. Ton festin de « bienvenue dans la meute ».

Je la regardai fixement pendant quelques instants, incapable de parler malgré le serrement soudain de ma gorge. Je n'avais jamais eu ne serait-ce qu'une fête d'anniversaire de toute ma vie. Dans le meilleur des cas, Wesley et Mira me donnaient des cadeaux et me souhaitaient un bon anniversaire, mais mon père n'avait jamais vu l'intérêt de célébrer quelque chose qu'il considérait comme une erreur. Personne d'autre n'avait pris la peine de prendre le temps, non plus.

— C'est...

Je marquai une pause, une vague soudaine d'émotion me submergeant. C'était trop. Je n'avais jamais *eu ma place* où que ce soit à ce point auparavant. J'avais encore du mal à y croire. Je faisais partie de la meute d'Ophiuchus et j'avais une famille maintenant.

Stella sembla comprendre ce que je ressentais, car elle m'enlaça et me conduisit dans une partie plus calme du parc, loin de la plupart des gens.

— Je suis désolée de ne pas avoir pu te parler du test. Je me sentais si mal de t'envoyer là-bas sans aucun avertissement. Et puis tu as été attaquée... J'aurais dû être là.

— C'est bon.

Maintenant que la colère s'était estompée, je comprenais un peu mieux les actions de Kaden. La priorité de Kaden était la meute, et il devait s'assurer que j'étais loyale avant de pouvoir me faire complètement confiance pour en faire partie. Il m'avait donné la possibilité de m'enfuir, et je soupçonnais qu'il était resté derrière pendant le test pour que je ne sois pas influencée d'une quelconque manière par sa présence.

— Je suis juste contente que personne n'ait été blessé, ajoutai-je.

— Normalement, il y aurait eu encore plus de tests, tu sais, dit-elle. Il faut généralement un an ou deux pour être invité dans la meute. Mais comme tu as défendu les autres et sauvé la vie de Harper, Kaden a dit aux anciens de la meute qu'aucun autre test n'était nécessaire.

J'inclinai la tête en réfléchissant à ce qu'elle avait dit. La meute du Cancer avait aussi des anciens, qui étaient censés conseiller mon père, mais il les ignorait généralement. Les anciens d'Ophiuchus semblaient avoir plus d'influence ici. Mais la question la plus pressante était : Kaden savait-il que nous pourrions être attaqués ? Avait-il prévu cela depuis le début pour que je sois acceptée plus rapidement dans la meute ?

— Je suis tellement heureuse que tu puisses te joindre à nous, dit Stella en s'avançant et en serrant ma main.

— Moi aussi.

Un autre groupe de métamorphes s'avança, et je reconnus le partenaire de Clayton, Grant, parmi eux.

— Bienvenue dans la meute, dit-il avant de me serrer la main comme s'il s'agissait d'un entretien d'embauche. Je savais que tu réussirais aussi les tests.

Je me souvins qu'il avait aussi été un étranger et je me

demandai combien de temps cela lui avait pris. Avant que je puisse lui demander quels étaient ses propres tests, d'autres métamorphes s'approchèrent pour me saluer, et je leur adressai à tous un grand sourire, essayant de me souvenir des noms de chacun.

Je pourrais m'habituer à ça, décidai-je après que quelques autres personnes soient venues se présenter. Leur enthousiasme était un peu écrasant, mais c'était tellement agréable de sentir que j'avais ma place quelque part.

Quelque part où personne n'avait jamais mentionné mon côté mi-humaine, ni mes cheveux roux, ni ne m'avait traitée comme de la merde. Oui, je pourrais définitivement m'habituer à ça.

— Alors je suis un membre officiel, juste comme ça ? demandai-je une fois que nous eûmes à nouveau un moment seules.

— Pas encore. Tu dois passer par le rituel d'initiation. Ensuite, tu seras un véritable membre de la meute.

— En quoi consiste le rituel ? demandai-je, mon rythme cardiaque s'accélérant à cette idée.

Comment faisaient-ils sans Sorcières du Soleil pour exécuter le sort ?

Stella m'offrit simplement un sourire mystérieux.

— Tu verras. Ce n'est rien de bien méchant, ne t'inquiète pas.

Chaque fois que quelqu'un me disait de ne pas m'inquiéter, cela ne faisait que m'inquiéter davantage. Je soupirai et terminai mon repas, mais cette fois, lorsque je levai les yeux, je trouvai Kaden qui me fixait. Je ne l'avais pas vu jusqu'à présent, et je laissai mes yeux s'attarder sur son profil lorsqu'il se détourna pour parler à Clayton. Un besoin palpita dans mon estomac, mais il était différent de celui de l'autre soir. Il n'y avait pas mes chaleurs qui le forçaient cette fois. Tout venait de moi.

Il se retourna pour me regarder et je soutins son regard, même si je sentis mes joues se colorer d'avoir été surprise en train de le fixer. Même à cette distance, des étincelles volaient entre nous, et j'eus soudain plus de mal à respirer. Ou à rester tranquille. Je me forçai à détourner à nouveau le regard, même si je sentais son regard sur ma nuque. Le cœur battant la chamade, je me surpris à jeter un coup d'œil en arrière, mes yeux étant sans cesse attirés vers lui, même si je conversais avec plusieurs autres métamorphes.

Nous étions attirés l'un par l'autre, il n'y avait aucun doute là-dessus. Je voulais aller vers lui pour comprendre ce qu'il pensait exactement alors qu'il me fixait comme ça, mais je n'avais pas le temps entre toutes les conversations. Heureusement, Stella resta à mes côtés et m'aida à ne pas me laisser submerger. Je jetai un coup d'œil à Kaden alors que Stella finissait de me présenter à la mère d'un de ses élèves.

Dommage qu'il ne soit pas mon véritable partenaire, pensai-je une nouvelle fois, et une vague de tristesse me parcourut face à cette prise de conscience. Il était tout ce qu'un alpha devrait être et je ne pouvais pas nier ce que je ressentais pour lui. Mais non, j'avais récolté ce psychopathe de Jordan à la place. *Le monde n'est vraiment pas juste, n'est-ce pas ?* pensai-je avec un soupir avant de me retourner quand une petite main tira sur la mienne.

Je souris au petit métamorphe qui rayonnait vers moi et chassai la tristesse. Ce n'était pas le moment de penser à ça. J'avais obtenu tout ce que je voulais d'autre : une famille, un foyer et une meute où je pouvais me sentir acceptée et en sécurité. Je devrais fêter ça, pas me morfondre pour la seule chose que je n'avais pas eue.

Finalement, après ce qui sembla être des heures d'introductions interminables et de visages qui se fondaient tous en un seul, Kaden réclama le silence. La lune était haute dans le ciel nocturne, encore presque pleine, et elle jetait suffisamment de lumière sur toutes les personnes rassemblées. Il tenait quelque chose dans ses mains, un long objet qui ressemblait à un bâton. La meute se rassembla autour, et Kaden s'arrêta devant moi.

— Ayla Beros, souhaites-tu devenir un véritable membre de la meute d'Ophiuchus ? demanda-t-il.

Je regardai de plus près le bâton. Il était en métal et il y avait une étrange strie dessus, descendant en spirale jusqu'en bas. *Un serpent*, réalisai-je alors qu'il l'inclinait vers le haut. Je déglutis fortement et dis :

— Oui, je le veux.

Le bronze se mit à *bouger* à mes mots, et je fis un pas en arrière malgré moi lorsque le serpent prit vie. Je voyais bien que ce n'était pas réel, quelque chose issu de la magie, mais je ne voulais pas qu'il s'approche de moi.

— Qu'est-ce que c'est ? demandai-je alors que Kaden

l'approchait de moi. Non, merci. Je ne suis pas fan des serpents.

Kaden me lança un regard dur.

— Ne fais pas ta poule mouillée. Tends ton bras.

Je fis une grimace et tendis mon bras. Il toucha ma paume avec le bâton et le serpent s'y glissa. Il était froid au toucher, comme le métal dont il était fait. Il guida le serpent pour qu'il s'enroule autour de mon bras, puis laissa l'extrémité de la queue s'enrouler autour de son propre bras. C'était presque comme le rituel avec les Sorcières du Soleil, où elles attachaient les paires accouplées ensemble. Je doutais que le tissu ressemble à de la peau de serpent froide, cependant. Je frissonnai, puis Kaden commença à parler. J'oubliai mon malaise lorsqu'il commença le serment.

— Jures-tu de rester fidèle à la meute d'Ophiuchus jusqu'à ton dernier souffle ? demanda-t-il. De ne faire qu'un avec la meute et ses membres en abandonnant ta meute natale, sans jamais te retourner vers eux pour être guidée ou soutenue ?

Ce ne sera pas un problème, pensai-je avant de dire :

— Je le jure.

La voix de Kaden était grave alors qu'il poursuivait le rituel.

— Répète après moi : Moi, Ayla Beros, j'accepte l'offrande du serpent.

Je répétai ses mots, et le serpent resserra son emprise autour de moi, enfonçant les doigts de Kaden dans mon bras presque assez fort pour le meurtrir. Le serpent leva les yeux vers moi, des yeux ternes et visiblement sans vie, mais j'avais l'impression que *quelque chose* à l'intérieur me jetait un regard inquisiteur. Puis, plus vite que je ne puisse penser à m'éloigner, il frappa, enfonçant ses crocs dans le haut de mon bras. Je sursautai et laissai échapper un « Aïe ! » surpris.

Les doigts de Kaden se resserrèrent contre mon bras, lui cette fois, pas le serpent.

— Ne bouge pas.

Un moment plus tard, le serpent se retira et me tira la langue avant de glisser à nouveau le long de mon bras.

— Tu fais partie de la meute maintenant.

Kaden me relâcha et je regardai les deux morsures s'estomper pour se transformer en un symbole d'Ophiuchus rougeoyant, la même marque qui ornait tous les autres métamorphes de la meute. Au même moment, je sentis le poison de la morsure du serpent s'infiltrer dans mes veines, et j'eus un moment de panique avant de réaliser que ça ne faisait pas mal. Je pouvais le sentir se fondre dans mon sang, me rendant plus forte.

Je tournai mon bras pour mieux voir la marque de la meute. Je levai les yeux pour rencontrer ceux de Kaden, et il n'y avait que de la satisfaction dans son regard.

Je faisais partie des porteurs de serpent maintenant.

CHAPITRE VINGT-HUIT

IL ÉTAIT TARD dans la nuit lorsque la fête commença enfin à se résorber. Les métamorphes aimaient faire la fête la nuit sous la lune, mais finalement, la plupart des gens allèrent se coucher, et c'était maintenant notre tour.

— Rentrons à la maison, déclara Stella en se couvrant la bouche avec un bâillement. J'ai l'impression que mes pieds vont lâcher après toute cette danse.

La maison. J'avais définitivement l'impression d'être chez moi à présent. Même si les choses allaient changer maintenant que j'étais un membre à part entière de la meute. Je n'aurais plus besoin de gardes à mes trousses et je devrais probablement trouver un autre endroit où vivre à un moment donné. Je ne pouvais pas imaginer que Kaden veuille que je reste là encore longtemps.

— Je suis tellement contente que tu sois l'une des nôtres maintenant, dit Stella, alors que nous rentrions à la maison.

Je vais devoir te montrer comment fonctionnent ta morsure empoisonnée et ton pouvoir de guérison.

Je rougis en me rappelant la langue de Kaden léchant ma plaie pour la refermer.

— Je connais déjà certaines choses à ce sujet.

— Oui, bien sûr. Je suis désolée de t'avoir mordue à la Convergence, mais j'ai fait en sorte de ne pas te donner trop de poison. Je voulais juste t'assommer, pas te tuer.

Je faillis ouvrir la bouche pour la corriger, mais je me ravisai. Ce qui s'était passé entre Kaden et moi devait rester entre nous. Je n'étais pas sûre de ce que les autres savaient, mais je savais que Kaden ne voulait probablement pas que tout soit divulgué.

— Oh, une autre bonne chose, poursuivit Stella. Devenir membre de la meute t'empêchera aussi d'avoir des chaleurs tous les mois. Je sais que tu as eu quelques problèmes avec ça lors de la dernière pleine lune. Maintenant, tu n'auras à t'en soucier qu'une fois par an.

— C'est un soulagement.

Une fois par an était beaucoup plus facile à gérer. Sauf que... Était-ce pour cela que Kaden s'était précipité pour que je devienne membre de la meute, pour éviter d'avoir à gérer le fait que je sois à nouveau en chaleur ? Ma poitrine se serra à l'idée que c'était la vraie raison pour laquelle il s'était battu pour que je devienne membre si rapidement. Pas parce que je le méritais, ou parce que j'avais prouvé ma loyauté, mais parce qu'il ne voulait pas avoir à me baiser à nouveau le mois prochain.

Nous arrivâmes à la maison et il n'y avait aucun signe de

Kaden nulle part, même s'il avait quitté la fête bien avant nous. Je me demandai où il était parti, s'il était occupé à bouder dans sa chambre ou à se promener dans la forêt en faisant ce que les alphas faisaient pour marquer le territoire de la meute.

Je m'assis sur mon lit après avoir dit bonne nuit à Stella et touchai la marque de meute sur mon bras. Je n'avais jamais porté le symbole du Cancer ni eu accès à l'armure du crabe, mais je sentais maintenant le pouvoir couler dans mes veines grâce à la lèche de guérison et à la morsure empoisonnée d'Ophiuchus. J'étais vraiment une des leurs, même si j'avais le sentiment que je n'aimerais jamais les serpents comme certains d'entre eux.

Mais est-ce que je méritais vraiment d'être l'une d'entre eux ?

Un bruit sourd sur mon toit me fit sursauter. Mon esprit s'imagina immédiatement que c'était une attaque et mon cœur se mit à battre la chamade. Le bruit retentit à nouveau et je sortis de ma chambre en courant pour voir si Stella ou Kaden l'avaient entendu. Aucune de leurs portes n'était ouverte. Je regardai la porte de Stella, puis me tournai vers celle de Kaden. Je m'en approchai et frappai.

— Kaden ? Tu es là ?

Pas de réponse. J'essayai la poignée. Je n'étais jamais entrée dans sa chambre puisqu'il m'était interdit de la nettoyer. La porte n'était pas verrouillée et je retins mon souffle en l'ouvrant juste un peu. Il n'y avait personne à l'intérieur. Je regardai autour de moi, la trouvant étonnamment propre et épurée, sans beaucoup de touches personnelles contrairement à celle de Stella. Je vis cependant une photo de ce qui devait être ses parents, posée sur le bureau à côté d'un ordinateur portable fermé.

— Kaden ? demandai-je à nouveau, juste pour être sûre.

La porte coulissante donnant sur le patio était ouverte et je jetai un coup d'œil à l'extérieur. Pourquoi sa porte était-elle ouverte ? Je sortis sur le balcon et levai les yeux. C'était une nuit sans nuage, les étoiles brillant de mille feux et la lune projetant encore une agréable lueur sur tout. Je regardai fixement pendant quelques instants avant que quelque chose n'attire mon attention. Une échelle. Je me souvins que Kaden avait dit qu'il avait un télescope sur le toit, et je me sentis bête d'avoir pensé qu'un attaquant pourrait réussir à monter là-haut sans alerter personne.

J'allai de l'autre côté du balcon où je le vis assis sur une partie plus plate du toit, l'œil collé à la lentille du télescope. Sur un coup de tête, je grimpai pour le rejoindre. Je devais lui demander la vraie raison pour laquelle il avait fait de moi un membre de la meute, sinon je n'arriverais jamais à dormir.

Il ne leva les yeux vers moi qu'après que je me sois installée juste à côté de lui, bien qu'il ait dû m'entendre arriver à un kilomètre à la ronde.

— Je t'ai dit de ne pas entrer dans ma chambre.

— J'ai entendu quelque chose et je suis venue voir.

Il ne fit que grogner en réponse, alors je lui demandai :

— Qu'est-ce que tu regardes ?

— La constellation d'Ophiuchus est brillante ce soir.

Il me fit signe d'avancer et se décala pour que je puisse regarder dans le télescope.

Je ne savais pas exactement ce que je cherchais et je reculai. Ce n'était qu'un fouillis d'étoiles brillantes pour moi.

— Joli.

Il secoua la tête avec un air renfrogné.

— Elle est juste en dessous de la constellation d'Hercule, avec laquelle je suis sûre que tu es plus familière. Ophiuchus vient du mot grec qui signifie porteur de serpent. Elle ressemble à un homme qui tient un serpent.

— D'accord.

Je regardai de nouveau dans le télescope, plissant les yeux sur les étoiles et essayant de voir tout ce qui ressemblait à un homme. Kaden était suffisamment proche pour que je sente la chaleur de son corps dans les quelques centimètres d'espace qui nous séparaient, et j'avais du mal à me concentrer sur autre chose. Le fait qu'il soit mon alpha maintenant aurait dû me faire hésiter, mais au lieu de cela, ça ne fit que me donner encore plus envie de lui.

Lorsque je regardai Kaden, ses yeux étaient fixés sur moi, leurs profondeurs sombres scintillant dans la lumière de la lune.

— Qu'est-ce que ça fait d'être l'une des nôtres maintenant ?

— Ça fait du bien, répondis-je. Mais Stella m'a dit que maintenant que je fais partie de la meute, je ne serai plus en chaleur tous les mois.

— C'est vrai.

Je levai le menton et soutins son regard.

— Kaden, je dois savoir. C'est pour ça que tu as fait de moi un membre de la meute ? Pour m'empêcher d'entrer en chaleur si souvent ?

La mâchoire de Kaden se serra comme s'il ne s'attendait pas à ce que je sois aussi directe.

— Ce n'est pas la seule raison. J'avais prévu de te tester dès le moment où on t'a capturée, mais la pleine lune a fait accélérer les choses.

Je soupirai.

— Je me disais bien que c'était un peu trop commode. Est-ce que je serais membre maintenant si je n'avais pas eu mes chaleurs, au moins ?

— Je l'ai fait pour te protéger, grogna Kaden.

Je laissai échapper un rire amer.

— C'était vraiment si terrible que ça ? Ce qui s'est passé entre nous ? Mon corps est vraiment si repoussant que ça pour toi ?

Kaden ferma les yeux et inspira brusquement.

— Non. Ce n'est pas ce que tu crois.

— Alors c'est *quoi* ?

Je tendis le bras et capturai la mâchoire de Kaden dans ma main, ayant besoin qu'il ouvre les yeux. Je voulais voir la vérité en eux. Il tressaillit comme si mon contact l'avait blessé et je retirai rapidement ma main, mon cœur se brisant en voyant cela.

Je me levai, incapable de supporter d'être près de son rejet une seconde de plus. Mais alors que je commençai à m'éloigner, il se leva et fit un pas vers moi.

— Ayla.

Sa main se referma autour de mon poignet et je me retournai pour lui faire face. Je vis dans ses yeux mes propres sentiments se refléter. De la culpabilité, du désir et une bonne dose de besoin. Il me tira vers lui, et avant même que je ne comprenne ce qui se passait, ses lèvres s'écrasèrent contre les miennes.

Sa main remonta jusqu'à l'arrière de ma tête et il me rapprocha pour que nos corps soient en contact. Je gémis dans le baiser, fondant contre lui alors que ses lèvres se déplaçaient sur les miennes. Il me tenait comme si je lui appartenais, tandis que sa langue caressait la mienne, une danse érotique qui fit monter la température jusqu'à mon centre. Même pendant notre nuit de sexe frénétique, il ne m'avait jamais embrassée une seule fois, et je savais maintenant que j'avais raté quelque chose d'incroyable.

Je pourrais me noyer là-dedans pour toujours, pensai-je alors que sa bouche revendiquait la mienne encore et encore. Je ne pouvais plus respirer, ni penser, ni bouger. Et je m'en fichais complètement. Il m'embrassait comme s'il mourait d'envie de le faire depuis des années, saisissant mes cheveux pour incliner ma tête exactement comme il le voulait. Il m'embrassait comme il m'avait baisée, comme s'il ne pouvait pas se contrôler, comme un animal guidé par son seul instinct, et je lui rendais son baiser de la même façon.

Puis Kaden recula soudainement, brisant notre lien tout en mettant de la distance entre nous, comme s'il avait été brûlé.

—Non. Je ne peux pas.

Je clignai des yeux et touchai mes lèvres, ayant encore son goût sur elles.

— Tu ne peux pas ou tu ne veux pas ?

— Je ne *veux* pas, dit Kaden en secouant la tête. Je refuse d'être avec quelqu'un qui est déjà accouplé à quelqu'un d'autre. J'ai déjà vécu ça une fois et je ne le referai jamais. Ça a failli me tuer la première fois.

Je pris une profonde inspiration face à cette révélation.

— Je ne ressens rien pour mon partenaire. S'il te plaît, crois-moi quand je dis ça. Je ne *veux* pas de lui. Je préférerais mourir plutôt que d'être avec lui.

— Ça n'a pas d'importance, le lien sera toujours là. Si Jordan débarquait en ce moment et claquait des doigts, tu courrais tout de suite à ses côtés. Ce n'est pas une question de vouloir de lui ou non.

Je grimaçai.

— J'aimerais que tu aies plus foi en moi que ça.

Kaden pinça l'arête de son nez entre ses doigts avant de me regarder à nouveau, le visage hanté.

— J'ai été amoureux une fois d'une fille qui s'appelait Eileen. On était des amours d'enfance et tout le monde s'attendait à ce qu'on devienne partenaires à l'âge adulte. Mais le lien d'accouplement n'est jamais apparu entre nous.

Il secoua la tête avant de poursuivre.

— On a décidé que ça n'avait pas d'importance. On ferait en sorte que ça marche, et elle serait la future femelle alpha. Un jour, on est allés faire des affaires avec la meute du Sagittaire. C'est la seule meute qui nous a toujours traités gentiment, et j'ai travaillé dur pour établir une bonne relation avec eux. Lorsque le bêta de leur meute s'est transformé, un lien d'accouplement est apparu entre lui et Eileen. Elle l'a combattu aussi longtemps qu'elle a pu, car elle voulait être avec moi, mais ça n'avait pas d'importance. Notre amour n'était pas suffisant au final. Elle devait rejoindre son partenaire.

Kaden me regarda droit dans les yeux, et même si les mots étaient vulnérables, sa voix était dure.

— Ça nous a déchirés, et c'est arrivé au point où ça nous faisait mal de ne serait-ce que nous regarder l'un l'autre. Elle a rejoint la meute du Sagittaire et je ne l'ai plus jamais revue depuis. Alors non, Ayla, ce n'est pas que je n'ai pas confiance en toi. Je suis déjà passé par là et je ne recommencerai jamais.

Sur ces mots, il passa devant moi vers le bord du toit, tandis que mon cœur battait dans ma gorge.

— Kaden, attends... dis-je, mais il était déjà parti.

Il sauta du bord du toit et atterrit sur l'herbe comme si la hauteur n'était rien, puis il disparut dans la forêt derrière la maison. Je ne pus que le regarder partir, tandis que mon âme était brisée en mille morceaux. Qu'aurais-je pu lui dire de toute façon ? Il était clair qu'il ne croirait jamais que je ne voulais que lui. Le pire, c'était que si j'étais complètement honnête avec moi-même, je n'étais pas sûre de ce qui se passerait si je revoyais Jordan. Le lien d'accouplement s'était estompé en un bourdonnement sourd que je parvenais à ignorer au quotidien, mais j'avais le sentiment que si Jordan apparaissait devant moi, il serait beaucoup plus difficile de résister. Je ne pouvais pas blâmer Kaden de ne pas vouloir prendre ce risque.

De plus, en tant qu'alpha, il devait trouver sa propre partenaire. Sa propre femelle alpha, qui porterait ses enfants et dirigerait la meute avec lui. Quelqu'un qui n'était pas moi.

De la jalousie me déchira à cette pensée, ainsi qu'une profonde tristesse qui me fit tomber à genoux. Comment allais-je vivre dans cette meute tout en désirant mon alpha de toutes les fibres de mon être ? Ou pire, le regarder s'accoupler avec quelqu'un d'autre, tout en sachant que je serais à jamais seule et indésirable ?

CHAPITRE VINGT-NEUF

LE LENDEMAIN MATIN, je descendis à la cuisine et m'arrêtai net. Kaden était la dernière personne que je m'attendais à voir après son départ la veille, et pourtant il était là, debout devant la cafetière, dans une chemise qui moulait ses muscles et un jean qui épousait ses fesses parfaites. Je le fixai pendant quelques secondes, ayant l'impression de tomber dans un puits sans fond de nostalgie et de solitude. Ses cheveux noirs étaient en désordre, comme s'il n'avait pas bien dormi, et un air renfrogné semblait habiter son visage maintenant. Je détournai mon regard avant de me diriger vers le réfrigérateur pour trouver quelque chose à manger pour le petit-déjeuner.

Il se racla la gorge.

— J'ai besoin de toi au centre communautaire.

— Bonjour à toi aussi, grommelai-je. Encore mes corvées de femme de ménage ?

Kaden me jeta à peine un nouveau regard avant de

sortir. Je levai les mains en le regardant partir. *On dirait que tout est redevenu normal.* C'était comme si notre baiser d'hier soir n'avait jamais eu lieu, sauf que je me souvenais encore de son goût. Je fermai le réfrigérateur avec un soupir et sortis derrière lui.

Le centre communautaire se trouvait au milieu de la ville, et je regardai l'espace propre avec fierté lorsque j'entrai. Grâce à moi, il ressemblait davantage à un lieu de rassemblement pour la ville et moins à un hangar de stockage géant qui n'avait pas vu la lumière du jour depuis des années. Les moutons de poussière qui s'étaient accumulés dans cet endroit étaient légendaires. Sans parler de la moisissure dans les toilettes. Je frissonnai rien qu'en y pensant. Mais l'endroit semblait encore propre, alors pourquoi étais-je là ?

Clayton sortit par une porte et me fit signe de venir.

— Bien, tu es là. Entre, les autres t'attendent.

— Les autres ? demandai-je en le suivant dans la pièce. Qu'est-ce qui se passe ?

Stella était assise avec Harper, Jack, Dane et Tanner autour d'une longue table, tandis que Kaden faisait les cent pas de l'autre côté de la table. Stella me fit signe de venir m'asseoir près d'elle et j'obtempérai, jetant un coup d'œil sur les visages de chacun. Ils avaient tous un air solennel, et je me demandai si quelqu'un était mort pendant que je dormais.

Une fois que Clayton et moi fûmes assis, Kaden cessa d'arpenter la pièce et se tourna pour s'adresser à nous.

— Je vous ai tous réunis ici pour discuter d'un plan pour

attirer les Lions. On ne peut pas rester les bras croisés et les laisser nous attaquer dès qu'on quitte les terres de notre meute. Le ravitaillement d'hier nous l'a appris. Mais ils ne savent pas non plus exactement où on est, ni comment franchir nos frontières, sinon ils seraient déjà là.

— Qu'est-ce que tu comptes faire ? demanda Harper, depuis sa place à côté de son frère jumeau.

Je n'avais toujours pas entendu Dane parler.

— Je vais les contacter et demander à l'alpha Lion, Dixon, de nous retrouver en terrain neutre pour leur donner Ayla.

Les yeux de Kaden se posèrent sur moi.

— Elle sera notre appât.

Je retins ma première réaction, qui était de dire « hors de question ». C'*était* ce que j'avais accepté, bien avant que Kaden ne me mette dans une cellule, mais cela ne voulait pas dire que cela me réjouissait. Tant de choses pouvaient mal tourner, des choses qui finiraient par faire de moi une prisonnière de la meute du Lion. Ou par me tuer.

— Tu es sûr qu'ils la veulent toujours ? demanda Jack.

Kaden croisa les bras, le seul à être encore debout, et il avait l'air d'un alpha autoritaire.

— La meute du Lion ne cesse d'envoyer des gens pour la capturer. L'héritier alpha n'arrêtera pas de la chercher tant qu'elle n'aura pas été retrouvée. Elle est sa *partenaire*.

Il cracha pratiquement le dernier mot.

— Oui, mais il l'a rejetée, dit Stella.

— Et a tué la plupart de sa meute, ajouta Tanner.

— Ça ne l'empêchera pas d'avoir besoin de la trouver, dit

Clayton. L'attraction vers une partenaire est insupportable. Il voudra la trouver, même si c'est pour essayer de briser le lien.

— C'est un petit tour amusant dans le passé et tout, dis-je, incapable de cacher l'amertume dans mon ton, mais est-ce qu'on peut revenir à la partie où je vais servir d'appât ? Tu as réellement l'intention de me livrer à eux ?

— Bien sûr que non, répondit Kaden comme si j'étais stupide. Tu seras juste l'appât pour les inciter à nous rencontrer. Je prévois de défier l'alpha en duel, et une fois que j'aurai gagné, on éliminera le reste des Lions.

— Tu es vraiment assez puissant pour faire ça ? demandai-je.

La peur me mettait sur les nerfs en me rappelant la férocité de l'alpha Lion lorsqu'il avait tué mon père. Ou la façon dont les Lions avaient attaqué si rapidement avec leurs alliés, abattant brutalement le reste de la meute en quelques minutes. Ils étaient entraînés au combat et ils étaient beaucoup plus nombreux que ceux de la meute d'Ophiuchus.

— Ce ne sera pas un problème, déclara Kaden.

Je roulai des yeux. *Déesse de la lune, sauve-moi de l'arrogance des alphas*, pensai-je.

— Comment tu peux être si sûr de gagner ?

— Kaden est Touché par la Lune, dit Stella. Tous les alphas de notre meute l'ont été, d'aussi loin qu'on se souvienne.

Je clignai des yeux, puis me retournai pour regarder à nouveau Kaden. Cela expliquait pourquoi il n'avait pas été surpris par mon propre pouvoir étrange, mais j'étais encore choquée par cette révélation. Quelles sortes de magie avait-il ? Et combien d'autres secrets gardait-il ?

— Donc votre meute *a bien* du sang des Sorcières de la Lune ? Cette rumeur est vraie ?

— Quelques-uns d'entre nous en ont encore, oui, même si c'est plutôt rare maintenant, dit Kaden. Ma famille a toujours été la lignée la plus forte.

— Comment ça se fait que je ne découvre ça que maintenant ? demandai-je.

— Maintenant que tu es membre de la meute, tu peux connaître la vérité sur nous, dit Harper en donnant un coup de coude à son jumeau. Notre famille a aussi un peu de sang des Sorcières de la Lune. Dane ici présent peut parfois regarder dans un bassin de lumière lunaire et voir le passé.

Mes sourcils se levèrent lorsque Dane acquiesça, les lèvres serrées. Je jetai un coup d'œil au reste de la table, me demandant ce qu'ils pouvaient faire d'autre.

— Tu as demandé une fois comment étaient délimitées les terres de la meute, dit Clayton. Kaden a installé des barrières de protection magiques le long des frontières de nos terres, qui nous gardent cachés et protègent tout le monde à l'intérieur. Personne ne peut nous suivre jusqu'ici ou entrer dans cette zone sans notre permission.

— Il peut aussi devenir invisible, ajouta Stella, et je jetai un coup d'œil vers elle pour la voir arborer un sourire espiègle. On le peut tous les deux.

Cela expliquait beaucoup de choses. Kaden semblait avoir la capacité de se faufiler éternellement derrière moi, même après avoir déverrouillé ma louve et avoir eu mes sens accrus. Et le nombre de fois où j'avais l'impression qu'il était là, à m'observer... Je plissai les yeux sur lui, réalisant qu'il m'avait vraiment observée depuis le début.

— C'est impressionnant, mais est-ce que c'est suffisant pour tenir tête aux Lions ? demandai-je. J'étais là, vous savez. J'étais aux premières loges lorsque l'alpha Lion a utilisé son rugissement de lion et que tout le monde s'est figé ou a fui en panique. Je me souviens encore du jet de sang lorsqu'il a déchiré mon père devant moi.

— Ce sera suffisant, dit Kaden.

— Je suis d'accord avec Ayla, dit Tanner. Je pense qu'on fait une erreur en allant affronter les Lions. On est en sécurité ici. Ils ne peuvent pas nous atteindre tant qu'on reste à l'intérieur des terres de la meute. Pourquoi risquer tout ça ?

Kaden saisit le dossier d'une chaise, se penchant en avant tout en s'adressant à nous avec un regard intense.

— Parce qu'on ne peut pas rester cachés sur les terres de la meute éternellement. Même si on oublie qu'Ayla sera toujours pourchassée par les Lions, ou le fait qu'ils ont assassiné mes parents, c'est un combat qui nous attend, tôt ou tard. Les Lions ne s'arrêteront pas tant que toutes les autres meutes ne se plieront pas à leur loi, y compris la nôtre.

— On n'en sait rien, dit Tanner. On se cache d'eux depuis des siècles. Rien n'a besoin de changer maintenant.

Les mains de Kaden se resserrèrent si fort autour du dossier de la chaise que je crus qu'il allait la casser.

— L'avenir de notre meute en dépend. Mes parents le savaient. Ils ont vu que notre nombre diminuait, qu'on avait moins de partenaires au sein de notre propre meute et que notre survie à long terme dépendait du fait qu'on rejoigne les loups du zodiaque pour pouvoir se reproduire et faire du commerce avec eux. Mais les autres meutes ne veulent pas de nous, c'est pourquoi on va les forcer à nous accepter comme faisant partie des leurs. Même si ça implique de rayer la plupart d'entre eux de la surface du monde.

— En quoi ça te rend différent des Lions ? demandai-je, ma colonne vertébrale se raidissant face à ses mots.

Les yeux de Kaden s'enflammèrent lorsqu'ils se posèrent sur moi.

— Parce qu'on le fait pour survivre. Pas pour régner.

Je levai les mains au ciel.

— Ça ne changera pas grand-chose pour ceux qui sont tués.

Kaden se redressa un peu plus.

— Une fois que la meute du Lion sera éliminée, les autres n'opposeront pas beaucoup de résistance. On évitera autant que possible les effusions de sang inutiles.

Il n'avait pas tort. La meute du Lion avait toujours été l'un des deux piliers des loups du zodiaque, la meute du Cancer étant l'autre. Mais j'avais quand même l'impression que la meute d'Ophiuchus était largement en infériorité numérique.

— Et les Sorcières de la Lune ? demandai-je. Elles ne peuvent pas nous aider contre les autres meutes, comme les Sorcières du Soleil aident les autres Lions ?

— On ne les a pas vues depuis des décennies, dit Stella en secouant la tête. Elles doivent se cacher des Sorcières du

Soleil et des autres loups du zodiaque. On ne sait même pas comment les contacter.

Merde. Je déglutis, mon estomac se tordant alors que mon anxiété atteignait des sommets. Je n'aimais rien à propos de ce plan. Il y avait tellement de choses qui pouvaient mal tourner. Mais en même temps, je comprenais aussi l'argument de Kaden : nous ne pouvions pas nous cacher ici jusqu'à ce que les Lions finissent par nous trouver et nous anéantir. Comme ils l'avaient fait à mon ancienne meute.

Tout le monde semblait attendre que je dise quelque chose. J'avais compris que j'étais le noyau de leur plan, mais ils ne me forceraient pas non plus à faire quelque chose qui me mettrait mal à l'aise.

— Bien, utilisez-moi comme appât.

Je me redressai et rencontrai les yeux de Kaden, de la détermination durcissant les miens.

— Tout ce que je veux, c'est me venger de la meute du Lion pour avoir tué Wesley et je veux voir Jordan mort. Je ne peux pas le faire moi-même à cause du lien, mais je ferai tout ce que je peux pour vous aider à mettre fin à sa vie.

Clayton s'éclaircit la gorge.

— Ayla, il y a quelque chose que tu dois savoir. Si on tue l'héritier alpha Lion, le choc que ça provoquera sur votre lien nouvellement formé pourrait te tuer aussi.

Je pris une profonde inspiration. Putain de lien d'accouplement. Il ne cessait jamais de me poser des problèmes. Je réfléchis à ce qu'il venait de dire pendant une seconde seulement, mais le choix était facile.

— Le jeu en vaut la chandelle. Je ne peux pas vivre comme ça. Je préfère être morte que d'être liée à ce connard pour toujours.

Le visage de Kaden s'assombrit, jusqu'à ce qu'il ait l'air presque meurtrier.

— Je vais prendre les dispositions nécessaires.

Nous nous regardâmes tous, la détermination sinistre que je ressentais se reflétant dans les yeux de tous les autres. On y était vraiment, le point de non-retour sur lequel nous ne pouvions pas faire marche arrière. J'étais prête pour cela, plus prête que je ne l'avais jamais été auparavant.

Que la meute du Lion essaie de me prendre. Je me débattrais en frappant et en hurlant s'il le fallait, et je ferais tomber avec moi autant de ces enfoirés que possible.

***

JE N'ARRIVAI PAS à dormir cette nuit-là. J'enfilai mon survêtement d'entraînement et me dirigeai vers l'extérieur, puis fis un tour rapide de la ville sous le doux clair de lune. Je courus devant tous les endroits qui m'étaient devenus familiers au cours des dernières semaines et ma gorge se serra d'émotion. Je venais tout juste de devenir un véritable membre de la meute, et maintenant j'étais sur le point de mettre tout cela en péril. Mais je n'avais pas d'autre choix. Je ne serais jamais vraiment libérée des Lions tant que leur meute ne serait pas vaincue et que mon lien d'accouplement avec Jordan ne serait pas rompu.

Je m'arrêtai à la lisière de la ville et fermai les yeux, cherchant le lien que j'avais si souvent essayé d'ignorer. Il était toujours là, comme une chaîne enroulée autour de ma taille, essayant de me ramener vers les Lions. *Vers le sud*, me dit-il, m'incitant à me diriger dans la direction où devait se trouver Jordan. Ma bouche devint sèche alors que je repoussais de force cette sensation, repoussant la pensée de mon partenaire au fond de mon esprit.

À quel point le lien serait-il fort une fois que nous serions à nouveau l'un en face de l'autre ? Pourrais-je le supporter ou me jetterais-je sur Jordan comme un chiot en mal d'amour ? Cette pensée me terrifiait plus que tout autre chose à propos de cette future confrontation. Je devais endurcir mon cœur pour m'y préparer et m'assurer que je pourrais m'échapper à nouveau s'il le fallait.

Je m'entraînai pendant l'heure suivante à me téléporter entre les parcelles de lumière lunaire, traversant la ville si vite que les bâtiments et les arbres étaient flous. Au cours des dernières semaines, je m'étais entraînée dès que j'en avais eu l'occasion, et j'étais devenue si douée que je pouvais atterrir et me volatiliser à nouveau instantanément tant que j'avais une idée claire de l'endroit où je voulais aller. Je pouvais aussi utiliser mon pouvoir plus longtemps sans me fatiguer. Je n'étais pas sûre que j'aurais eu la discipline nécessaire pour continuer à le faire sans l'entraînement au combat de Kaden pour me rappeler que si je continuais malgré la difficulté, j'obtiendrais des résultats.

Je m'arrêtai dans une parcelle éclairée par la lune pour reprendre mon souffle, sentant enfin l'épuisement s'installer. Peut-être que je pourrais dormir maintenant.

— Je me demande souvent s'il le regrette, dit Kaden derrière moi, me faisant sursauter.

Je me retournai, le cœur battant la chamade.

— Ne me prends plus jamais par surprise ! Depuis combien de temps tu es là ?

Il haussa les épaules d'où il se tenait, appuyé contre un arbre, les bras croisés.

— J'aime te regarder t'entraîner.

— L'invisibilité n'est pas ce que je préfère chez toi, marmonnai-je, puis je réfléchis à ce qu'il avait dit. Si qui regrette quoi ?

— Ton partenaire. L'héritier alpha Lion, dit Kaden en inclinant la tête. Est-ce qu'il se couche dans son lit la nuit en regrettant de t'avoir rejetée ?

Je ricanai.

— J'en doute. Il ne me voyait que comme une bâtarde à moitié humaine, à peine digne de son attention.

— Alors c'est un idiot. J'ai su qu'il y avait beaucoup plus en toi dès le moment où on s'est rencontrés.

Ses mots me liquéfièrent. J'étais sûre qu'il n'avait aucune idée de l'importance de ses compliments pour moi. J'en avais reçu si peu dans ma vie que je m'accrochai fermement à chaque mot. Je fis un pas vers lui, incapable de m'en empêcher.

— Tu es le seul qui m'ait vraiment vue, dis-je d'une voix dépassant à peine un murmure. Même lorsque je suis venue à toi en tant que louve brisée qui ne se connaissait pas vraiment elle-même.

Il leva la main et prit une mèche de mes cheveux roux, puis la remit derrière mon oreille.

— Tu n'as jamais été brisée, petite louve. Seulement tabassée et meurtrie. Tout ce dont tu avais besoin, c'était de quelqu'un qui croit en toi.

Des émotions bouillonnèrent en moi, surtout en pensant à ce que nous étions sur le point d'affronter.

— Kaden, si je suis capturée...

— Tu ne le seras pas. Tu es Touchée par la Lune, et je doute que les Lions le sachent. Tu peux utiliser ton pouvoir pour t'échapper, ainsi que tes nouveaux pouvoirs d'Ophiuchus.

— J'ai hâte d'apprendre à les utiliser.

Je levai le menton, essayant de faire appel à ma bravoure.

— Et peut-être que la prochaine fois, c'est moi qui *te* soignerai.

— Tu es vraiment si impatiente que ça de me lécher ? demanda-t-il d'une voix maintenant basse et sensuelle.

— Tu veux vraiment que je réponde à cette question ? répondis-je, soudainement à bout de souffle.

Son regard se posa sur ma bouche comme s'il l'envisageait sérieusement. Puis il détourna les yeux et passa une main dans ses cheveux.

— Non.

J'étais quasiment sûre que nous connaissions tous les deux la réponse de toute façon. Si cela ne tenait qu'à moi, nous serions déjà en train de nous rouler sur le sol de la forêt, tandis que je passerais ma langue le long de son cou, le long de son tatouage de serpent, et enfin autour de sa queue épaisse. Pensait-il à la même chose ?

— Kaden.

Je devais dire quelque chose ou je le regretterais à jamais.

— Peu importe ce qui se passera quand on affrontera les Lions, j'ai besoin que tu saches une chose. C'est toi que je veux. Pas lui.

Ses sourcils se froncèrent et quelque chose comme de la douleur passa sur son visage.

— Je sais que tu penses ça maintenant, mais ça changera lorsque tu seras face à face avec lui.

— Ça ne changera pas.

La justesse de mes mots me donna de la force.

— Tu as cru en moi avant. S'il te plaît, crois en moi maintenant.

— J'aimerais pouvoir, mais il y a des choses contre lesquelles on ne peut pas lutter. J'espère que tu me prouveras que j'ai tort.

Il secoua la tête.

— Tu devrais rentrer à la maison.

— Toute seule ?

— Je vais faire une rapide patrouille près des barrières de protection.

— D'accord, dis-je, mon espoir sombrant plus vite que le Titanic. Je te verrai plus tard.

Je tournai les talons et me dirigeai vers la maison, me sentant plus à vif qu'avant. Je m'étais mise à nu, en disant à Kaden ce que je ressentais pour lui, et j'avais été rejetée une fois de plus. Je ne pouvais pas vraiment lui en vouloir non plus. Je protégerais aussi mon cœur si je savais qu'il était accouplé à quelqu'un d'autre.

Je ne pourrais jamais être avec Kaden tant que je serais liée à Jordan. Je devais briser ce lien d'accouplement, ou risquer de perdre à jamais la personne à laquelle je tenais le plus.

LA MEUTE du Lion consentit à nous rencontrer une semaine plus tard. Les terres de leur meute se situaient en Arizona, ce qui était assez loin du territoire d'Ophiuchus dans le Manitoba, mais ils acceptèrent de venir en avion au Canada pour cette entrevue. En jet privé, naturellement. Les Lions ne se contenteraient jamais de moins.

La réunion était fixée sur un petit aérodrome à quelques heures de là, ce qui était assez loin pour que ce soit un territoire neutre. Kaden les avait convaincus de nous rencontrer la nuit, pour que je puisse utiliser mon pouvoir pour m'échapper si nécessaire. Les Sorcières du Soleil seraient également plus faibles à ce moment-là, tandis que ceux d'entre nous qui étaient Touchés par la Lune seraient plus forts. Je priais pour que cela soit suffisant, surtout à mesure que la semaine passait et que l'heure de la rencontre approchait.

À quelques heures de la réunion, mon estomac était tout

emmêlé de nœuds. Toute la meute semblait être sur les nerfs, et qui pourrait les en blâmer ? Le fait que j'aie à peine vu Kaden de toute la semaine n'aidait pas non plus. Il avait été occupé à tout préparer, tandis que Stella et moi avions redoublé d'efforts pour nous entraîner. Elle m'avait appris à utiliser à la fois la lèche de guérison et la morsure empoisonnée, y compris comment réguler la quantité de poison libérée par mes crocs. J'étais aussi prête que je ne l'aurais jamais été à affronter les Lions.

Puis, vint le moment de partir. Je préparai un sac, essentiellement pour faire croire que j'avais vraiment l'intention de partir avec les Lions. En le refermant, je ressentis un étrange sentiment de nostalgie. La dernière fois que j'étais allée dans ma chambre pour faire mes valises, ma vie avait complètement changé. Je me demandai si cela se reproduirait, et priai pour que je puisse rester avec ma nouvelle meute si quelque chose devait arriver.

Lorsque je retrouvai Stella dans le jardin, il y avait plusieurs véhicules garés dehors, mais aucun signe de Kaden.

— Il est parti tôt pour repérer les lieux et s'assurer que la meute du Lion n'ait pas installé de pièges. On va s'assurer d'avoir le dessus cette fois-ci.

Ses yeux s'enflammèrent et je savais qu'elle pensait à la mort de ses parents. L'alpha Lion avait beaucoup de choses à payer.

Stella monta dans une camionnette et me fit signe de la suivre. Elle prit place à l'arrière et je ne fus pas surprise de trouver Clayton à la place du conducteur. Le véhicule était rempli de guerriers, et il y en avait un autre exactement comme celui-ci juste derrière nous.

Le trajet fut long, tendu et silencieux. Même Stella garda le silence. Mes mains étaient tellement moites que je devais sans cesse les frotter sur mon jean. J'essayai de me concentrer sur le paysage par la fenêtre, mais je ne vis presque rien. La dernière fois que j'avais vu les Lions, je les avais fuis, terrorisée. Maintenant, j'étais en route pour les affronter, et même si j'étais toujours terrifiée, je n'étais plus la même fille qu'à l'époque. J'étais plus forte et je n'étais pas seule. J'avais une meute qui me protégerait.

Lorsque nous arrivâmes, je vis Kaden debout avec Harper et Dane. Ils se retournèrent tous vers les camionnettes alors que nous nous garions dans un champ vide à côté de l'aérodrome. La nuit était tombée, et il n'y avait pas grand-chose aux alentours à part un petit bâtiment avec une tour, la piste d'atterrissage qui avait définitivement connu des jours meilleurs, et au-delà, une forêt sombre.

Nous sortîmes de la camionnette, et Kaden s'avança vers nous.

— Vous êtes prêtes ?

Il posait la question à la fois à moi et à Stella, mais ses yeux n'étaient que sur moi.

— Aussi prêtes qu'on puisse l'être, répondis-je.

Il hocha la tête.

— Les Lions devraient arriver d'ici une demi-heure. On a des éclaireurs qui patrouillent dans la forêt au cas où ils essaieraient de s'approcher par là à la place. Tout ce qu'on peut faire maintenant, c'est attendre.

Stella prit ma main.

— Souviens-toi juste que, quoi qu'il arrive, tu es l'une des nôtres maintenant.

Je lui fis un sourire chaleureux en clignant des yeux pour réfréner les soudaines larmes.

— Merci.

Les autres métamorphes se mirent en position autour de nous, et nous attendîmes en silence que la lune décroissante se lève derrière les nuages. Y aurait-il assez de lumière lunaire pour que je puisse utiliser mon pouvoir ? J'espérais ne pas avoir à le découvrir à la dure.

Un loup gris émergea de la forêt et trotta jusqu'à Kaden, la langue pendant sur le côté de sa bouche. Il se retransforma en un Jack très nu, qui n'avait aucune honte à tout laisser pendouiller. Il était sexy, aucun doute là-dessus, mais il ne faisait pas s'emballer mon cœur comme Kaden.

— Il n'y a aucune trace de la présence des Lions ou d'une autre meute ici depuis un jour ou deux, dit-il à Kaden.

— Bien, dit notre alpha.

Il vérifia son téléphone en fronçant les sourcils.

— Ils devraient déjà être là.

— Ils doivent être en retard, dit Stella.

— Peut-être.

Kaden n'avait pas l'air convaincu. Les autres métamorphes avaient aussi tous un air sinistre, comme s'ils s'attendaient au pire.

Nous décidâmes de continuer à attendre. Jack reprit sa forme de loup pour aller fureter un peu plus, et certains des autres guerriers s'impatientèrent après plus de temps. Kaden regardait le ciel nocturne toutes les quelques minutes, mais aucun d'entre nous ne pouvait entendre le rugissement d'un jet.

Au bout d'une trentaine de minutes, Stella me tira par le bras et tourna la tête vers la camionnette. Elle attrapa un sac de chips et de l'eau à l'intérieur, puis nous nous assîmes dans l'herbe.

— Tu crois qu'ils ne vont pas venir ? demandai-je.

La bouche de Stella se tordit de dégoût.

— Je pense que les Lions n'ont aucun honneur et qu'on n'aurait pas dû essayer de s'embêter avec ça. Ils sont probablement en train de manigancer quelque chose en ce moment même.

Les heures passèrent et il n'y avait toujours aucun signe des Lions. À un moment, Stella et moi nous assoupîmes dans l'herbe, mais Kaden s'approcha de nous, la mâchoire serrée.

— Ils ne vont pas venir, dit-il, et je pouvais entendre la frustration dans sa voix.

— Tu as eu des nouvelles d'eux ? demanda Stella.

— Non, pas un mot.

Merde. Toute cette attente et ce stress pour qu'ils ne se pointent même pas. Connards.

Nous nous regroupâmes dans les voitures et nous préparâmes à partir. Le trajet du retour fut tendu. Je pouvais sentir la colère déferler sur Kaden, m'étouffant presque par son intensité.

— On trouvera un autre moyen d'atteindre les Lions,

finis-je par dire lorsque Kaden croisa brièvement mon regard dans le rétroviseur.

Il ne répondit rien. Je ne savais pas s'il me croyait ou non, et je n'essayai pas de dire autre chose pour le convaincre.

Le temps que nous rentrions, l'aube était déjà là. Certains des autres métamorphes rentrèrent chez eux pour dormir un peu, tandis que Stella et moi suivîmes Kaden dans la maison. Kaden disparut dans sa chambre sans un mot de plus, tandis que Stella prépara du café en bâillant. Je fixai le soleil, me demandant si je devrais essayer de dormir davantage ou accepter que ce fût une cause perdue.

— Au moins, on a fait une sieste, marmonna Stella en frottant la lassitude de ses yeux.

— Je vais aller prendre une douche, dis-je. Peut-être que ça me réveillera.

— Bonne idée. J'en prendrai une après toi.

Je montai à l'étage et entrai dans la douche. L'eau chaude m'aida instantanément à me réveiller, et je me sentis beaucoup mieux après avoir lavé mes cheveux. Les douches réussissaient tellement bien à laver toute la merde de la veille et à donner un nouveau départ. C'était exactement ce dont j'avais besoin aujourd'hui.

Je laissai tomber le savon lorsqu'un son perçant résonna dans la maison. Je me couvris les oreilles, jetant un coup d'œil autour de moi, puis réalisai que le son provenait de la ville. Une alarme retentissait sur les terres de la meute, nous avertissant que nous étions en danger.

C'était si fort que tous les poils de mon corps se hérissèrent. Je passai en mode panique totale, m'arrêtant juste pour prendre une serviette avant de sortir dans le couloir. Je percutai presque Kaden qui sortait de sa chambre.

Il attrapa mon bras à la seconde où il me vit.

— Viens, il faut qu'on sorte d'ici.

— Qu'est-ce qui se passe ? demandai-je, alors qu'il me portait pratiquement dans les escaliers.

— Mes barrières de protection le long des terres de la meute sont en train d'être brisées. Ça ne devrait pas être possible, mais il n'y a aucune chance que je me trompe. Je peux les sentir se faire déchirer.

— Ce sont les Lions ? demandai-je, alors que ma panique atteignait de nouveaux sommets.

— J'imagine. Ils devaient être là depuis le début et nous ont suivis d'une manière ou d'une autre.

Son visage s'assombrit d'une colère à peine contenue.

— Ça ne devrait pas être possible, continua-t-il.

— On va où ? demandai-je en serrant fort ma serviette pour qu'elle reste enroulée autour de mon corps.

Kaden dut le remarquer, car ses yeux se posèrent sur mes épaules exposées, puis sur mes jambes.

— Habille-toi. On va sur la place de la ville pour se préparer au combat.

Je levai les yeux au ciel. C'était du Kaden tout craché de me traîner jusqu'en bas puis de m'ordonner de remonter en vitesse pour m'habiller. Je ne remarquais même plus mon état de nudité et je serais probablement bientôt sous forme de louve de toute façon. J'avais été tellement consciente d'être nue à la Convergence, mais j'étais désormais beaucoup plus à l'aise avec ça, après toutes les transformations que j'avais faites. Personne ne regardait à deux fois quelqu'un qui était nu et qui se préparait à se transformer. Mais j'avais l'impression que Kaden voulait que je sois habillée plus pour lui que pour moi. Soit il ne voulait pas que d'autres mecs me regardent, soit il me trouvait bien trop distrayante sans mes vêtements.

J'enfilai rapidement quelques-uns de mes vêtements d'entraînement, puis je redescendis à la hâte. Kaden tourna la tête vers la porte, et je fus surprise qu'il m'ait attendue. Il n'y avait aucun signe de Stella, elle devait donc être déjà partie.

Nous courûmes ensemble vers le centre de la ville, tandis que d'autres métamorphes faisaient de même, certains déjà sous forme de loup. Le parc du centre était bondé, comme il l'avait été lors de ma fête, mais cette fois, il n'y avait pas de rires ni de musique. Tout le monde avait l'air effrayé et personne ne semblait savoir exactement ce qui se passait.

Kaden poussa un hurlement qui me fit trembler jusqu'au plus profond de moi-même, attirant l'attention de tous. Les membres de la meute se rapprochèrent de Kaden, cherchant des réponses auprès de lui. Je repérai Stella dans la foule, les yeux écarquillés.

— On est attaqués, dit Kaden, et un murmure collectif traversa la foule.

Kaden leva la main et tout le monde se tut.

— On s'est entraînés pour cela. Vous savez tous quoi faire. Guerriers, prenez des positions défensives. Tous les autres, dirigez-vous vers l'un des abris cachés. Suivez Clayton et Stella.

Kaden posa ses mains sur les épaules de Stella et ils échangèrent un regard. Il lui dit quelque chose tout bas, trop bas pour que je puisse le distinguer parmi l'agitation autour de moi. Puis, Stella serra son frère très fort dans ses bras avant de se retirer. Elle rejoignit Clayton de l'autre côté du parc, où quelques métamorphes se rassemblaient, y compris tous les enfants. Je la regardai partir avec une boule dans la gorge, priant pour qu'ils s'en sortent tous, puis je me retournai pour rejoindre les combattants.

Kaden saisit mon bras.

— Pas si vite. Tu vas aller avec Stella.

J'arrachai mon bras de son emprise.

— Non, je vais me battre pour ma meute.

— Ils sont là pour toi, dit-il les sourcils froncés. Mais je ne les laisserai pas t'avoir. Tu dois te cacher avec Stella et les autres.

— Je croyais que j'étais un appât ? dis-je avec un petit rire. Maintenant tu veux que je me cache ? Pas question.

— Ayla, je n'ai pas le temps de me disputer avec toi.

Il prit mon visage dans ses mains et me regarda dans les yeux.

— J'ai besoin que tu te caches, et j'ai besoin que tu partes tout de suite. Je tiens trop à toi pour te perdre.

Je le dévisageai.

— Tu... quoi ?

Sa bouche fut alors sur la mienne, chaude et rugueuse, et il m'embrassa comme s'il craignait que ce soit la dernière fois. Je m'accrochai à ses épaules en m'ouvrant à lui, voulant tout ce qu'il me donnerait. Ses lèvres, sa langue, ses mains. Tout, aussi longtemps que je pouvais l'avoir. Même si ce n'était que quelques secondes.

— Je tiens aussi à toi, dis-je entre deux baisers précipités et frénétiques, aucun de nous deux ne semblant pouvoir s'arrêter. Mais je vais quand même me battre. Je ne laisserai personne mourir pour moi pendant que je me cache.

Cela mit fin aux baisers.

Les yeux de Kaden se plissèrent.

— Ne m'oblige pas à te forcer.

— Me forcer ?

Je ricanai, puis je compris ce qu'il voulait dire. Maintenant que j'étais membre de la meute, il pouvait me faire faire tout ce qu'il voulait en utilisant son commandement alpha. Je ne l'avais jamais vu l'utiliser avant sur quelqu'un, ce qui en disait long sur lui en tant qu'alpha. Mon père passait son temps à lancer des ordres à tout le monde et je ne doutais pas que l'alpha Lion faisait de même.

— Va avec Stella, ordonna-t-il, ses mots ressemblant à un grognement guttural, quelque chose à mi-chemin entre l'homme et la bête.

Je sentis la puissance dans sa voix et je serrai les dents, attendant que la compulsion me prenne, mais elle ne le fit jamais. Hum. C'était nouveau. Je levai le menton.

— Non.

Kaden me fixa en fronçant les sourcils.

— Ça n'a pas marché sur toi. Ça ne devrait pas être possible.

Soudain, un hurlement retentit dans l'air, fort et net comme une cloche. Mes poils se hérissèrent sur mon cou et Kaden jura dans son souffle, me poussant derrière lui.

Ce fut le seul avertissement que nous eûmes avant qu'une énorme force d'attaque n'entre dans la ville. Des loups affluèrent aux côtés d'humains qui ne s'étaient pas encore transformés, portant les marques de la meute du Lion, du Bélier et du Taureau. Derrière eux marchait un groupe de femmes en robe, les Sorcières du Soleil. Merde, elles étaient là aussi ? Ça devait être comme cela que les attaquants avaient pu passer à travers les barrières de protection de Kaden.

Puis je ressentis une soudaine prise de conscience à l'intérieur de moi, et tous les sentiments que j'avais gardés au fond de mon esprit depuis la Convergence prirent soudainement vie. *Jordan*. Il était là, et mes yeux ne pouvaient s'empêcher de le chercher comme si j'avais soif de le voir.

Là. Debout aux côtés de son père, l'alpha Lion, à l'orée de la forêt.

Il était venu pour moi.

CHAPITRE TRENTE-ET-UN

JE N'AVAIS PAS VU Jordan depuis la nuit de la Convergence, et le tiraillement à la base de ma colonne vertébrale dû au lien me fit presque tomber. Merde, il était magnifique. J'avais oublié à quel point il était beau pendant que j'étais séparée de lui, et je m'imprégnais maintenant de la vue de ses cheveux blonds parfaits et de sa mâchoire ciselée. Une chaleur pulsait en moi, m'attirant vers lui comme un chien en laisse.

Comme s'il l'avait aussi senti, les yeux de Jordan rencontrèrent les miens et il me fit un sourire insolent. Il me regarda comme si j'étais quelque chose qui lui appartenait, et le lien me donnait aussi envie de ça. Tout en moi me criait de courir vers lui et je serrai les poings en résistant à la traction. Putain. Peut-être que j'aurais dû partir avec Stella après tout.

Je me retournai vers Kaden et une partie de la brume se

dissipa. C'était lui que je voulais. Pas Jordan. Tant que je me concentrais là-dessus, je survivrais à ce combat.

Les loups nous entouraient de tous les côtés, tandis que nos propres guerriers chargèrent à leur rencontre. Kaden bondit à côté de moi, ne prenant même pas la peine de se transformer pour frapper l'un des loups ennemis et l'envoyer voler. Le métamorphe glapit et ne se releva pas.

Un mâle Lion ouvrit sa gueule et utilisa son rugissement pour disperser nos forces alors que nous les attaquions de front. Je ressentais l'envie de courir au plus profond de mes os, mes muscles se contractant pour le faire, mais je serrai les dents et résistai. Lorsque je relevai la tête, Kaden était le seul autre à ne pas s'être enfui et il déchiqueta le Lion à mains nues avec un grognement. D'autres loups foncèrent immédiatement vers lui.

Je m'avançai pour l'aider, mais un mouvement du coin de l'œil me déconcentra. Un groupe de loups se dirigeait vers le groupe de Stella. Des loups Bélier. Ils se préparaient à effectuer leur charge.

— Oh, non, pas question, marmonnai-je, et je m'élançai à leur poursuite, enlevant ma chemise au passage.

Je me transformai puisque je pouvais les atteindre plus rapidement à quatre pattes plutôt qu'à deux, et je me sentis instantanément plus alerte en tant que louve. Étant donné qu'il faisait jour, je n'avais aucun moyen d'utiliser ma magie lunaire, mais j'avais tout de même les pouvoirs de la meute d'Ophiuchus. Je sautai sur le dos du premier loup et le mordis profondément et durement. Du poison jaillit de mes crocs et je m'assurai qu'il y en avait assez pour le tuer. Il tomba et je me plaçai devant Stella, qui protégeait quelques louveteaux avec son corps sous sa forme de louve. Elle était noire, comme son frère, mais pas aussi énorme. Je grognai en direction du reste des loups. Un autre sauta en avant et je le mis à terre, lui aussi. J'étais vicieuse, comme Stella et Kaden m'avaient appris à l'être, mais je préférais mourir plutôt que de laisser ces loups faire du mal aux petits de ma meute.

Merci, dit la voix de Stella dans ma tête. Il me fallut une seconde pour me rappeler qu'en tant que membre de la meute, je pouvais maintenant communiquer avec eux comme une louve.

Pars, lui dis-je, tandis que je grognais vers une autre louve, la défiant de s'approcher suffisamment pour que je puisse utiliser mes crocs sur elle. Stella éloigna les louveteaux d'un coup de coude et ils disparurent dans les bois avec elle.

Un loup que je reconnaissais maintenant instinctivement comme étant Harper surgit et m'aida à vaincre le reste des loups qui essayaient de s'en prendre aux louveteaux. Nous nous donnâmes ensuite un rapide coup de museau de solidarité, avant de courir jusqu'au centre de la ville.

J'aperçus alors Kaden. Il était encore sous forme humaine et couvert de sang, entouré de loups morts qu'il avait dû tuer à mains nues. Une fierté gonfla en moi. C'était *mon* alpha.

— Dixon ! cria-t-il par-dessus le vacarme de la bagarre. Sors, espèce de lâche, et bats-toi contre moi. Alpha contre alpha, comme au bon vieux temps. Ou tu as peur que je te batte ?

Le combat s'arrêta, les loups lâchant leur proie et se tournant pour faire face à leurs chefs respectifs. Dixon rit depuis le bord de la bataille, où il avait tout observé.

— Je n'ai pas peur, mais toi, tu devrais.

L'alpha Lion se transforma avec un rugissement, devenant un énorme loup d'une fourrure rouge-or qui semblait toujours attraper la lumière du soleil. Il était si grand et féroce qu'il ressemblait presque à un lion à proprement parler.

Kaden se transforma en courant pour atteindre l'autre alpha, devenant une monstrueuse bête noire aux crocs empoisonnés, comme sortie d'un cauchemar. Les autres meutes le considéraient toutes comme un scélérat, et bien qu'il en avait certainement l'air, je savais maintenant que ce n'était pas le cas.

Dixon attendit que Kaden s'approche de lui, puis laissa échapper son rugissement de lion. J'étais assez loin pour ne pas en ressentir les effets, mais Kaden s'arrêta à mi-course et secoua la tête. Je le vis tressaillir comme s'il luttait contre l'envie de fuir de son corps, puis il grogna à nouveau et bondit sur Dixon, les crocs sortis.

Ils tombèrent par terre, se roulant et se battant. Un silence de mort régnait alors que nous étions tous figés, les regardant se déchirer pour la domination, les seuls sons étant les grognements des deux alphas. Kaden parvint à mordre Dixon, mais le loup plus âgé l'ignora et continua à se battre. Il croqua la jambe de Kaden, le secouant, puis le jeta dans un arbre avec une démonstration de force. Je trépignais sur le sol, gémissant doucement, inquiète pour l'homme auquel j'étais devenue si attachée. Je voulais désespérément courir vers lui et l'aider du mieux que je le pouvais, mais je savais que ce n'était pas mon combat.

Cela continua pendant ce qui sembla être une éternité. Un flou de fourrure, de griffes et de crocs qu'il était parfois difficile de suivre. Je regardai Kaden infliger plusieurs autres morsures à Dixon, et à chacune d'elles, il semblait faiblir. Mais Dixon était féroce, se défendant avec tout ce qu'il avait, son museau enduit du sang de Kaden. Il réussit à faire tomber Kaden au sol, se tenant au-dessus de lui, et mon souffle se bloqua, craignant le pire. Mais Kaden le retourna alors, faisant tomber l'autre alpha par terre, et enfonça ses crocs dans le cou de Dixon. L'alpha Lion tressaillit plusieurs fois, puis s'immobilisa.

Kaden leva sa tête trempée de sang et hurla, signalant la victoire. Le son résonna dans toute la forêt, et je savais que chaque métamorphe combattant d'un côté ou de l'autre l'avait entendu. Je regardai autour de moi, essayant de voir ce que la meute du Lion ferait sans son chef. Un grognement traversa plusieurs métamorphes près de moi, puis ils tournèrent la queue et s'enfuirent. Je les poursuivis, comme d'autres membres de ma meute, et je vis plusieurs d'entre eux connaître leur fin alors qu'ils rentraient leur queue et s'enfuyaient.

Laissez-les s'enfuir, nous dit Kaden, et un énorme soupir de soulagement parcourut tout mon corps au son de la voix de Kaden dans ma tête. *Ce ne sont que des lâches. La victoire est à nous.*

Mais quelque chose clochait. Je n'avais pas vu Jordan

pendant le combat. Je fermai les yeux et le cherchai à travers le lien, qui ne demandait qu'à me conduire à lui. Un malaise m'envahit lorsque je réalisai dans quelle direction il se trouvait : la même direction que Stella avait prise avec les louveteaux. Je courus vers les bois sans attendre de voir ce que Kaden ferait ensuite, laissant le lien m'attirer finalement vers Jordan, comme il essayait de le faire depuis que nous étions accouplés.

Jordan était appuyé contre un 4x4 noir avec quelques-uns des Lions qui avaient réussi à s'enfuir, et n'avait pas du tout l'air surpris de me voir débouler à travers les broussailles. Je fus momentanément assommée par une vague de désir pour lui et dus me retenir pour ne pas lui sauter dessus, soit pour l'embrasser, soit pour le tuer, je n'étais pas tout à fait sûre.

— Je suis ravi que tu aies décidé de te joindre à nous, dégaina-t-il en me faisant un sourire sinistre. Maintenant, tu vas monter dans la voiture et venir avec moi.

Je repassai sous forme humaine, sans même me soucier du fait que j'étais nue.

— Et puis quoi encore ? C'est ma meute maintenant et ton alpha est mort. Dégage de nos terres et reste en dehors de ma vie.

— Je ne peux pas faire ça.

Ses yeux scrutèrent mon corps de haut en bas de façon possessive et je frissonnai d'un mélange de désir et de haine.

— Je ne partirai pas sans toi, mais je vais te proposer un marché, ajouta-t-il. Les Sorcières du Soleil ont encerclé les faibles de ta meute, ainsi que les enfants. Elles les brûleront tous vivants à mon commandement. À moins que tu ne viennes avec moi tout de suite.

— Je ne te crois pas.

Il sortit un téléphone de sa poche et l'inclina vers moi. Sur l'écran, je pouvais voir les Sorcières du Soleil se tenir autour de la porte d'une trappe qu'elles avaient découverte au milieu de la forêt. Pendant que je regardais, elles tirèrent un des petits loups hors de la trappe, puis la caméra fit un panoramique pour me montrer Stella et Clayton, tous deux capturés, luttant avec tout ce qu'ils avaient pour s'échapper. Un feu les entourait, les flammes frôlant leurs queues, et seule la magie des Sorcières du Soleil l'empêchait de se répandre dans toute la forêt.

— Espèce de monstre, murmurai-je.

Je dévisageai mon partenaire, un homme que je détestais tellement que cela brûlait dans mes veines, faisant trembler mes mains. J'avais envie de lui sauter dessus et de lui arracher la gorge, mais ce putain de lien m'en empêchait.

Jordan baissa les yeux sur son téléphone, regardant l'écran, puis leva les sourcils vers moi.

— C'est toi qui choisis. Viens avec moi... ou regarde-les tous brûler.

Il n'y avait rien que je puisse faire. Je ne pouvais pas combattre Jordan, et même si je parvenais à demander de l'aide à Kaden, les Sorcières du Soleil pourraient facilement brûler toutes les terres de notre meute en quelques secondes. Je n'allais pas laisser des louveteaux innocents, ou qui que ce soit d'autre de ma meute, mourir à cause de moi.

Un sentiment de défaite me traversa et je baissai la tête.

Il n'y avait aucun moyen de se sortir de cette situation. Je devais partir avec lui.

Je fis un pas en avant, croisant le regard de Jordan.

— Je partirai de mon plein gré si les Sorcières du Soleil, ainsi que les Lions et tes alliés, partent tous sans faire de mal à personne dans ma meute. Jure-le sur notre lien et je suis à toi.

— Tu es vraiment attachée à eux, hein ?

Il pencha la tête et sourit comme si cela avait été son plan depuis le début.

— Bien, je le jure sur notre lien, dit-il.

Je me dis qu'il mentait peut-être encore, mais il aboya ensuite des ordres dans son téléphone, et quelques instants plus tard, il me montra que les Sorcières du Soleil étaient en train de partir. Elles semblèrent s'évaporer d'un coup, disparaissant dans un éclat de soleil, mais au moins elles étaient parties. J'aperçus d'autres loups se précipiter à travers les feuillages, quittant les terres de la meute. Je fermai les yeux, contente que ce soit terminé.

Jordan me tendit la main.

— C'est fait. Maintenant, viens avec moi.

J'avais envie de repousser sa main, de lui dire de se la mettre au cul, mais je me mordis la langue et la pris à la place. Dès l'instant où nous nous touchâmes, le lien d'accouplement cria *oui, oui, oui*, et j'avais envie à la fois de pleurer et de me réjouir alors qu'il me traversait. La présence de Jordan envahit mon esprit, devenant si grande qu'elle bloquait tout autre son et toute autre vue, sauf lui. Il était mon monde. Mon tout. Mon partenaire.

NON, cria mon esprit. *C'est Kaden qui est le bon, pas lui.*

Je m'accrochai fermement à ce petit fragment de ma raison alors que Jordan m'aidait à monter sur la banquette arrière de la camionnette, sans jamais me lâcher. Il se glissa à côté de moi et me proposa une couverture pour me couvrir. Je lui lançai un regard furieux alors que je l'enroulais autour de moi.

Alors que nous nous éloignions, je vis Kaden debout dans les arbres sur une crête au-dessus de nous, où il avait dû avoir une vue complète de moi montant volontairement dans la voiture. Une fureur sombre tordait son visage, mais il y avait aussi quelque chose d'autre. Quelque chose comme un pincement au cœur.

Je savais exactement à quoi il pensait, que je n'avais pas pu résister au lien d'accouplement et que j'avais décidé d'être avec Jordan en fin de compte. Comme il avait dit que je le ferais. Je tendis ma main vers Kaden, la plaçant à plat contre la fenêtre, voulant crier son nom et lui dire que je devais le faire pour sauver la meute, mais nous étions déjà partis. Je perdis de vue mon alpha dans les arbres alors que la voiture fonçait.

— Le trajet de retour jusqu'au territoire des Lions va être long, dit Jordan en caressant ma main avec son pouce d'une manière qui donnait à mon corps envie de plus de son contact, même si je maudissais son existence. Je dois m'assurer que tu n'essaieras pas de t'échapper à nouveau. Tu es étonnamment douée pour ça.

— Je ne m'échapperai pas, dis-je en mentant comme une arracheuse de dents.

Dès que la nuit tomberait, je partirais d'ici. Je retournerais auprès de Kaden pour pouvoir tout lui expliquer. Tant que je pouvais convaincre Jordan d'arrêter de me toucher.

— Non, tu ne le feras pas.

Il ouvrit une petite boîte et en sortit une seringue. Sa main se dirigea vers mon bras, le serrant fermement, alors que je réalisais ce qu'il faisait.

— Je vais m'en assurer, ajouta-t-il.

— Non !

Je me plaquai contre la portière de la voiture, essayant de m'éloigner le plus possible de l'aiguille, mais Jordan me coinça, me dominant. J'essayai de me dégager, mais son emprise était forte, et son contact me rendait faible.

L'expression froide et arrogante de Jordan ne changea pas alors qu'il abaissait la seringue sur mon bras. Je me détournai de lui, incapable de supporter de regarder son visage plus longtemps, tandis que le pincement aigu me coupait le souffle. Je saisis la poignée de la porte pour essayer de l'ouvrir, mais ce que Jordan m'avait injecté agit rapidement, et mes membres cessèrent rapidement de fonctionner. *Non*, essayai-je de crier, mais je perdis connaissance avant même d'avoir pu prononcer le mot.

CHAPITRE TRENTE-DEUX

JE ME RÉVEILLAI ENTOURÉE de barres de fer. *Putain, ça commence à devenir une mauvaise habitude*, pensai-je.

Je fermai les yeux et pris une profonde inspiration. Peut-être que je rêvais et que lorsque j'ouvrirais les yeux, je serais dans ma chambre, et rien de tout cela ne serait arrivé.

Pas de chance. Lorsque je rouvris les yeux, j'étais toujours en train de regarder l'intérieur d'une étrange cellule. Est-ce que toutes les meutes avaient des prisons ou seulement les deux par lesquelles j'avais été capturée ? La meute du Cancer n'en avait jamais eu, ce dont je lui étais soudainement reconnaissante. Mon père m'y aurait enfermée au moins une fois par pure méchanceté.

Je commençais à prendre connaissance de mon environnement quand je sentis une traction sur le lien. Merde. Je savais exactement qui allait arriver.

Jordan entra dans la pièce, un sourire narquois sur son superbe visage.

— Je suis content de voir que tu es réveillée.

— Je trouve ça difficile à croire, répondis-je en croisant les bras. Je suis où ?

— Tu es sur le territoire des Lions. Bienvenue à la maison.

— La maison ? demandai-je en lui lançant un regard noir. Tu as oublié le fait que tu m'as rejetée à la Convergence ? Le fait que ta meute a tué ma famille ? Et le fait que tu semblais avoir l'intention de me tuer aussi ?

— Beaucoup de choses ont changé, Ayla.

Jordan ouvrit grand les bras, et une ondulation de désir me traversa à cette vue.

— Grâce à toi, je suis maintenant l'alpha de la meute du Lion. Avec l'aide des Sorcières du Soleil, je vais bientôt régner sur toutes les autres meutes, et tu régneras à mes côtés, en tant que ma reine alpha.

Je ris. Je ne pus m'en empêcher. L'idée était tellement ridicule qu'elle en était comique.

— Je ne serai jamais avec toi. Je préférerais être morte.

Le visage de Jordan changea, perdant son charme et le remplaçant par quelque chose de sinistre.

— La façon dont tu me regardes dit le contraire.

— Pourquoi tu n'as pas simplement envoyé quelqu'un me tuer ? demandai-je en me concentrant sur ma colère.

Cela m'aidait à me distraire du besoin de me jeter à ses pieds.

— Ou pourquoi tu n'as pas demandé aux Sorcières du Soleil de retirer le lien pour que tu puisses être libéré de moi ? ricanai-je. Moi, la bâtarde à moitié humaine. C'est comme ça que tu m'as appelée, après tout, quand tu as dit que tu voulais que je souffre. Ou bien tu t'es rendu compte que la meilleure façon de me faire souffrir est de me forcer à être avec toi ?

Ses yeux brillèrent, et je crus qu'il allait se jeter en avant et me frapper comme il l'avait fait à la Convergence.

— Tu es mienne, Ayla. Et comme je l'ai dit, les choses ont changé. J'ai de très, très grands projets pour toi.

— Oh génial, dis-je. J'ai hâte de les entendre.

Le visage de Jordan devint encore plus sombre, mais il se contenta de se détourner et de partir. Aucune offre de nourriture ou d'eau. La porte claqua derrière lui sans un mot de plus, et je me retrouvai seule une fois de plus.

Je m'effondrai sur le lit de camp, ma colère se dispersant pour être remplacée par du désespoir. J'étais retenue prisonnière par mes pires ennemis, et personne n'allait me sauver. Kaden ne viendrait pas me chercher. Pas après ce qu'il avait vu. J'étais vraiment livrée à moi-même.

Kaden, pensai-je férocement en me levant et en commençant à chercher des moyens de m'échapper de cette prison. *Je vais te prouver que tu as tort. Je vais me battre et je trouverai le moyen de revenir auprès de toi. D'une manière ou d'une autre.*

La seule chose que j'avais en ma faveur était que Jordan me sous-estimait. Il ne savait pas que j'avais passé mon temps avec la meute d'Ophiuchus à m'entraîner à me battre. Il ne savait pas que j'étais Touchée par la Lune.

Je frottai la marque de la meute sur mon bras, trouvant du réconfort dans le fait qu'elle était toujours là. Je n'étais plus la même mauviette effrayée et sans défense que Jordan avait torturée à la Convergence. J'étais une combattante maintenant.

J'étais un membre de la meute perdue.

NOTE DE L'AUTEURE

Quel que soit votre signe, ne vous sentez pas offensé par ma représentation ici ! Je suis exactement sur la limite Cancer/Lion (23 juillet), et bien que j'aie certains traits de chaque signe, je n'ai jamais eu l'impression de correspondre parfaitement à l'un ou l'autre. C'est pourquoi j'ai choisi d'écrire sur une héroïne déchirée entre ces deux meutes, et même si mon portrait n'est pas toujours favorable, souvenez-vous de ce qu'a dit Ayla : « Il y avait manifestement quelque chose qui n'allait pas dans les meutes du zodiaque, quelque chose qui suppurait de l'intérieur... ». Quelque chose qu'une héroïne forte comme elle va découvrir en fouillant au fond des choses, peut-être ? Nous le découvrirons dans les trois prochains livres !

À PROPOS DE L'AUTEUR

Elizabeth Briggs est une auteure best-seller du New York Times. Elle écrit des romances paranormales et fantastiques avec des héroïnes audacieuses et des héros intrépides. Elle est diplômée de UCLA en sociologie et a depuis travaillé pour un cabinet d'avocats international, donné des conseils d'écriture à des adolescents et fait des missions de bénévolat pour secourir des chiens abandonnés. À présent, c'est une geek à temps plein qui vit à Los Angeles avec son mari, sa fille et une meute de chiens velus.

Visiter le site internet d'Elizabeth : www.elizabethbriggs.com

9 781948 456487